第七届鲁迅文学奖获得者

鲍尔吉·原野 散文精选集

爱情常常发生在河边

鲍尔吉·原野◎著

时代文艺出版社

图书在版编目（CIP）数据

爱情常常发生在河边 / 鲍尔吉・原野著．—长春：时代文艺出版社，2019.1

ISBN 978-7-5387-5759-0

Ⅰ．①爱… Ⅱ．①鲍… Ⅲ．①散文集－中国－当代 Ⅳ．①I267

中国版本图书馆CIP数据核字（2018）第005514号

出 品 人　陈　琛
产品总监　郭力家
责任编辑　李天卿
　　　　　曾艳纯
装帧设计　李　斌
排版制作　隋淑凤

爱情常常发生在河边

鲍尔吉・原野 著

出版发行 / 时代文艺出版社
地址 / 长春市泰来街1825号　时代文艺出版社　邮编 / 130011
总编办 / 0431-86012927　发行部 / 0431-86012957　北京开发部 / 010-63108163
官方微博 / weibo.com / tlapress　天猫旗舰店 / sdwycbsgf.tmall.com
印刷 / 北京彩虹伟业印刷有限公司
开本 / 700mm × 980mm　1 / 16　字数 / 285千字　印张 / 20
版次 / 2019年1月第1版　印次 / 2019年1月第1次印刷　定价 / 48.00元

图书如有印装错误　请寄回印厂调换

目录

第一辑 流水似的走马

第二辑 幸福莫过于万幸

第四辑 静中日月长

第一辑

流水似的走马

流水似的走马

草原上像房子那么厚的晨雾被旭日阳光晒薄之后，露出了马群，这是在夏营盘的草地上过夜的马。大片的马在山坡上伫立不动，等待白雾如冰块一样融化，露出马尖尖的双耳，宽大的脖颈和平直的、皮毛闪亮的腰背，它们仿佛是云端的神兽。当大片的雾干干净净地撤走之后，山坡上的群马沐浴着太阳洒向大地上的、属于马的阳光。天空下面是和天空一样辽阔的草原，山冈穿上草的编织衣而显出柔和的线条。河流像在水面上扯了一面蓝旗，波浪哆哆嗦嗦。更远处，蒙古黄榆像信使一样孤独行走。在这样的天地里，你会觉得马是天地的主人，甚至比人更像这里的主人。

假如站在山坡上，你看到白云不动，山峰不动，河流似乎也没流动。马群动了，马群从草原飞驰而过，大地震动。这时候把狂飙、铁蹄、洪水或践踏这些词汇用到飞奔的马群身上都合适。我不知它们为什么而跑，它们生来就需要跑。马从来没用过人的思维考虑从这里到那里，它们只知道自由。马群掠过，仿佛掠过一层叠着另一层的城墙，这些飞驰的城墙鬓发飘扬。马蹄抬起落下，泥土飞溅。棕色、红色、黑色的城墙飞驰而去，剩下的草地空寂，天空因为过于湛蓝而下坠。马的汗味被风吹远了，吹到秋天的宽敞且肥胖的河面上。

草原上，牧民的房子显得孤零零的。如果房后的天空堆积着层层叠叠的云朵，房子就更加孤单。幸好，牧民的房前立着拴马桩，一匹或两匹马拴在上面。马低着头，尾巴梢扫来扫去。这样的场景比房顶的炊烟更显出生机。路过的人们看到拴马桩边的马就知道房子里的主人已经煮好奶茶和羊肉，他们不会拒绝与任何一个陌生人分享食物和茶。你只要说一说你家乡那边的雨水和草的情况。马在拴马桩边上安静地伫立，双耳如同谛听，像音乐家那样。音乐家谛听之时，表情在远方，马也是这样。

可是，海日苏台的外亚沁（驯马师）奔布说，草原上到处是铁丝围栏，马没地方跑了，往哪儿跑？奔布看窗外，窗外的草原已经禁牧多年，各家各户的草场都用围栏封着，偌大的草原竟然没有马的立足之地。况且，牧民骑摩托车放牧，大部分人不骑马了。广阔的草原没有马群奔驰，没有牛群和羊群的踩踏，草场退化了，草类品种急剧减少。

奔布是一位驯马师。蒙古语所说的“外亚沁”直译是拴（马）者，即把马调教成为走马的驯马师，外亚沁在牧区备受尊敬。在牧区匠人里面，驯马师面对的不是房子、木材或皮革，而是有灵性的马。驯马师把人类的灵性灌注到马的步法里，他们比别人更爱马并懂马。在蒙古国，驯马师有自己的节日，这也是国家的节日。庆典开始时，拴马桩上拴一排马，升国旗。通常，蒙古国大呼拉尔（议会）主席担任全国拴马联盟主席。说起马，奔布的眼睛里带着欣喜与赞叹，他的情感世界里仿佛只有马。奔布说，母马会在12月生下马驹，马驹生出来就会站立，它摇摇晃晃地站着，过个五六分钟开始行走。小马驹吃母马的奶要吃一年。一年后，小马被儿马（公种马）从母马身边踢开，从此独立生活。奔布说着话会停下来，好像等待马群从他脑海里跑过。他领我们到房后的马厩里，两匹高大俊美的马拴在杨树上。奔布花六万元钱买的这匹带亚麻色鬃毛的枣红马专事比赛。枣红马的眼睛看上去真是聪明，像两大块水晶一般洁净无尘。它用温柔的眼神看着我们，仿佛听到了奔布在屋里赞美它的话——它在乡和旗里得过两场比赛的第一名。它轻轻地抬起蹄子，放下，简直如行礼一般。另一匹黑马不安挪动，躲闪着陌生人。奔布说，易受惊吓的马都是可以驯成走马的好马。他说，马分跑马、走马、颠马。从两岁开始，驯马师就能看出它的前途（奔布对马使用了“前途”这个词）。

好马骨骼细，耳朵尖，鬃少，尾巴短，蹄子小，身上结实。好走马是驯出来的。驯马师会在草原深处找到一个特别安静的地方驯走马。他们把驯马当成一项至尊的事业来完成。喂多少料，喂多少水，每个驯马师心里都有自己的神秘规划。马吃了春天的草，长水膘，有肉没有劲儿；吃了秋天的草，身上才长油膘。驯马师眼里不光有马，还有草。他们会识别几十种甚至上百种草。如同一个药师，他们知道哪种草对马的膂力好、皮毛好、筋好、蹄子好。驯马师简直把自己的心都交给了马，人和马的世界完全融合了。驯马师说，给走马饮的水不能太热，也不能凉。所谓凉热，都由驯马师的感受来确定，他的温度感就是它的温度感，难分彼此。蒙古语把走马叫作“蛟若”，那是走（而不是奔跑）得稳稳的、骑者手里端一碗清水也不会洒出来的坐骑。蛟若走起来左右侧的前后肢一顺撇，如火车的车轮。走马虽然在走，但它的速度并不慢，且平稳，一天走上一百到一百五十公里不算事儿。走马走过来，蒙古人觉得这就是艺术品走过来了。走马的四个蹄子轻巧翻盏，充满力量的脖颈微微前倾。它行走的节奏与在皮下蹿动的肌肉群交织成舞蹈式的画面。走马知道自己是“蛟若”，这足以让它一生骄傲，头颅如公鸡一般高高昂起。它知道它的步伐是有节制的艺术表演，不能出错，更不能由着自己性子来。走马之优胜不光在于身态稳健，还在于它具备强大的耐力。蒙古人尤为赞赏走马稳定的心性，或者说忍受力。马的天性并非按走马的节奏走，这是驯马师的意志，以至变成了它的技能。它每一步都按着走马的节奏走，心里不能起急而跑上几步，如此走上一生。这些路数，类似于人类禅修中的“戒”。禅修者常说“以戒为师”，他们认为没有戒就没有自由，如说走马。“蛟若”这个词在蒙古语里的语气里包含着称赞，是人对动物的称赞。

最好的走马，蒙古语谓之“蛟若聂蛟若”，直译为“走马（中）的走马”，这是至高的赞赏。已故的伟大的蒙古族民歌手哈扎布唱过的那首《蛟若聂蛟若》，蒙古人家喻户晓。他们在说“蛟若聂蛟若”时，眼神纷纷带出景仰。人虽然是人，也可以景仰马，马身上有着人类远不能及的某些能力与品格。走马在速度和稳定之间的平衡力、绝不放纵的治心能力，比大多数人强多了，它们只是不说人言人语也不写散文，它们也不需要说这种歧义百出的语言来混生活。哈扎布另一首民歌唱道：“小黄马啊，哎依咿耶，哎啊，小黄马咿耶，你那巧妙的步伐，啊嘿啊咿耶，让人陶醉，啊咿耶。年轻的姑娘啊，哎咿耶，哎啊，年轻的姑娘咿耶，你那倔强的性格，啊嘿啊咿耶，让人啊哈嘿咿耶心碎，啊咿耶。”这是人类唱的歌，啊哈嘿咿耶。蛟若没唱过歌，所谓“车辚辚，马萧萧”在说马的嘶鸣。马倌说，马嘶乃是呼唤同伴，此马呼而彼马应。打响鼻，是马跟人打招呼。马倌的坐骑大多是一匹好走马。下大雪，人找不到路了，马知道路。夏季，马倌在牧场上睡一觉，醒来找不到马群了，他的坐骑带着他找到马群。马和骑手知道彼此的汗味。骑手说，马知道人的心事，会分担人的悲戚忧伤。你难过的时候，马走得很轻很轻，好像不敢踩到一棵草。你高兴的时候，马也会走得兴高采烈。有这样一匹马，人就知足了。

牧民管走花步的走马叫“乌仁蛟若”，天赋高的走马叫“乌日嘎蛟若”，步幅大、步频慢的走马叫“童门蛟若”（骆驼走马）。他们管最好的走马叫“沃日宋木蛟若”——流水似的走马，它的蹄子像河面上细碎的波浪，它皮毛反射的阳光像河面回映的光斑。骑在这样的走马上，就像坐在飞毯上，不管地面是否坎坷，好走马走得像在云彩里。

可是，马能活多大年龄呢？驯马师说，马能活上二十多年，白马寿命最长，能活上三十年。马也有出头之日，在赛马比赛中获得第一名的马有可能被封为“达日罕”。“达日罕”在蒙古语里有“上端的、不可触碰的、被禁止的、神圣的”等等含义。被封了“达日罕”的马（也有牛或狗）终生不被使役，死后主人会把它的遗体抬到山顶上，头朝着太阳升起的方向，脖子上系着五彩的绸子（在牧区，五彩绸子是佛爷的衣服，装束神圣），至此，马享受到无上的荣光。

然而，这只是传说，是牧民们期望的马的归宿。事实上，马是怎么死的呢？在牧区，我看到装载牛羊的大货车从公路上开过，心里常常很悲哀。大货车的铁笼子分成层，里面像装货一样塞满羊，远看像拉着满满的羊毛。羊被拉着离开了它们的故乡，或者说离开了它们活过的地方，它们被拉到屠宰场，变成羊肉。“屠宰”这两个字，看上去就让人心惊肉跳。如果不是这样呢？草原上到处是羊和牛。然而，马跟羊不一样，没有人吃马肉，何况马跟人的感情这么深，马的归宿到底是怎样的呢？

驯马师、马倌和牧民们不愿意听到我提这个问题，他们回避这个提问，或者干脆拉下脸，很不高兴。这是怎么回事？我听说马是有人养老的。驯马师奔布脸转向窗外，我从玻璃上看出他脸上有泪痕的反光。作为哺乳动物的马，老了之后跟人老了一样，生出很多退行性疾病，谁去照顾它们？马老到牙齿脱落的程度，吃不动草，也吃不动料了，喂它们什么？能眼看着它们活活饿死吗？后来怎么办了？他们起身走出屋子，屋里只剩下我一个人。那天晚上，镇干部嘎拉僧悄悄告诉我：“马老了之后，卖给外地人了，外地人开车来收马。”我问：“外地人收马干什么？”他们收购不能赛跑也不能拉车的老马做什么？嘎拉僧像没听到我这个提问，不予回答。后来我想明白了，外地人把老马拉到屠宰场变成马肉了，又叫商品。这么一想，我感到很气恼，这些赞美马的歌曲和赞词竟这么虚伪，马也没摆脱跟牛羊一样的命运。有一天我放下了这个恼人的心事——如果不是这样，又能怎样呢？尽管马倌们说起这个事心情很沉重，但负担马的养老任务，对他们来说更沉重，难道不是这样吗？马啊，聪明的、通人性的马啊，原谅他们吧，包括原谅他们唱过赞美马的歌，那是老祖宗留下的民歌，他们不过是为吃上一口饭而奔波的牧民。

以正义的名义生气

生气的人可分成两种（不止两种，先这么说着）。一种是他找气。气是啥？是世间一切事物。他见到之后在肚子里演变为气。这样的人我见过。修路，他不高兴，说出行不方便；不修路，他更不高兴，说坑坑洼洼。这样的人器量小，拿生气当呼吸那么使用。

第二种人是气找他。此话怎讲？说这一种人追求完美，对自己严格，接近于好人，但他们最大的毛病是讲道理。“毛病”是对身体而言，而不针对道义。讲道理讲不通而生的气，叫气找他。为什么这样说？道理是在心中遵守的准则，是开悟的钥匙，它不可“讲”，不可说服别人。“讲”是分辨是非，谁讲谁糊涂，越讲越生气。道理好比江心石矶。盛水期，说江心有矶谁都不信，别讲。枯水期它自然露出来。所以说，不要“讲”道理，让事实说话。

如果不了解人情世故，以吃河豚的精神去讲道理，其结果就是生气。有正义感的人生气不同于苟且之人生气，生则生大气，最伤身体。

我劝所有企图讲道理的人放弃这一企图，向天地学习沉默。天地每天办昼夜转变的大事，不言；每年办四季转换的大事，亦不言。孔子当年察觉自己话说多了，曰：“天何言哉？天何言哉？”办大事的都不爱讲话，也没时间讲道理。

爱讲道理的人出于一个原因：把道理告诉别人。

不接受道理的人出于三种原因。

1.他心里明白，装糊涂，瞎打岔，故意气你。

2.他真不明白。我在百鸟公园跑步，被人拦住，问我地球到底是不是圆的？此人诚恳、迫切，无精神病迹象。如果我告诉他地球是圆的就别想脱身，就要说明并证明地球真是圆的，我没这个能耐。

3.他不把道理当公理，拿扁捏圆，为己所用。只要这个道理不利于他，就决不接受。

正直与聪明的人如果爱生气，是天下最大的浪费，好比拿灵芝与狗屎对决，胜负都不值得。

正直的人所生的气以正义的名义而生。然而世上没有一件事可以成为生气的理由，生气无补于任何事。邓小平是何等高明人，说“不争论是我的发明”。这是对愚昧与奸诈的最大鄙夷，最终让事实说话。

以正义的名义生气，对正义也无补。正义得以畅行，首先决定于社会制度，它是几代、几十代人一点点争来的，与生气无关。

按《黄帝内经》的说法，寒暑饥饱酒色均致病，伤身最狠莫过于“怒”。一寒一暑只致一病，怒致百病。佛家教义也是爱生的，教人先治“嗔”。说“一念嗔心起，十万障门开”。心不制怒，其行不远。

抱怨是往鞋子里倒水

抱怨的人不见得不善良，但常常不受欢迎。

抱怨的人以为自己经历了世上最大的困难，他忘记了听他抱怨的人也同样经历过这些，但感受不同。

抱怨是什么?

像烟头烫破一个气球一样，让别人和自己泄气。

天下有好几样无价值的行为。譬如，在沙漠里推销一只船，收藏鱼刺，再就是抱怨。

宽容地说，抱怨属人之常情。“居长安，大不易”，难道不许别人说一说苦闷吗？然而，抱怨之不可取在于：你抱怨，等于你往自己的鞋子里倒水，使行路更难。困难是一回事，抱怨是另一回事。抱怨的人认为自己是强者，只是社会太不公平。如同说，全世界的人合伙破坏他的成功。这就可能把事情的因果关系弄颠倒了。

抱怨不同于坦然承认自己的失败。敢于承认失败的人，会赢得别人的尊重。如同看到一个伤痕累累、神色平静的勇士，如同英雄。而抱怨，是明明失败却不承认失败，明明有伤，却把伤口装扮成花朵一般的庸人。人本来同情弱者，由于抱怨的人气急败坏，反得不到别人的同情。

抱怨的人在抱怨之后，不但不轻松，反而心情会变得更糟。怀里的石头不但没减少，反而增多了。常言说，放下就是快乐。包括放下抱怨，因为它是心里很重又无价值的东西。

人们所以倾心于那些乐观的人，是倾心他们表现出的超然。生活需要的信心、勇气和信仰，乐观的人都具备。他们在自己获益的同时，又感染着别人。人们和乐观——包括豁达、坚韧、沉着——的人交往，觉得困难从来不是生活的障碍，而是勇气的陪衬。和乐观的人在一起，自己也得到了乐观。

许多人都抱怨过处境的繁难，发现无济于事之后便缄口了。抱怨相当于赤脚在石子路上行走，而乐观是一双结结实实的靴子。

抱怨失去的不仅是勇气，还有朋友。谁都恐惧牢骚满腹的人，怕自己受到传染。失去了勇气和朋友，人生变得很难，所以抱怨的人继续抱怨。他们不知道，人生有许多简单的方法可以拨乱反正，闭嘴是其中的妙谛之一。

冲动的哲学

冲动的人冲动时，感觉自己身上弥漫着悲剧气氛，因而有英雄色彩——古典美学认为悲剧最适合塑造英雄。他们在冲动中，有大段独白（争吵）、动作（摔门、踢凳子）、孤独（无人同情）、胸脯起伏（呼吸急促）。这些情态使他产生戏剧的感受，有点儿像英雄，是否正义另说。也可说找到一点儿塑造英雄的感受。于是，悲剧诞生了。

继续用古典美学研究一下冲动的人。

美学说，当人物面临命运和时代的巨大冲突选择毁灭的时候，接近于崇高。美好的东西在观众面前一点点沉没（杜十娘怒沉百宝箱）、一点点分离（霸王别姬），观众顿足、叹息、拭泪，这叫美，黑格尔称之为崇高美。

而我所见到（常常见到）的悲剧是冲动人为鸡毛蒜皮的事光火，唱念做打可比霸王李尔王。这些事如果拿到舞台上演，是喜剧。人物越冲动台下的观众越爆笑，直至直不起腰。

冲动的人动因是什么？他们有表演癖（酷爱悲剧）？心胸狭隘？过于自尊或自私？

都有。首先说，他们心田的土层薄，属于往花盆浇水，没浇半壶就往下漏那种。土里沙粒石子多，不存水，也没什么营养，长不出好植物。

冲动的人表面上重视自尊，其实他们始终没整明白自尊是什么。假如自尊可以定义为自我人格与形象的维护，发怒已破坏了形象，乃不尊。而什么叫人格维护，这分怎么看。阿Q头上有癞，造成秃头。由于“自尊心”炽旺，他禁止别人使用“光、亮”等词汇。假如一人名赵小光，“光”字在阿Q面前是不可以喊出口的，要改成“赵小明”。类似的表现刚好是人格不健全。

冲动的人对尊严的定义和别人不接轨。我见一个人在聚会中生怒，事后得知，怒在别人没给他让座。我回家查《辞海》与《韦伯小百科全书》之“尊严”条目，定义里没见“让座”。可见此标准是他单方面制定的，别人不知情。有人不许别人说他胖，不许认为他牙不好，不许发现她割了双眼皮，不许议论他作为一个著名歌手音域唱不了完整的八度，不许问他籍贯，不许提他大专毕业。在国家的法律、法规之外，冲动的人暗中制定了许多条文，强迫别人遵守，否则就冲动。

冲动的人比较自私，比如把小便宜当成大事。占则喜，不占则怒。

冲动有惯性。像一切事物都有惯性一样，冲动的人一生不是冲动一次，而是无穷动。当他冲动之际，人们规避退缩，冲动的人得意：怕了是不是？下回还用这招儿。

当代的西方医学文献对冲动人格很宽容，从化学激素、微量元素，比如去甲肾上腺素分泌量与维生素B之多少来解释冲动。而在中国人看来，人应该有修养，应放开心胸。

有人觉得冲动的人不讲理。其实他们讲理，但只讲自己的一套道理。有时候，听他们讲理都听不懂，可见不是公理。

当一个人把自己看成是宇宙的中心，万事万物都围绕他旋转的时候，他一定会讲歪理，会冲动，会鱼死网破。因此说，冲动不在脾气，在价值观。

脆弱的哲学

看到一些人吹胡子瞪眼，颈主动脉贲张，拍桌子，悻悻然拂袖而去，宜于现场送他们两个字：脆弱。

脆弱和胆量没关系，冲冲杀杀的人，乌江自刎的人，功劳盖世的人，都可能脆弱。

脆弱是无法承受之重，不管泰山鸿毛，压到肩上立刻完蛋。不是体格不好，是心理防线太差，或者说压根没有心理防线。他们也可能勤劳勇敢，像愚公那样移山，像精卫那样填海，但不允许戗毛，不能说“不”，一触即跳，造成脚痛，拍桌子至掌骨骨折。

脆弱的人最容易被冒犯。倒过来说，冒犯别人的人经常被脆弱者邂逅。使脆弱者生气指数比其他人高出若干百分点，血压上升指数、青筋暴跳指数、脸红（白、紫、青）指数均高于常人。他们容易吗？答：不容易。

前面说过，因拍桌子彰显豪强风格的人有可能脆弱，这和动物们龇牙、耸毛的情形一致，生物学称之为应激反应，紧张所致。动物捕食的时候并不龇牙，牙早早收好了。它们害怕的时候才龇牙。不是拿牙跟你比一比，也不是让你数一数多少颗牙，是不玩了，翻脸了，绝交了，主要是脆弱了，应激激素——医学称为肾上腺皮质激素——上升了。

脆弱，或者说脆弱并且暴躁的人没注意到一件事：脆弱并且暴躁的成本很高。别人根本不管你肾上腺素的事，只对你拍桌子瞪眼感到困惑与厌恶。还有一个内科学术语，我准备拿出来卖弄一下，叫“易激惹症”，分为肠道易激惹症、情绪易激惹症等等，中医叫“肝火上炎”。上炎之后，得罪他人。所以脆弱并且暴躁、易激惹人士对立面多，群众关系不好，诸事不顺，并百思不得其解“他们这帮人怎么能这样？”就这样，由因果关系造成。而脆弱的人越发脆弱。人类的记忆力最优秀的部分不在理性方面，比如记忆数学公式，而在感性。你惹了别人，别人永远忘不了，这跟宽不宽容没关系。人忘不了别人的过失。最大度的人也只是宽谅他人，而非忘却。

过去，社会的文化力量把坚强片面描写为挨敌人皮鞭子仍大骂国民党，上老虎凳也不披露党小组花名册。承担肉体痛苦只是坚强的一部分。坚强还包括咬紧牙关倾听不同意见，在受委屈、受妖魔化之后不申辩、不表白、不急眼，和大众一道继续活下去。

脆弱的人不承认自己脆弱，你说脆弱他跟你急。脆弱人士认为，雷霆之怒来自于捍卫真理，是玉碎，是君子死冠不免，是愿留清白留人间。在心理学上，这叫自欺机制。统共多大点儿事？和玉碎清白扯不到一块儿。

骗子不脆弱，奸猾之人也不脆弱。好人有可能脆弱。但好人同样能沉静、能制怒、能心平气和。当一个好人，让别人说出“好”来并不容易，除了善良，还要有修养，这是我们一直想当好人而没当成的主要原因之一。

激烈之谓丑

所谓激烈，只应存在于戏剧学院的表演课，或动物园猴群的厮打当中。日常生活，人用不着激烈。

激烈是一个人内心的内存太小，装不下太多的东西，尤其装不下和自己不相同的意见、观点。像不结实的口袋装小米会洒一道儿，激烈的人爱“漏”。

“激烈”这个词听起来比较顺耳，甚至有些悲壮。它的同义词其实是大动肝火、暴跳如雷，还有小题大做和气急败坏。

激烈作为一种存在，适合演员表演。规定剧情包括；就义前的刑场演说、公司倒闭、被朋友出卖、发现自己的家被敌人占领并点火焚烧、女友不断和他人订婚。

别相信激烈的人就是正直的人。正直更多的时候和人道主义结伴而行，安详而尊重他人。激烈是力量，安详是更大的力量。

激烈者往往不具备长远的眼光。邓小平说：“不争论是我的发明”。与其激烈，不如用时间和事实回答对方。

激烈的人容易后悔。悔在曾以巨大的力量处理一件小事。如同举刀十里追杀一只蚊子。激烈之后，如果不悔，他必在为维护自己的面子而坚持错误。

激烈导致讲歪理，导致胡搅蛮缠。“文革”中，一位中国外交官在联大会议痛骂另一个国家（苏联）：“当我们的祖先修长城的时候，你们的祖先还在茹毛饮血。”很激烈，但这是骂街，离文明解决问题的方法太远。

激烈不等于就是英雄。虽然人在激烈之时的语调、手势、眉毛有点儿像英雄，这只是在话剧里面。生活中有人譬如“文革”时的造反派作恶事的时候，其语调、手势、眉毛也显得义正词严、气势凛然、滔滔不绝。这些情况和良知没有直接的联系。

说到人的修养，是说人用很大的气力迫使自己做一些事和不做一些事，是说隐忍，说克己，说泰山崩于前而色不变，没说怎样激烈。

遇到激烈的人，要离他远点儿。至少在他激烈的时候离远点儿，就像远离酒精、鞭炮、火药、硫酸、香蕉水、雷管一样。（参见火车站候车大厅布告）

激烈的人伤自己。从呼吸、脉搏、内分泌等项指标观察，激烈的人相当于参加了铁饼、撑竿跳和五千米长跑各项运动的总和。

现在流行DV，激烈人宜随身携带DV，激烈时请人抓拍，回家观赏。观自己青筋状态、目眦尽裂状态、唾沫星子状态、用词与音色状态，看还像不像自个儿。

谁都说秦兵马俑好看，宽和、自信、泰然，然而并激烈。

计较的人拿不起也放不下

“计较”这个词说的就是小事。所谓小事是指对一个人的一生、一个人的长远目标、一个人的健康和命运无关宏旨的事情。

生活中这类事包括谁先怎样、后怎样，谁主动、谁被动，说什么、怎么说。官场上表现为座次、排序。文坛上表现为评价等等。

这是一些琐事，是视野狭窄之人的事，不算事。

“计较”虽然无关宏旨，却关乎一个人的幸福指数。越计较并非越快乐，恰恰相反，越不快乐。

世界是无法计较的，猫头鹰为什么日盲？蜜蜂何苦采蜜？老虎为什么不会飞？牛为什么不食肉而被食肉者食？坏人为什么不投河？司马迁为什么被去势而津巴布韦的独裁者为什么还活着？没人能回答，上帝知道一切但不作答。

计较的反义词是顺应。人生实为顺应。刚生下来顺应光线、空气、色彩、食物和父母，然后顺应学校、教材、秩序、他人和社会。学习这个词，更多的含义是顺应以及帮助人顺应。在顺应中得到良知和生存技能。

计较的第一个反应是拒绝。不是从长远利益考虑的拒绝，而是情绪作祟而拒绝。第二个反应是半途而废，因为计较而不愉快，因为不愉快而放弃想完成的事情。这叫拿不起来又放不下去。

计较还有一个弊端是听不进别人的意见。意见不管是好意还是恶意，都是别人必定要发表的见解，包括存心诽谤。没办法不让别人说。聪明的人从正反两方面的话里都能听出有益于自己的信号。更聪明的人，允许别人随便说，自己该干吗干吗。邓小平一生听到过各种各样的话，照样从容果决。他的名言是："把自己的事情办好"。他还有一句名言："不争论是我的发明"。这句话包括了不计较的意思。没人拿时间掰扯是非曲直，一切让实践检验。

而在人际交往上，允许别人的谈吐不怎么珠圆玉润，不怎么温馨得体。允许别人在行为上未受王室礼仪陶冶，允许他人质疑，允许他人轻视，允许他人朝令夕改，允许他人心口不一，允许他人客气，允许他人不真诚，允许他人做法律允许他想做的一切事而不去计较，就给自己铺设了一片光明的心地。

船的事情

有一个人，比如他叫二柱子，行舟于河上。风生浪起，天昏暗，二柱子有点儿紧张。这时，上游一只船直冲过来。二柱子大喊，让对方变方向。船不管，越行越近，相撞。二柱子的船侥幸没被撞翻，他不禁大骂对方船主：你瞎了眼吗？再定睛看，船上无人，缆绳断了，是漂来的空舟。二柱子不禁大笑。

片断间，先骂后笑，见出人心的不稳定。

如果说，二柱子骂的是撞船这件事，为什么又要笑呢？如果说二柱子笑的是船上无人，船已被撞了，如何笑得出来呢？

一样的事实与结局，既可以怒，也可以悦。不一定受到伤害就一定要生气，也不一定升官发财才喜悦。这是说，人的情绪的形成，不一定和外界有必然的联系，更多地取决于自己。所谓“境由心生”。

也许，二柱子发笑，是看到了一种喜剧效果，船上无人，如何“瞎了眼”呢？如果船上有人，而此人无法控制这条船，就骂得其所吗？骂与笑一样，都于事无补，但笑的姿态更超越一些。

也许二柱子笑自己，自己可笑。人所做的可笑的事情，多半发生在发怒之时，但不是自己笑，是别人。

别人的笑是对这件事情所做的价值判断，即发怒值与不值。发笑的意思是不值，是发怒的人小题大做，是气量狭小，是缺乏力量。见到这么一个渺小的人，观者不自觉地笑了出来。

发怒的人认为自己有绝对的理由愤怒。其实，在真正的打击面前，人不见得愤怒，往往悲伤。

还有一个故事，说一个人向牧师忏悔，认为自己大体上算一个好人，但常常发火。

“发火？”牧师问：“这成了你的习惯吗？”

“是的。”忏悔的人回答。

“那么，请你发个火给我看一看。”

这个人很为难，笑了，说发不出来。

牧师说：“如果发火真成了你的习惯，就能够想发就发。如果发不出来，就证明它不属于你。不是你的东西，你还留着干吗？”

此人默然而退。

弗洛伊德说：“服从性和攻击性是人的性格中的两种基本的力量。”而文明的含义之一，是把攻击变为服从，服从于对人的尊重。

脾气无用论

上帝造好人类之后，开始保持沉默。世间似乎没有任何渠道传过来上帝对人的评价。上帝可能不愿意说，也许说不过来，人太多。张三李四，这是中国人；约翰汤姆，英美人。名后缀温是缅甸人，缀尼是意大利人，维奇是塞尔维亚人，库是罗马尼亚人。上帝记不住，就像他听不清周杰伦在唱什么，分不清张艺谋和陈凯歌的电影有什么不一样。

如果上帝观人之成败并做一小结的话，或许说，人之败不在文化深浅，用功深浅，智力深浅，一半败在自己的脾气上。

现代人强调学历，忽略修养。一人即使念一百个大学，学到的是工具而非人生。西方王室成员确有念十五个大学的，他们没事干。工具如李逵之板斧，大姑娘之绣花针，是人力人意的巨化细化。工具不是人。

工具没有品格，也不会给人带来品格。然而人做每一件事都离不开品格，譬如耐心、真诚、勇敢。工具在品格的指引下能让人做一点儿事情。

人生样样都好，有一处遗憾是爱拆自己的台。人生不如意事十之八九是自己拆自己的台。拆台的时候往往情不自禁，拆了之后爱以英雄自命，拆过了以为是别人所拆，拆一回不够要拆个精光。

这一件事叫“发脾气”。

发脾气没什么科技含量，人刚生下来握拳哭啼，表示要发脾气了。而后长大成人，带着一腔脾气游走四方。

有人视脾气为大敌，锁之心底。有人把脾气看成豪杰标签，像喷嚏一样时不时打一下，求痛快。如果为官，脾气发过之后，众人虽诺诺，但没一个人不在心里骂他。孟子言：君视臣如草芥，臣视君如寇仇。故而，古人把修养放在学问前面。没修养，学问再好也没用。按现在说法，学问，包括博士技能都是学来的，属于意识层面。而脾气是养来的，属无意识层面，它专门跟意识作对、拆台。

一般说，发一发脾气显得有个性，也有人喝彩。发脾气之前，也占着一点儿理。但脾气出笼，什么都化为乌有。

人最难得的不是能力而在于修养。修养最难的是磨炼脾气，百炼钢化绕指柔。能“耐”住烦，难于上青天，而成功是耐出来的。有正义感，有良知，甚至有脾气而自制，人生可能已经成功了一多半，剩下一半，不过读读书，做做事而已。

不光做事，连养生都与修养相关，《中庸》称：“大德必享其寿”，是一回事。

安当下是安什么？

如果用时间来衡量当下，当下即是此刻。然而此刻太宽泛了，当下大约是此刻中的这一秒。秒仍然可以在秒表中分成百分之一秒，甚至千分之一秒。它就是当下。

以千分之一秒形容当下，细微虽细微，但仍然不是当下的特征。

当下如果有特征，只在它的飞逝性。刚才的当下，转瞬已经成为历史。无论百分或千分之一秒，越短越容易飞逝，抓也抓不住。

但我们不必要把当下说得太玄妙，好像谁都没经历过当下。是的，当下就是人人经历过的时间的客栈。没有人没经历过当下。

人所谓未来只是预想，所谓历史是对旧日时光的总称。人只有当下，而当下争先恐后变成历史。当旧的当下变成历史之后，新的当下破门而入，想挡都挡不住。人的一生，始终站在当下的河流里。往前看是滚滚而来还没来的河水，往后看是奔涌而去的逝水。在这一条河水中，围自己脚腕子倏忽而过的水流，似比当下。

哲人发现，大把的时间只是空头支票，属于自己的只有当下的点滴。好比说，你看到河流浩荡，却不是你的。你伸手去河里抓，只能抓几滴水。时间很宏大，当下很吝啬。

哲人告诉我们安住当下。怎样安？抱住当下不让它逝去？当下抱不住，世上唯一抢不走的就是时间。如果时间可以被抢劫，有钱有权的人早把时间抢没了。

安当下即当下安。如果当下不安，心里烦乱，万事都做不来或做不好。人于烦躁中最安不下心来，怎么安得住当下？可是，不安当下，怎么能做事呢？

人如果有什么不安，一定是不安于当下。人心好比门缝风，总是左右窥测，四处流动。一点点的能量，一点点的得失都让他安顿不下身心。贫寒人为隔夜粮而不安，有钱人为太多的钱而不安。有钱人要保护自己的钱，让钱生钱。贫富都不安心。

静下心想，当下一念原本与贫富都无关系，贫富都可以安住当下。安不下来是心想过去，想完过去又想未来。贫者想，我过去穷，未来会不会更穷？富者想，我过去富，未来会不会更富？由于没人回答他们的提问，所以他们不安。不安之时当下无踪。

当下是什么？不仅与贫富无关，与长幼也无关，与一切都无关。它只是时间。当我们放下所有的担子时，才感到当下的存在。当下里有什么？有小鸟在枝上唱歌，蚂蚁在地上爬，云彩在分拆重组一个又一个图案。安住了当下，我们发现自己的心地比较宽阔。能注意到自然界的人，心都比较宽。

安住当下，摒弃百虑，会听到自己内心的声音。告诉我们何事而为，何事不可为，它是智慧，书本里百觅不见。

安当下用的不是超人的毅力，举重运动员也不一定安得住当下。你看儿童玩耍，比如拆一个旧马蹄表，他的神态，他的境界，堪比天人。儿童是安当下得到大福分的人。

少一点儿世故谋略，多一点儿天真闲适，都是安好当下的前提。有人觉得动物不如人，甚至妄称人是万物之灵。人其实真不灵，满腹的烦恼，哪里灵？灵的是动物们——麻雀、松鼠、猫咪，个个都能安住当下，没辜负它们短暂的一生。

别让苦闷在心里疯长

苦闷容易把自己击倒。

苦是生活中不愉快的感受，闷是无处可以诉说的痛苦。

这说明，苦很正常，闷就不正常。何意？痛苦如果仅仅是一种生理的体验，如跑步，跑完就会过去。闷是什么？是抓住这些痛苦不放手，不让痛苦消失，把它们锁在心里。

人生如果分成积累和发散两部分的话，需要积累的是：友谊、快乐、知识、人脉、珠宝和金钱。需要发散或遗忘的是：不快、敌意、背叛、仇恨、痛苦和金钱。

有的要让它留，有的要让它走。

如果前程尚不明朗，不为它不明朗苦闷。前程和天气一样有定数，到时候自然明朗。

有一些苦闷是因为对自己信心不足。其实“信心”这一种东西本来并不存在，它有一个更好的名字叫“蛮干”。山里的小溪流入江河直至大海，真是胆大妄为。小溪岂知将遇到怎样的沟沟坎坎，一路上流过去，蹦着跳着，弯路直路一样走，最终入海。它们只在路上牺牲了一些水，姑且称汗水。是说，当你鼓圆肚子想让里面装满信心时，肚子仍是空空的。若屏除忧虑，径直做来，反倒像小溪一样成就正果。

有一些苦闷是因为没有敞开心胸。人不能因为有自私的念头、成功的念头、甚至称王称霸的念头就以羞耻待之。人也不能因为失败过就惭愧，羞与人言。光明的心地是把自己的愿望、打算坦白地说出来，而且相信说出来之后天不会塌，塌下来之后先由高个子挡着，高个子挡不住再钻到桌子底下避险。太阳底下没有新鲜事，苦闷憋在肚子里只会疯长成为垃圾，滋生毒素，每天毒自己一遍。倾吐是什么？是清肝火、清肠道、清神明。说出之后就把垃圾倒进垃圾箱。大江东去，佛法西来，太阳公公照样升起。而我们可以在别人的梳理中廓清瘴雾，认识自我而不受纠缠。

现在心理疾病增多，说是压力太大造成。压力古而有之，武子胥过韶关一夜白了头，咋整的？压力。但他光白头并无忧郁症。刘备听曹操口出“英雄”二字吓掉了酒碗，也没得忧郁症。说忧郁症不是新型病毒传染给今人，是心灵（中医叫神明）染恙。何以今人患病者多？有道是，吓的。肾主恐，其水与心火接济。恐惧使肾水干涸，徒令心火耗燃。故，人焦灼，人后怕，人瞻之在前，顾之在后，人心里放不了事，人勃然大怒，人想哭。这些算是中医的话，大体不错。英雄者谁？英雄有能力更有胆略。有胆不怕阎锡山之铡刀，不怕流言蜚语，不怕前路漆黑见不到五指，不怕笑话，不怕别人瞧不起，不怕别人用鼻孔“哼”，不怕被冒犯，被蔑视，被视之无物。这才叫平常心与赤子之心。成名难乎哉，成才难乎哉，岂是能力所能完成？才情、胆略、机遇，一个都少不了。

成大事，人先要放开心胸。修养人格比修养才艺重要得多。早一天修养自我，早一天去除心魔。而才艺早晚学成耽误不了整个的人生。

好状态，心里是空的，宽广澄明。能消化的痛苦自行消化，消化不了的拿出来晾晒，在与亲友的辩谈中让它蒸发，随风而逝。把心腾出来装有用的、美好的东西。

《黄帝内经》称：“悲哀愁忧则心动，心动五脏六腑皆摇”。什么事情让心动摇？是反复的、没有出口的忧思。中医认为心主神明，要清，要屹立不动，如一笼火，无风无动才能烛照万物。因此说，心要静，身要动。心静先要摒弃苦闷等乱石杂草，这是真正的身外之物，又最爱依傍人身。一个善生者，先是一个园林工，把心地的花园打理得井井有条，阳光普照，草木葱茏。

惭　愧

惭愧是一个人在事实的镜子里看见面容的丑陋之后的赧然。

惭愧者势必在某一段时间内高估了自己的能力，然后为能力不逮而开始恨自己。

惭愧的前身一般叫作冲动。冲动是那种不计后果与不了解规则的竞技。它在满足了热血沸腾之后，立刻就宣告失败。

惭愧的人眼界不是太宽，判断事物太过绝对。为什么老年人不容易惭愧？因为他们尽管弱骨支离，但见闻广博。这并不是说只有渊博的人才不惭愧，其实比学识更重要的是襟怀。一个人即使不断学习，仍然会有知识盲区，但谦虚的态度可使人免遭惭愧。

惭愧的人还是有良知的人，尽管他一时可憎。一个人惭愧，证明他判别善恶的机制还起作用。如果“原谅”作为宽厚的关怀可以经常使用的话，那么不妨去原谅那些惭愧的人。“知耻近乎勇”，是就一个负疚的人表现出的承认错误的态度而言的。知耻者还近于纯洁。如果占上风的人揪着惭愧者的过失不放手，恐怕日后也会惭愧。

惭愧的人当中，有一种表现是得势时太过得意。不懂势满则亏的道理，展示小人得志的风光；颐指气使，失道寡助。如王伦之于林冲，王明之于毛泽东。如果把豪杰人物一时逼仄的隐忍看作软弱可欺，这种人日后一定会遭到生活重创，他们的惭愧无须怜悯。

一生从不惭愧的人少有，除非是善于忍耐的高人。一般说，惭愧与时间有关。在时间的推移中，真理像冰山一样浮出海面，一切不言自明。这时，比雄辩更重要的是忍耐，让时间在一点一滴中显示力量。

恐惧与安详

如果有人要我回答面对恐惧的方法，回答肯定是不知道。

但如果恐惧一旦必须面对的话，最好的方法就是不去想它。

不在恐惧到来之前就去体验它，余下的勇气足以应付恐惧。

在这方面，动物是人的榜样。面对大雨、冰雹、山石流与山体滑坡以及刀子，它们一律是安详的。它们的认知系统不知道下一刻要发生什么，也不知道这个事件的性质。

人比动物少了皮毛，多了恐惧。思想本来是用来思想——譬如对太阳系的思想，或对纳米材料进行思想，而绝大多数人不去（也不会）思想这些玄妙的事物，用来思想自身。

如果把思考能力——这是一种强大的能力——用在思考自己的感受上时，对大多数人必定是一种折磨。思想的能力很强，而人之苦忧的能力也很强，两者交织一体，人生一定很苦了。

我有时想，如果一个人不当哲学教员、发明家或会计师的话，不如像割阑尾一样去掉自我的“思想性”，只保留“艺术性”。艺术性是人对美与善的感受，有乐而无忧。有一种药就是通过提高神经对疼痛的忍受阈值来止痛的，可见天下有此道理。

医生说：什么患者病好得最快？傻子与农民。他把傻子与农民并列显见不正确。农民并不傻。医生说的道理是：两者都不去穷究病理，妄自猜测，也就是不用思想去捣医疗的乱。

现在常有“资源合理配置”一说，这对不可再生的资源尤有珍重的作用。而人的思想，无论如何也应该算资源，然而讲到合理配置，结论是极大的不合理，甚至不讲理。让学生们学习一无用处的知识，让秘书杜撰鬼话一般的公文，不仅浪费思想资源，而且浪费别的资源，这实在是没办法的事情。但谁也不能不让病人思想自己的病，虽然越想越重。这无异于法西斯蒂——这是一句古拉丁文，意指抱着木柴四处烧死别人的团伙。

人的思维能力平均差不多，一个澡堂子的电工与麦克斯韦和法拉第大脑神经元的活动能力差不多，神经轴突的绕索也差不多。但电工始终想着澡堂子的事情。如果有一天他面临恐惧，譬如躺在病床上，其思想的深度和广度都会被开发出来，虽知识不及，但思辨性已与麦克斯韦和法拉第相轩轾，也是一种悲剧。

人称仁者无忧，勇者无惧。我看所谓仁勇，不外“每临大事有静气”。安置思想真空，决不先入为主地体验败局之痛，如此则既仁又勇。做思想的牧者，不使之放任自流。人不妨算一笔账，成功事有多少因思虑而成，失败事又有多少为思虑而致？这笔账不好算，机遇、运气在其中作祟，搞不清了。但人应该承认，成功大多是做出来的，而且是经年不止的劳作，思想只是有时起一些点拨作用。但许多麻烦事都是想出来的，自己被自己吓着的情形比被别人吓着的时候多得多。巨大的思想能力属实说应该归属于那些大物理学家或研制艾滋病疫苗的人，就像巨大的力气应该归属于运动员一样。人们，或称我们，只不过是统计人口时的一个数据，由个位到亿位往上排。思想的能力或作用对我们基本上没用，也没有妨碍我们看花养鱼、饮茶打盹或跳舞。无思便无私，进而无丝，藕断丝连之丝。

拿冷水浴来说，都知这是好事，也是难挨之事。洗了几次坚持不下来的人，其实不是冻的，是洗之前被思想——自我保护之私心——在脑里的夸大描述吓住了，进而驻步。而傻子、农民、动物或像我这样的人在冷水浇头之前全不思考，直到站在喷头下的最后一秒钟，还在想各种安逸之事，直到被冷水浇醒。而冷水兜头，也不妨当作一种意外。之所以说是意外，是冷水很快停止了，人又重享温暖，这不很好吗？至于明天，明天再说明天吧，冷水浴是一定要坚持的，每次只是个意外。

让思想老老实实在家待着，别动，别妨碍我们的事业，做事才能放开手脚。这是我对所谓“思想”说的一些不敬的话。

和颜爱语

日本一位百岁禅师不久前离世，留给世人的精神财富是四个字：和颜爱语。

颜是表情、面色，是你用脸送给别人或世界的有情感的图像；语是话语。禅师在世时，别人向他请教怎么修道、怎么成佛以及什么叫禅、什么叫禅机等等人生大义，禅师回答："和颜爱语"，多一个字也不肯说了。

这两样东西，人人都有，不必花钱买或向别人借。富贵人、卑贱人，甚至罪犯都可以做到"和颜爱语"，这是说它容易。

若说难，这件事又最难。先说和颜，人对地位高的人、仰慕的人、有利益相求的人全都和颜，没一人不和颜，除非他不想混了。张学友的粉丝有对张学友发脾气吗？没有。人对不如自己的人，对你所轻蔑、仇恨、厌恶的人就可能冷颜。每个人都有两面性甚至八面性，谁都看人下菜碟，佛教称之为"分别心"。如果人经过修炼把两面性变成一面性，当然是好的一面——和颜，这个人就近乎圣贤了，佛家称之为"觉悟"。

觉悟这件事也分两方面说。其一，对人一视同仁不费事而是省事。早上醒来到晚上入睡，对谁都和气圆融，比换脸谱省去麻烦。对权高位重者态度和悦，对乞丐态度如斯。其二，此为尊重、礼让、高看别人。

但说起来容易做起来难。漫长的人生，见无数的人，遇无数的事，全都和颜？人能做到这一点，万里挑一都挑不出来。

可是——我们再往深里想一下——不和颜有助于对治坏人、破解困局吗？结论是不能。以怒颜、恶颜对待坏人坏事，后果可能更糟糕。话说到这儿，转一圈又回来了，和颜好，胜过怒颜、谄颜、媚颜。但我们为什么不做呢？问谁呢？非不能也，而不为也。坦率地说，我们没能力对人人事事做到和颜。这里所说的“能力”是修养、境界、爱心，是道，是佛，得之大不易。

爱语与和颜在心境上相同，简单说叫好好说话。对人人事事全以爱语待之，像和颜一样难。这位日本禅师却对人人事事都做到了和颜爱语。所以他可爱，他长寿——孔子说“仁者寿”，他受到众人的景仰。禅师这一辈子活得简单轻松。和颜爱语导致人轻松，而不是让人沉重焦虑。做人如荷上水珠、如儿童、如穿过竹林的清风，得到的是简单。人假如活得简单，又活得轻松，他已经站在幸福门里而不是门外了。

还有，“和颜爱语”不需要花钱。现在钱的势力无所不在，所以我说着就说到了钱。和颜爱语来自每个人的内心。在我们的内心，不知藏有多少珠宝，等着我们用，我们都没用或没用好。孝道是珠宝，忍耐是珠宝，自我管理是珠宝，诚实是珠宝，说起来人人都是大富翁。我们至少要保持这样一种认识，藏在我们心里的珠宝，不管叫情操、品格，还是什么，比外边的珠宝更多、更有用。内在的珠宝由信仰生发和保管，受用终生。

菩萨天天都在笑

人会做的一些事，动物也会做。比如饮水食肉、愤怒、奔跑与生产后代。人却另有特殊技能，或叫绝活，为动物望尘莫及，就是笑。

只有人会笑。

只有人才会把欢喜之意表达在笑这个动作里。人更高明之处不仅会笑，还会微笑。微者小也。微小的笑容流露人的脸上，却已传出善意。善意即好的意愿，你好，我好，相安无事。此笑相当于送对方一封示好的信，相当于唱了一首美妙的歌。微笑用小表情完成大动作，笑者心自安，别人看到也心安。

微笑比跑步、登山、举重容易。不要多，一点点笑意浮在脸上，就构成一个友善信息发布会。这些笑如柳丝拂水、如荷上露珠、如风穿竹叶，归于美的范畴。

不会笑包括不会微笑的人——除去悲苦病痛者之外——放弃了美，也放弃了与人沟通的机会，关上了善门。人笑是用笑传达自己内心的纯净和安详。会笑并爱笑的人显示善的实力，人内心美好之事居多才笑。会笑却不笑的人心里编错了程序，误认为自己太高贵，太不同凡响，小民不配观其笑。但高贵的人常常也在微笑，菩萨天天都在微笑。放弃笑，等于放弃了人的特殊技能，混到动物那一堆里了。但这么说也不对，动物——比如小猫、小鸟、小兔——都想笑，惜乎上帝没赋予它们这一本领。

什么人笑的最多？孩子。

有统计说，一个满月的婴儿每天笑五十次，一个满地跑的孩子每天笑一百五十次，一个成年人每天笑五次。而我看到某些人五个星期都笑不了一次。结论很明显：快乐多，笑才多。人不能等钱赚足了，官当大了，房子买到第三套才笑。孩子没钱，但笑容比谁都多。笑可以激发人的脑内物质——内啡呔，可以消除紧张感。最主要的，笑与微笑可以给别人安全感。

不夸张地说，安全感如今成了极为稀缺的奢侈品，花钱也买不到。人与人相互警惕、戒备、厌恶，麻秆打狼，两头害怕。公允地说，如今不信任的氛围超过不信任的事实。让公众集体放松，需要各方面的努力。微笑是其中成本最低最奏效的方法。

微笑改变不了一个人低收入的处境。不微笑也改变不了这种处境。微笑的本质是心的语言，是对自己与他人的善意。我在俄联邦图瓦国的日子里，从早到晚遇到向我微笑的图瓦人，当然他们相互也在微笑。起初，我没办法报之以笑，觉得无理由，不习惯。当我开始向图瓦全国人民笑的时候，我到期回国了。回国后从满洲里机场开始遇到互不相干冷漠的脸，而我还在向一切人笑，被看成是傻子，还受到警察盘查。后来我终于停止了笑，虽然我在别人眼里正常了，但我感觉失去了很大一块愉悦，跟随大家一起回到往日的紧张和沉重。而在图瓦的日子，每天都轻松，因为每个人都向你微笑。这比赚多少钱都让人高兴。我至今怀念那时从每天早晨开始收到的数不清的微笑。

尊严不是珠穆朗玛峰，是底线

对尊严不同的认知，取决于不同的人生态度，也决定一个人在生活中快乐与痛苦的多与少。

尊严是什么？是要求别人对自己人格持有的起码的尊重，涵盖对待各个种族、阶层、宗教信仰、性别和身体状态的人的平等态度。

“起码”这个词，是说人人应该享有的，含量很低的尊重。尊严和幸福几乎不搭界。如果片面宣扬尊严的至高价值，人几乎什么都做不成。因为人在社会之中，矛盾、冲突、误会、轻视比比皆是，如果把这些都看成冒犯尊严，人几乎无法生活下去。继而考量“平等”这个词。平等只是平等，而非礼貌有加，大加尊崇。说到底，只是一句话：过得去。

佛经四万八千卷，讲修道，先讲破除一个“我”字，幸勿把自己看得太重。一个人为自己设定保持尊严的六十四条规则，别人不知晓，知晓也不去执行，它不是通则。“我”的根本需求是什么？粮食、阳光、空气、水、自由的心灵、理想。保证了这些宝贵的东西就保持了尊严。因此，尊严应该是很低的东西，如同理想应该是很高的东西一样。

清朝皇帝出行前清水泼街，黄土垫道。乾隆一朝，帝出驾把大街上说相声的人打跑了，认为尔等轻薄猥琐。所以相声行最恨清代皇帝。这一套是皇帝的尊严。日本明治时期，大臣把身上所有的衣服一件一件脱尽拉尿才算尊严。歌星甲觉得坐宝马尊严，球星乙认为抽大烟尊严。外在的、摇摆的、因人而异的自我期许标准并不是尊严，它只是文化与消费的标准。言语触及的也不会是人的尊严。多数人对尊严的看法都不准确。德兰（特丽莎）修女冬天访问北京，脚穿塑料凉鞋。东道主买一双新鞋送给她，修女收起来留给麻风病孩子。她穿普通的衣服和破凉鞋出入官邸，不失她所保持的尊严。她说：这是我和上帝的事情，和别人没关系。

如果把小的过节、小的礼数、小的言语和尊严挂钩，是一件虚妄的事情，人会在虚拟的“尊严”中拔不出身而忿忿然，失去机会。

人如果把自己的尊严设定高了，像珠峰那么高，他只能在孤独中兴叹，谁都高攀不上去。

人皆可以为尧舜

我喜欢写字，一直没用电脑也是这个原因。矫揉造作地说，坚持写作的理由之一是为了养养手上的字。字在人手里如玉镯，要写要戴，老不用就死了。但字比玉更奇特，它在手下有一个“生”的过程，你眼瞅着字在笔下生出来，一字一样。中国字的样子已经被字典规定好了，一点儿不能变。你擅自把王字变成六横，别人以为你画蜈蚣。字的样子不可变，但写出来，每一个字每一次书写都不一样，这是书法的稀奇处之一，也是它的生命。写字写出字意，还每每带出趣味、美和性格，这是通识，毋庸多讲。除写作的时候写字，我还爱读一读碑帖，读的时候装模作样以食指在腿上画，心慕手追，是想把字写好。这只是个愿望，字永远写不到你想达到的境地，但一点点总可以进步，这和打太极拳的道理一样。打拳的人掌握套路之后，经常地恍然大悟，察今日是而昨日非，然后恍然大悟，越打越觉出自己的破绽，同时又在进步。

这个事不说了。我既然天天写字，按说有了一个练字的演兵场，可是，每一篇短文的写作，都在求其意、求其快，字写得都不好，写糟践了。一堆字蓬头垢面地站在那里，像广场等待领粥的贫民。其实我能把字写得更好一些。到了写的时候，就顾头不顾脚了。今天感到，这叫势利眼，叫存心不良。就像可以把房子打扫干净而没打扫、可以洗脸而没洗一样。存心不良说的就是苟且。人生真正的大敌是苟且。苟且之所以得到那么多人的喜欢是迎合了人的惰性，成本是埋没了许多的美好。找理由是苟且最爱打的牌。人有一百个理由把字写得不好，写好的理由只有一个：好。这个理由既少又来得单薄。人同样有一百个理由不读书不起床不礼让他人，除非你想读书起床礼让。向上的道路虽然广阔无比，但走在上面的人并不多。

今天想，写字也是一种福分，能把字写得好是更大的福分，为什么不享这个福呢？你以为还有什么福在前面等你吗？这就是势利眼。多数人的能耐都不大，都有点儿小能耐。把小能耐用好，人生就很好。写字、绘画、弹琴、背包到偏远的地方旅行，不仅愉快，也是能耐。写字虽然是非常小的一件事，竟也有可以写好、图快写不好这样的苟且之人。人生本可向善而未善之的事数不胜数，人就是这样一点点拆自己的台。孟子说“人皆可以为尧舜”，最后都被耽误了。

情绪掌管半生幸福

情绪跟人的关系，与墨汁跟清水的关系差不多。

按佛教的说法，人每天早上睁开眼睛，这个人是“新”的。经过一夜的修复，人的内脏、大脑还有中医说的“神明”像带露的青草那么挺拔，等待主人做新工。

这个人穿衣洗脸、吃饭喝汤，接下来办这个事那个事，直到华灯四放，再入被窝。这叫“一天”，古人曰“昼”。期间，人一不怕苦，二不怕累，只怕一样东西。有了这样东西，一天白费。这样东西曰恼、曰怒、曰怨、曰不顺利、曰人生不如意事十之七八又来了。

这样东西像用草叶挠脚心、探鼻孔，痛倒不痛，但足以让人勃然大怒。“草叶”就是情绪。

若要说一个人蠢，说谁谁不愿意。小学中学大学卒业，哪个蠢？但你观察那些勃然大怒的人，问其怒因，都是不太大的事情。发怒者宁肯停下手中的事情，意气相搏，满脑袋青筋。

这就是蠢。

蠢人自有蠢理。曰君子死，冠不免；曰玉碎胜过瓦全；曰男人；曰豪迈。我称之为“以正义的名义生气”。

他们这么生气，我非但不同情，为什么以蠡视之呢？因为他们大动肝火的理由都与性命无关，比一窝未孵的鸟蛋从树上掉下来的意义都小。

爱发怒的人都是特别凑巧遇到发怒的事。他们用手势、表情、语言、逻辑发泄愤怒，泄过，对事有损无益。但人发过怒，身心混沌，像墨汁洒进一盆清水里，一天白费。

发怒也好，失望、沮丧、嫉妒、怨恨也好，只是——仅仅是——一滴墨汁，招它出来，它将弄脏一盆或一池清水。

清水是什么？是时间，是我们干干净净的一天，是可以完成好多事情的生命的一部分。

究竟是什么惹人发怒、失望、沮丧、嫉妒和怨恨呢？实话讲，跟事无关，因人而别，什么事都可能引起有人怨恨。人生大前提是：由于世界、由于别人按各自的意志行事，不管你高兴不高兴。高兴的，白捡了；不高兴忍着。爱生气的人活多大年龄都生不完气，生活用来生气。

如果不开心的情绪浪费了好好的一天，加上疲倦的、无聊的、天气不好等各种理由耽搁的光阴，废弃的日子蹉跎半生。人哪舍得把半辈子的时间扔出去啊？话虽这么说，该扔还在扔。

佛教告诉修身的人先“治嗔”，不是请别人别惹你生气，是压根不生一切气，保管好生命纸张的洁白。

人治住了嗔，差不多得到一半幸福，抬眼看看青山绿水都觉可喜。

第二辑 / 幸福莫过于万幸

最想依傍的八位高邻

说起邻居，忽然想到钱的局限性。买多好的房子，包括水景、会所与林荫道，都没含邻居。与人为邻，比包办婚姻还生硬，摊上谁是谁，这是就一般人而言。

钱多了，多到开办基金会的程度，这事又好办了。比尔·盖茨造屋，把山掏空，带瀑布的，奢华而不惹火。比尔先生也考虑过邻居这件事，人家是这么办的：在自家别墅周围再造几十座别墅送朋友和同事，实现了物以类聚。而咱们的邻居，其宅非我们所送，只好本着“团结一切可以团结的力量”之妙义，和大家搞好关系。如果可以幻想一下，拉一个单子，欲与哪些高明人为邻，我的答卷如下：

一、杜甫。杜甫，字子美，河南巩县人。与他为邻，和他的字叫不叫子美没关系，也不因为他名气大。杜甫幽默、睿智，熟透了。大官李炎上他家做客，酒喝没了，跟邻居借：“隔屋唤西家，借问有酒否？”多直率。与他为邻，酒要备足，最好备一大缸，把秘书监贺知章喝到“知章骑马似乘船，眼花落井水底眠”。有个豪饮的邻居是爽快事。杜甫言：“忘形道尔汝，痛饮是吾师。”杜诗的幽默，在此不一一引录，免得此文被误认为是大文化散文。读原诗最好，前人谓：“读唐诗，一读了然。唯读杜诗，屡进屡得”。

二、比尔·盖茨。挨着这位“伟大的比尔”居住，不为向他借钱，是为蹭歌剧。他家有歌剧剧场，演出之际，观众少了没气氛，捧个人场呗。

三、契诃夫。契诃夫的小说幽默，但他是严肃的人，悲悯天下。他给邻居看病的时间超过写作时间。与之为邻，就像享受医保一样，心里有底。他不会给人开贵药，也不开假药。假如跟杜甫喝酒喝高了，找契诃夫要点儿解酒药，方便。契诃夫善良，用忧伤的眼光看着一切不幸的人。他嗓子也很好，童年唱女次中音。契诃夫和比尔·盖茨有一同好，爱在家里请客人吃饭，当然是俄餐，腌黄瓜、鱼子酱什么的。吃喝中，他找一个不引人注目的地方看人饕餮，下礼拜接着请。

四、丰子恺。我感觉与丰子恺为邻就像与儿童在一起，他的童心如清水一般纯净。他是美的发现家，然后画出来。他的胡子好看，音乐修养也好。有这样的邻居，早上看他一眼，心里安静。

五、盖叫天（张英杰）。跟大师为邻，除混吃混喝之外，还要学习用功。盖叫天一生与其说在戏里，不如说在“功”里，把武松演得出神入化。我估计山东阳谷县的真武松看过盖叫天的演出，一定会拜他为师。盖叫天在上海演出，从楼上翻跟头翻到桌子上，桌不稳，摔到地下，仍以打虎式收式。胫骨骨折从肉里支出来，他没吭气，直到合上大幕。盖叫天到上海，头一回吃大米饭，见饭是白的，吓了一跳。饭粒还有白的？没敢吃。这位苦出身的京剧表演大师把太极拳、书法、云彩的变幻，甚至于炷香的萦绕都融进表演里。与之为邻，可除惰气。

六、张三相。三相是木匠、赛跑能手。他聋而纯洁。聋就会变得纯洁吗？似乎说不通。前年春节，三相跟我说，小时候，他不骂人不是因为聋，会骂。他觉得人一骂人就变脏了。他黄色的眼珠始终闪着热切的、憧憬的光芒。三相整洁，从小注意洗脖子。他会因为别人求他一件事而感自豪，勉力为之。可惜，三相去年病故，这是他妈告诉我妈的。我想跟很多人说：“三相病故了”，但无人可与之述说。我想象不出，三相有洁白的牙齿，粉红色的皮肤，永远微笑，说一口北京话，他怎么说死就死了呢？

七、乔治·布什总统。中国人称其为小布什，没拿他当外人。跟跑步爱好者一起跑步并探讨跟跑步相关的一切事，是人生乐事。布什总统每天跑三英里，还喜欢在四十摄氏度的高温下热跑，保镖都烦了。我不烦，爱跑之心胜过爱美。我估计布什不喜欢杜甫，布什年轻那段儿喝大酒，后来戒除并蔑视饮酒者。

八、席慕蓉。席慕蓉诗文好，画也好，为人的风格豪放真率。我觉得，人生之短促，真没有说假话的时间，和讲真话并懂得美的人在一起，如享长寿。席慕蓉近年成了席霞客，走遍了和蒙古有关的好多地方，大兴安岭、巴音布鲁克、元上京。她把她所看到的美好的、忧伤的事物和别人一起分享，朗声大笑，哽咽失声。席慕蓉心里揣着整个草原，与之为邻，就像跟纯朴的牧人为邻，屋里有笑声和洒地的泪水，心里头干干净净的。

神的神秘

只要是人，就永远见不到神，但可以感受到神的存在。不要问为什么，这就像人见不到空气但空气照样存在，人见不到暗物质而暗物质念兹在兹，只是不和你打招呼。我原来以为这是视网膜的事，没进化好，角膜结膜虹膜什么简陋了一点儿，有局限性。后来发现不是这么回事，人和神压根就不在一个共同的界面上。这不是视觉的问题，你不在那个世界上，你能看到那个世界吗？人理解一件事离不开两个拐棍，一叫时间，二叫空间。用语言表达，叫“啥时候？”“在哪儿呢？”向人类表达一件不在哪儿、没时候发生的事，他们理解不了，我理解起来也有一点点困难。神不在时间和空间里存在，这么说像不负责任，其实严肃认真。只不过这不是语言可以表达的事。语言吧，打情骂俏很在行，胡吹瞎侃也凑合，一说正经事就像假的。神的存在原本不是用嘴说的，亨德尔和巴赫用音乐描画了神的存在，牛顿和巴斯德用公式推演出神的存在，但人画不出神，大约可以画出他对神的想象。人的肖像绘画格局里面，还是耳朵、眼睛、脸蛋儿这一套。这是人，一看就是妈生的，还有眉毛、牙什么的，神根本不是这样，首先你别用肉来想象神，它不是肉的。有肉就有筋、骨、皮，这怎么能是神身上的东西呢？用“身”这个观念想象神也是捕风捉影，身是有形，最终要破，神无形。

神虽无形，我还愿意想象他待在针眼里。有线缝衣，没线的时候，神躺在里面睡觉，针眼光滑通风，挺好。神虽然伟大，但个头不一定大，需要的时候大一下就好了，不一定像泰山那么大，遭受风吹日晒。芥籽粒与须弥山在神那里没有大小之分。

超出人的理解力的事情，人会猛地想到神。其实人最容易忘记神，没有宗教信仰的人更是如此。他们诚心实意祈祷神，请神助他完成匪夷所思之事务因为没见到效果便放弃了神，从此吃喝玩乐各类好事从没想到过神，他认为他的平安和福气跟神无关。但无论多么不信神或者叫没信仰的人也有想到神的时候。通常是：一、他们做了恶事感觉会遭到惩罚时希望神帮他平事，也就是派神与正义力量对殴。二、他的力量不足以完成他期望的目标，希望神插手搞定，比如买彩票中奖。在人看来，中奖的力量混沌无序，除了神，谁都无法插手，人希望神帮他。人为什么不祈祷神去买彩票中奖呢？人没这么无私。他们尽管觉得神常常不灵，但也不肯把不灵的祈祷拿出一句为神祈福。人无缘无故地认为神不需要物质财富。

人在遭难和贪财时想起神并祈祷，这其实是拿神当鬼用，任务艰巨，而且危险。在这两件事情上好像神没帮过谁。该抓到的坏人都抓到了，买彩票中奖的人常常并没有祈神。人与神所作所为都不会摆脱因果关系的法则。人表面上遵从因果关系，但他们盼望的因果是颠倒的，譬如种瓜得豆，譬如作恶累累而喜事连连。他们知道这不太靠谱，所以派神去办这件事。而他们派神完成任务的时候没给神资金、装备设备和人身保险契约。换言之，他们根本不管神的死活，没问神家里有几口人，遇到危险该怎么处理。不管神把事办什么样，人都没成本，没投入，没损失。这是多数人对神的态度，心里基本不信神，遇到危险时派神去冒险。

但一个人一生中总有几场特殊的际遇让他们目瞪口呆，尔后想到神。比如一个霹雷把他身边的松树劈到焦黑，人却毫发未损，当然这不是他祈祷的结果，他根本不知空中有雷来劈。神的启示更多来自大自然。太阳在万物感到温暖的同时没忘记让葡萄成熟，鸟在天空飞翔。世上有一些人的存在让人感到神一定存在，王羲之和莫扎特即使不是神也是神的使者。这就像有些人的存在让别人感到地狱的存在。神鬼原本不住人间，但会在人间显灵，并受到人间追捧。汉语称神为神灵，单独说神是说健康状态，譬如两眼有神。中医里说的神涉及意识（神态），焦虑（神不守舍），注意力（走神了），它甚至跟妖放在一起使用，叫精神。它表述人的心念及感受的一切形而上的现象，如精神状态，精神疾病。它们的神秘，让人感到太神了。

安 静 权

公交车以前报站明确，“大西菜行车站到了”，无一字多余。现在改革，如：“棒槌岛牌羊肝羹提高视力提醒你大西菜行车站到了。”

我想了半天才听明白。这里面有棒槌岛、羊肝羹、视力，屁股后面跟一个大西菜行。这就像守门员迎面踢过来五个球，不知扑哪个好。

还有“爱司美林眼科准分子治疗近视只需一分钟提醒你泰山路车站到了”。“月光齿科洁齿护齿还您美丽微笑提醒你前方到站华洋大厦。”

我以为听到了梦话，想了半天悟出这跟坐车有关，跟到站也有关，而且，这也是为了大伙儿好，坐着车让你知道怎样提高视力，牙到哪里去白，属于美丽人生。

但我觉得似曾相闻，想了三站地，恍然，文革有一阵就这么说话，启齿前，背一段毛泽东语录。

甲：要斗私批修。给我拿一管牙膏。

乙：狠斗私字一闪念。三毛六。

甲：扫帚不到，灰尘照例不会自己跑掉。有醋吗？

乙：没有文化的军队是愚蠢的军队。没有醋。

甲：中阿友谊万古长青。有火柴吗？

乙：多思。刚卖完。

甲：我失骄杨君失柳。这钱太破了，换一张。

乙：农村是一个广阔的天地。破什么破？不换！

甲：我跟白求恩同志只见过一面，那还是在晋察冀边区。不换就不换，你生气干吗？

乙：金猴奋起千钧棒。我不稀得跟你生气。

甲：一个人做点儿好事并不难，难的是一辈子做好事，不做坏事。你注意态度。

乙：妇女解放之日，就是革命胜利之时。我就这态度！

公交车的报站仿佛可以理喻，但还是理喻不了。虽然牙白，近视也好了，但容易使人忽略站名。我就是光听“羹”什么的早下了两站，这也是一种“信息不对称”。

人在任何公共场合都不放松。在公交车坐一个小时，比干一个小时的体力活还要累，因为紧张。紧张的来源不仅由于车辆走走停停，人流上上下下，景物虚虚实实，还在于人处于近距离的身体接触——距离小于三十厘米，就开始分泌大量的预警激素。在潜意识中，这是不安全的表达。人与动物一样，陌生对象出现在超近距离，会引发奔跑、反抗、搏击等带有敌意的欲望。而这些行为不能释放时，则疲劳。因为应激荷尔蒙是不可逆的，只能在运动中消耗，无法按原道回去被身体吸收。这是紧张的人疲惫的原因。譬如两个仇人对视一分钟，其体力消耗足以使他们累倒在地。而在公共空间——车站、商场、飞机和大巴之内，消除紧张的方法是耳根清净。此际，大量声音信息会激发更多的紧张激素。不管是洁齿明目都令人焦虑，至少是困惑。所以，人在公交车上突兀听到“羊肝羹”，要眨巴眼睛想半天——紧张导致智力下降。

现在信息太多了，多到脑袋装不下的程度。有人说，“现在哪儿还有叫脑袋的，早就改叫垃圾处理器啦！”入鲍鱼之肆，久而不闻其臭。是由于人的味觉神经有自动关闭的机制。但人的听觉与视觉都不会暂时关闭。人的大脑有一种无法改变的功能，即不断地追索意义、词语以及所有事情的意义。在无意义面前，大脑由于寻找不到答案而引发焦虑。如果在人权当中引申出一项“安静权”的话，公共场所的这些广告显然损害了这项权利。

长青春痘的老城

一个诗人说：五十岁的人脸上突然冒出青春痘，让自己尴尬，别人生疑。

城市满一百岁，算老城了吧，至少已经出了青春期。这座城突然起了一片“骚疮”，脸上到处都是疙瘩。这些疙瘩不天真，也不羞怯，和年轻人的脸相似处只有鲜艳性。说的是盲目开发所形成的城市景观。

在这座小城里，大街两侧盖满了住宅楼，一楼全是门市房，门市房全有比油漆还鲜艳的招牌，上写“思念鸡、还乡鸭、风干肉”这样的产品名称。店门开半，一两人袖手看路上行人进入哪家店里。

城市的住宅区、商业区和工业区理应区位分明，像人肚子里的心脏、肝脏、肾脏长在不同位置。商住一体，是对城市的捆绑，好像让胳膊长在腿上，看着挺灵便，但不像人，像八爪鱼，不能跑，只能爬。房地产商不管这个，这样的房子好卖，日后重新规划搬迁是政府的事。举目望去，城市的一楼全是门市房，特荒诞，不知上哪儿找那么多的顾客。市场经济的内核不是市场，是利润。一个缺少购买的城市，只剩下红红绿绿的凋敝。从经济学说，凋敝不一定黯淡，也可以像青春痘一样鲜艳。

一百岁还长青春痘的城市所做的昏事，当然不止于招外埠开发商造楼，还有满街的摩托车，多到无法忍受的程度，禁都难。电动车也是如此，它的镍氢电池让土壤中毒，二百年内无法消解。再如马路露天市场，名曰方便民生，其实是城市的溃疡。道虽道，不能行。这是街道社区的生意，在马路放号收钱。三如招商招来耗能、污染企业，让城边的河流鱼死水干。

长青春痘的城市没创造多少就业岗位，但商业风流无限。街上除了门市房和菜摊，还有另一样景观——假古董市场。因为央视有“鉴宝”栏目，人们继红茶菌和甩手疗法之后又钻进这一迷魂阵。一张口全是青铜、鸡翅木、钧窑这一套话语，好像中国有八个夏朝、六个唐朝、十五个明清。实说，中国有一百个夏商周也出不来这么多青铜器，世界有十个越南加十个缅甸也没有这么些红木。在一个水泥新筑的城市交易这些伪装腐朽的古董，还是青春痘效应，痘与脸不配套，没生成自己的文化品格。

在城市化进程中，房地产商对小城市的破坏比大城市大得多。所谓改革开放的成果，如果没被民众充分享有，必是被房地产商、教育商和医药商所集体瓜分。但城市的丑陋与开发商无关，是规划与审批部门的能力和良心使然。生活在长青春痘的城市，没有河水、公园、绿地；没有小鸟、蝴蝶、露水。主要的，是儿童们长大之后留不下美好的记忆。就这个城市而言，所留存唯一的纯朴，是肯德基还没有进来，它们还没考虑进来。老城的人可能为此感到离世界先进水平还很远。其实，肯德基、麦当劳是一个城市最终沦为痞子的标志，拉美即如此。亚洲只有印度将其拒之门外。我对洋餐不反感，只是对它们身上鲜明的、全球经济一体化的强权有一点儿不满，太车间化了，不应该开在大街上。

吵架面面观

从民族性格说，中国人不见得多么讲求认真，好多事情都马马虎虎地过去了。譬如造一座电影院，竣工典礼时，红绸剪彩、鼓乐哩啦哇啦自不用提，影院却在这时轰然倒塌，在场人等无不狼奔豕突。再如，耗巨额外汇购进洋设备，到家一瞧竟然用不上。还如看直升机在闹市撒传单促销，这鸟飞机名为直升机却越旋越降触楼而炸，将我百姓烧死若干。又如，值班医生目视翻翻乱滚之急救患者，教导他“老实点儿！叫唤什么？”然后去搓三圈麻将，患者纯然老实了——气绝。

这些事端至少由不认真造成，且不去谈制度、法律与良心等。

但是，中国人对有些事还非要认真不可，第一是吃，第二恐怕叫作吵架。

这里说吵架的事。

我所看到的吵架，无一不认真到了极点，与哥白尼仰面观天象或陈景润埋首几加几到底得几是一样的。

举个例子(生产队长则读为列子)说，你无意把另一人的自行车弄倒了，不管你道没道歉，他都像撞见了日本鬼子似的叱咤：“你凭啥把我车子整倒了？”(重点“凭啥”)

“我不是故意的。”

“不故意你就往倒了整啊？不故意咋不整倒你自己的？嗯？”

这都是无法回答的问题，但又必须咬紧牙关去回答。假如你解释“我搬左边的车子，它没车梯，一刮，碰倒了你的车子……”云云，其结果更糟。

“那你就有理了？”

“我没说有理，我说我……”

“没理你还说啥？”

“不是我说，是你非得……”

“你把我车弄倒了，还不行我说？你到底讲理不讲理？”

在这种争吵中，受害人(虽然并没受什么害)将肇事人死死置于被动之地，令其狼狈不堪，欲逃无路。这是吵架吗？简直是一场哲学辩论。你尽管无意闯祸，也要把“无意之意”交代出来。如果你无心与他争吵，也要说明你“无心”到底安的是什么“心”。于是争吵就像浓墨浸在雪白的宣纸上，愈洇愈黑。

另有一类无端的争吵，属遭遇战，像辽沈战役中我军一彪人马在黑山境内杀入国军指挥所里一样。举例子说，我平时喜啖大枣，在沈阳某一商店觅得一种山西枣，肉绵色黄拉贴丝且无虫——吃了还想吃，又去买。柜台前鹤立美艳女服务员一名，哼歌自娱。

“这枣是哪儿产的？”

“陕西。”(她抄起秤盘子撮枣)

“那不买了，我想买山西的。”

“山西不就是陕西吗？”(该女杏眼圆睁，银牙一咬)“干啥？你想干啥？”

她先把山西陕西合并一省，进而证明我乃滋扰。我不想跟她研讨地理问题，做撤退状。

“我不买行不？”

“不买你还来问啥？你不是存心整事儿吗？不买你说山西陕西干啥？显摆你知道得多？不就是口音问题吗？哼!知识分子!(轻蔑地)嘚性!”

对这种女人，按沈阳地赖的一般做法，只要露出流氓相，她就蔫巴了。但我还不至于这样。所谓“知识分子”，大约由我戴一副眼镜而致。欺负知识分子是国人的通病，但我不是知识分子，戴眼镜是因为害了结膜炎。至于“嘚性”即“矫情”，在方言中含无理取闹之意。

我为她“山西就是陕西”的妙论所折服，一言不出，默默而退。路上思忖，枣虽没吃到，但长了学问，可推知河南便是河北、广西必是广东、湖南乃湖北的别名，锦州、沧州与福州肯定是贵州的另一种叫法。

好人为什么在争吵中一败涂地呢？因为他们总想讲理，而失败的原因正在于此。如上所述，在争吵中占上风的人，讲的是“不讲理之理”，而且能在你的话中寻出纰漏，穷追猛打。你愈加困窘，想再度挣扎，像鱼在网里一样，就越发陷于羞惭之地。

他与你的争吵，并没有共同的前提。你想讲理，他想吵架。换言之，你用的是科学方法(事实与求证)，他操的是艺术手段(语言与诡辩)。如此，你只好如伊拉克一般任人制裁。

明眼人已看得出，这类争吵中的所谓胜者，靠的只是无赖手法。谁能说得清“不是故意的，你咋不弄倒自己的车子？”这样能难倒天神的反问呢？无赖之风在争吵中的盛行和成功，是当今的事实，也是中国人的悲哀。

在大都市或小县城，外来的游客转一圈，很难避免(而不是很难遇见)吵架的事。作家林希曾说天津人吵架曾因为甲先生回首一瞥，后面的乙先生就怒诘：“干吗？”甲先生来气了“干吗？”两个人一直吵到众人围观。有劝架的人问什么事由，甲乙双方都反指对方鼻子“你问他!”

公理都在自己手里，过失全在别人身上。

中国人惜命惜身，但不惜把命与身都投入争吵之中。有的台湾人回乡后谈观感，惊讶于“大陆人太能说了”。西方社会包括台湾，只有政治家才口若悬河，四处讲理。台胞疑惑地发问：这是不是“文革”中开展辩论的结果呢？当今国人，从街道老太太到大学生，都能滔滔不绝地阐发宏论，纵谈国是。这种风气如同1976年1月10日《人民日报》发表的社论题目一样——《大辩论带来大变化》。变化之大，已将谩骂之风浸入无处不在的吵架之中。

苏格拉底说：“争吵是两个人的事，一个人是吵不起来的。”这不算名言，我不是哲学家也能讲出这样的话。令人尴尬的事实在于：在争吵中你不争吵是不可以的，他将你的沉默视作轻蔑以至顽抗，非引蛇出洞不可。俗谚称“一个巴掌拍不响”，但一个巴掌拍在自己脸上也照样响。冲这声响，也要和你干到底。

那么到底因为什么理由而吵架呢？答曰：理由无所谓，有理由要吵，没有理由创造理由也要吵；“目的并不重要，重要的在于过程”。人们注意到，争吵者往往不在乎事端后果的解决，而执着于问题的原因。譬如，自行车被撞了之后，不是马上去修车，而要目眦尽裂地怒责：“你凭什么撞我？”不该颠倒的颠倒了，正如不该不认真的认真了一样。

凭，指的是依据。一个国家，最大的依据莫大于法律。但在撞车、踩脚这类小事上，谁也没“凭”什么，干什么不放别人一马？

认真吵架的人，不见得认真工作，这样说并非武断。一个人脑子里满是未竟事业，没精力也没时间去和不相识的人认真争吵。

有人说，世人为区区小事而大动肝火，是不如意事太多，这话有理。什么事不如意呢？售货小姐会因为波黑局势而痛斥顾客吗？收款人会由于联合国救援物资运不进索马里而大骂消费者“不要脸”吗？估计不会。中国人太多了，蚁民到处涌动，强大的心理疲劳无处发泄，找个什么人指他鼻子吵上一通便是最好的发泄。

因而，吵架的理由在于焦虑、烦躁与愤怒。

但是，不论你出于什么理由，譬如环境污染、住房紧张、官场失意或两口子琴瑟失谐，都别跟别人吵。说到底，你愤怒的理由无非要别人尊重，但吵架本身就是不尊重别人同时失去了自尊。

你愤怒什么？别人有的是理由跟你愤怒瞪眼，但没愤怒的原因在于他比你有身份。

以下是有关愤怒的一些妙语：

柯蒂斯：愤怒是一种昂贵的奢侈品，普通人无法享用。

培根：愤怒能使傻瓜变得机智，也能使聪明人变成一个傻瓜。

贺拉斯：愤怒是一种阵发性的精神病。

富勒：愤怒就是自己惩罚自己。

亚里士多德：愤怒……像狗一样，听到门响不等看一看是什么人就狂吠。

蒙田：愤怒是一种武器，我们的手无法支配它，它却可以支配我们的手。

面对哲人的洞见，我们对愤怒以至于争吵的兴趣顿觉索然。算了吧，用东北话叫拉倒吧，何必跟自己过不去？即便在争吵中居于上风，也由于愤怒过而居下风。

倘若不幸落入争吵之局，也有两法可以一解：

其一是我发明的，叫“呆若木鸡法”。任你舌吐莲花，就是一声不吭，眼睛不妨盯着什么地方发呆，宛然置身局外。这就使围观的人以为跟你吵架的娘儿们爷儿们是疯子或弱智人。若有兴趣，你也可用怜悯的目光注视着他(或她)。不一会儿，对方就像气球被烟头烫了一下，颓然气泄。而“呆若木鸡”正是庄子的话，形容众鸡相斗时的最佳临战状态。艾略特也说过：“在争吵中，迟钝的人会因其迟钝而获胜。”

其二为相声大师马三立先生所言，把在大街上吵架的人在小黑屋里关上一宿，让他们随便吵去。

在小黑屋里的这对冤家，到了早晨，会眼里噙着晶莹的泪花说：同志，我们再也别吵了，太没意思了。

认真地吵架，原本就是粗率地生活。而懒于争吵，甚至不屑争吵，又是认真生活的开始。命运的法轮就这样将真谛里里外外地转给你看。邓小平说“不争论是我的一大发明”，意思是不须空谈误事徒耗时间。一则意大利谚语也透出如此妙义：应该关上的，是自己的钱包和嘴。

纯阳之地：沈阳

黄河以北的大城市，以“阳”命名的只有沈阳。兹证明此城傍水，筑于水的北岸，岸北为阳。水名浑河，又叫沈水。浑河得名于元代，蒙古语——“浑都愣”河，意谓“横置的大河”。对征战者来说，河都横着。此城后来称“盛京”，好名，大都之谓也。再后来改“奉天”，散发皇权气味。叫沈阳之后，一叫就叫稳了。“阳”字透露这里的住民生机勃发，一点儿都不阴险。在沈阳的工厂，我见龙门吊把一个火车头悬吊起来，不免惊讶。车间阔大高敞，四五个火车头像甲虫被缚在空中等候修理，阳吧？沈阳铁西区有的工厂上万人，一个车间上千人。计划经济时代的清晨，上万工人骑自行车从一个大门驶入，车圈烁烁，铝饭盒闪光，阳吧？沈阳马路宽阔，橘黄路灯一瞬放光之际，我作为骑车人每每想放喉高唱，对钢铁、厂房和工人阶级加以讴歌。在这里，小里小气的东西譬如我之小文化散文上不了台面。下馆子，点什么鸭肠、鲶鱼须子、炸鱼鳞——STOP!别侮辱我们的嘴和肠道！上肘子、上大塑料盆的黄蚬子！沈阳人不用壮阳，满城潜阳。他们高大、豪迈、粗一点儿——沈阳音乐学院、鲁迅美术学院、博物馆和剧场都没把他们磨细，随遇、随酒、随气候而安。不安时咆哮呼喊，比如看球。球员在沈阳球迷的呼喊中坚持踢九十分钟真是不容易。一位刚做完阑尾手术的球迷，没票，爬上树呐喊，刀口迸裂（手术线质量可疑），捂着肚子还喊。

这两年，我骑自行车漫游沈阳，看到了许多跑步看不到的景致。上二环一气骑八十公里，回家屁股不敢坐沙发。街树啊，马路啊，马路上方桥上的火车啊，感到这个城市血管粗，肺活量大。我三次踏勘铁西老面粉厂旧址。六十年前，我父亲与战友到此激战。他说："白面袋子当掩体，血喷上面一会儿就黑了。"面粉厂早没了，面袋子更没了。我找到了一个他提过的地方，叫"余粮堡"，离宁官高速出口不远。

在街上走，观赏各单位牌子引发遐思。如"减速机厂"，意味隽永，和咱们说的加速、跃进反着。毛泽东说过："发明大跃进这个词的人有功劳，发博士头衔帽子，第一顶发给他。"这里在减速，我想进去请教为什么生产减速机，没敢。还有"××区心算管理中心"，没错，心算也要管理。当然这是小单位。大单位如铁路局，在原日本关东军司令部内。有人说，那楼里的电话接口多得惊人，现在也没弄清楚。撬开地板用线一接一个电话。这一地带叫太原街，日据时期开发。原来叫"春田町"，还有这町那町。当年日本一批前卫建筑师来沈阳设计一大片洋房，幢幢新颖。

现今的市政府大楼是伪满时期建的"市政公署"。"八·一五"光复那天，蒋介石、宋美龄和国民政府领导人登此楼顶宣告抗战胜利，广场民众喧腾。当其时，蒋为光复后的沈阳街道起了许多新名，新中国成立后更改。未改的"文革"中再废止，但未改尽。他起的"明廉、克俭、同泽、集贤"等街名依然叫着，红卫兵没想到这是蒋起的街名，没换。市府旁侧有广场，绿地喷泉。到晚上，攒聚八方人士，百样玩耍，千般热闹，叹光阴。

中山广场矗立保存完好的毛泽东塑像。此雕像群代表着国内最高的雕塑水平（另两处是出租院展览和北京农展馆群雕）。当年，领袖朝向成了难题。面东，与太阳相对不妥。北面是苏修，当然不要对他们挥手。向南，首都在国土北方，为什么向南？后来塑像面西。西面是铁西区重工业群。到了铁西，一个人心底潜藏的词汇——比如雄伟、宏大、壮观等等全被激活。这些词在苏州一辈子也用不上，在义乌两辈子也用不上。沈阳官方回顾历史时，给这座城市起了一些磅礴的新名：东方鲁尔、共和国长子、共和国总装备部。虽然没叫出去，却为豪情找到一个出口。今天的铁西新区，所说的大而旧的企业消失了，代之以高新企业。眼观虽不豪迈，但整洁，更GDP。

沈阳的人和城，按旧学的字眼，属纯阳之地，条达生发，火力壮。有的城市像村寨，有的城市像舟船，有的城市像超市，有的城市像郊区，而沈阳像一列挂着无尽车厢的蒸汽机车，轰隆前行……

峻岭下的钢都：鞍山

一个巨大的玻璃罩子，方圆五十公尺，像珍稀植物栽培室，还像科研机构。我贴玻璃向里探望——遍地黑泥上人头散乱，至可怖，乃是红扑扑的头脸挂笑容，抿嘴眨眼。

——这是鞍山汤岗子温泉疗养院。病人进入玻璃大厅裸身敷泥，治疗想象中的所有病。从乾隆帝到溥仪逊帝，均来此洗过温泉。如今的口号是：不用泥埋，来也白来。汤岗子最撩人的不只是温泉（百姓称为汤）和矿泥，还有湖水、小树林。这里几乎没有市场经济的气息，安闲静谧。疗养院里养动物，铁笼牌子写着："广西猴"。

此地名曰"英不落"，满语，出产东北最高级的水果"南果梨"。各地老百姓喜欢把当地物产渲染成一个传说："最好的都送给中央领导了"。这里也有此说。人们吃到次好的南果梨后，仍惊慕不已。想象：最好的梨将会怎样的好呢？呵呵。其实，中央领导哪有工夫抢吃各地物产。这说法突出的是当地人的骄傲心态。还说，经专家踏查，测出在北纬多少度、东经多少度发现一棵"南果祖树"，遂立碑供人仰慕。

对鞍山来说，温泉和南果梨只是毛毛雨，代表"地灵"的是千山，本名"千朵莲花山"，长白山余脉，位尊东北四大名山之首。汉唐以来，香火鼎沸，是释道名山。我坐火车旅行，曾见一座宏大的道观外墙上写着这样的标语：弘扬道教，振兴中华。千山的玉佛苑，供奉世界上最大的释迦牟尼玉佛像，总重量二百六十多吨。玉为墨绿色岫岩玉，当地所产。好看的山并不叫靓仔山，而叫峻岭。千山峻岭连绵，一峻胜一峻，云蒸霞蔚。鞍山像国内许多资源型城市一样，有“灯下黑”现象。国人只知鞍钢，忘却了鞍山作为一个城市的性格。在整个东北，城市性格鲜明的有哈尔滨、大连和鞍山。哈尔滨受东正教文化影响，扎扎实实地洋气。大连受海洋和日本文化浸润，孤绝清高。鞍山依托冶炼和采矿业，胸襟包揽，人胆大（沈阳话叫“胆儿肥”）。鞍山人在改革开放初期就办大事，如证券股票，这在北方少见。鞍山人的奢华主义倾向也让人瞩目，喜欢一窝蜂似的进入奢侈品领域。一度，鞍山人雷达表占有率全国（估计全世界）第一，俩人见面露腕子说话，把瑞士人士卖傻了。又一度，鞍山人腰扎法国都彭裤带，腋夹都彭皮包。再往前，风行披呢子大衣、戴前进帽。鞍山人的审美现在开始沉静多元，而手表首饰消费依然坚挺。从前在鞍钢比较景气的时代，家里有一个在鞍钢上班的人已达富足，叫“单钢”，两个人上班叫“双钢”。拿当年的洗衣机譬喻，看出国企对民生的影响。

描述鞍钢是一件徒劳的事情，超大型的工业企业不在人类文字描述之内。如果用数字表述，人读了仍然不明就里。鞍钢年产一千一百五十吨铁，一千一百三十吨钢。主厂区占地面积一百七十六平方公里，员工最多时六十多万人。说这么一件事吧，一回，我应邀去鞍山消防支队把一场火灾录像剪辑为十分钟的短片，素材十个小时。我和同事在机房看这些素材，看一场发生在鞍钢、最终被胜利扑灭的火灾影像记录。忽然感到重重叠叠的管道和高炉，也可以用嶙峋、崎岖、崚嶒来形容。这里有钢铁的、不可理喻的群山峻岭。毛泽东曾经说：“以钢为纲”，钢和铁是这里的升帐元帅。那么，在一个生产钢铁的城市，说梨花、说海城高跷、说岫岩玉米面酸汤子显出可耻，径直说钢铁而不像一篇政府公报也不容易。

绕弯儿说点儿别的吧。在早，鞍山地界比它出名早的是海城。海城辖地比它出名早的是牛庄。在清朝版图上，赫然可见“牛庄”，没沈阳、大连、鞍山什么事。当年的外国殖民者都知道这个名字。而海城，除地震闻名外，还出过许鞍华与张作霖。最出名的是馅饼，大家都在锅上抢烙，无统一行业标准。

鞍山人除了奢华、气魄大之外，还崇尚冷幽默。这种幽默是“皮儿厚的包袱”，乍一听摸不见头脑。想半天，也许想一天半才慢慢咧开嘴大笑。这是高智力层面的谈吐，可见鞍山人聪明，脑力优渥，可能跟温泉、南果梨、钢与铁、馅饼及千山分别都有一些关系。

动物为什么不笑?

无论如何，人类接受不了动物的笑容。

猫天真、优雅、警觉，眼神具有洞察一切的明澈。它坐在窗台，看一只苍蝇绕着日光灯飞，看浇花的水珠从洋水仙黄色的花瓣滴下。假使猫微微笑了，胡须在上唇翘扬；假使猫仰头闭眼发出笑声，毛爪子连连拍打窗台，人会逃出房再不敢进去。动物一笑如成精。猫看透了人的一切。主人的安全感赖于猫不言语，如今笑起来，让人发毛。就是说，人作为智慧生物从快乐的产物——笑的内涵里面感受到了不同的寓意——喜悦、亲近、轻蔑或阴险。

人类独占笑的方法和解释权，不接纳其他生物的笑。人类牵强附会地把花朵绽放称为“笑”。令人庆幸，山崖、老榆树、铁锅和扫帚都没笑也没绽放。周遭肃正，人类才心安。人类希望胡闹的种群只剩下他们自己。

猫笑时露出四颗大尖牙和两排锯齿般的小细牙，远不合乎人类对笑的期待，够不上美丽亲和，可用汉语的“狰狞”状之。汉字对动物情态以及古代少数民族以反毛即“犭”命名。猫笑狰狞，狗与獾子、猞猁的笑靥全狰狞，这是食肉动物牙齿给人留下的印象。食草动物比如驴拉磨时驻蹄一笑，人也不受用。假如食草动物会笑，笑容纯朴。想一想，羊、马、骆驼和兔子笑的模样吧，欢快，像群众一样，稍有卡通式的愚蠢，特别是驴笑。这跟牙齿有关，食草动物笑露前齿为板牙，和人类差不多。后者前槽牙比食草动物多出四颗犬齿。牙齿是人类重要的审美区域，占有电视广告三分之一份额。板牙如不整齐，不洁白，不及浴盆釉面光亮的话，人将失却自信心。驴子的牙达不到人类这么精致，多紧凑的驴齿也在嚼干草，搞得好嚼一些黑豆，因而笑容不含文化底蕴。

人类不接受动物的笑容的理由，是人固执地认为动物没权利笑，或者说它们得不到笑的资格认证。笑是什么？是人类摆脱茹毛饮血生涯，经过阶级压迫与斗争，吃上自己种的粮谷，穿上手纺的布匹之后才开始的颜面愉悦。人有无穷无尽笑的理由，明星走过红地毯都带笑容，随便什么牙。婴儿出牙、狗学叨鞋、戒烟、肚子瘦一皮带扣、豆油打折、提职、接完吻、看短信、暖气保证十六度、乙肝检测呈阴性、吃饭开发票中五块钱、口无异味，等等，多了。有钱人比没钱人更爱笑。一次我在饭场看见一位“有钱人”从头笑到尾，虽然没人讲笑话。这位有钱人士为什么不吃不喝不言兀自发笑呢？她出来是为了笑吗？我替有钱人想笑的缘由。她新近买了欧宝车，车牌号有三个8。她身穿一万多的大皮袄，表佩浪琴。她每月做两次香熏按摩，便秘的毛病近于消失。牙在德国瓷烤过。好，如此这般之人还能干什么？笑。她笑之，拿丝帕按皱的眼角，有时补两笔口红。

得知想象中的驴笑和有钱妇女的笑后，结论仿佛如下：笑不一定是幽默的连带物，还由身份造就。乞丐坐在垃圾箱盖上笑叫傻。明星搂着狗笑叫幸福。其实人搂狗笑比搂马桶、搂仙人掌笑更傻。不是一个纲目科属的动物怎么能笑到一起？笑面挨不笑之面是痴愚到家，不比搂一盘生狗肉笑更合情理。因幸福发笑——这是人类的情态和观念——不管搂啥。驴幸福吗？兔子怎么会幸福？人不想让它们笑。其实驴未必不幸福。幸福不光跟财富有关，跟愚蠢指数也有关。比如，驴遭的磨难比人少，它不会因股票下跌昏厥而被120人士架出证券大厅，兔子不会因嫖娼欠资报警让110人士带进扫黄队，骆驼也不会由于当不上处长酒后呕吐。人所承担的痛苦比驴多得多，凭什么认为驴不幸福而不可以笑呢？

人一阵儿幸福一阵儿痛苦。人的笑也不都是快乐。人，在笑的领域深不可测。一名囚犯被斩首前，回头见刽子手平端一把虎头大刀。他央告：兄弟，我后脖颈长个疖子，下刀躲着点儿。还有一名囚犯，贿赂刽子手磨磨刀。执行，人头“唰”地落地滚出十多米，边滚边出赞语：好快刀！又一人脚长痈，疼痛。他把墙壁掏个洞，伸脚至邻家。人问其故，答：“上他们家疼去。”

故事是故事家编出来让人笑的，情境是人的痛苦、死亡与病患。对此，人笑得出来吗？你刚才不已经笑了吗？笑不光代表欢乐，还包含残忍的一面。残忍又意味着超脱。人心本来就没有良善质地。小孩子胆怯而善良，依赖母亲。当母亲脚踩西瓜皮摔个仰八叉后，小孩子放声大笑，而不问母亲是否疼痛。

孩子为什么会笑？

因为出人意料。出人意料是笑的源泉之一，小孩子没想到母亲还会来这一手。

还因为解构权威。权威狼狈不堪之时，地位低下的弱者乐不可支。弗洛伊德在谈到幽默的病理学原因时说过：“笑话重新分配力量，迫使超我允许自我获取一些满足。”如同父母在孩子面前无能、无智（否则不会摔倒）而显出可笑。孩子长大，譬如长到三十岁，看到父母摔倒之后不再笑，弱者变成了强者，喜剧转为悲剧。

这里说的不是父母窘困给孩子带来欢乐，说孩子在笑和母亲之痛之间优先选择笑。笑与笑的不可遏制性是人类的先天禀赋。人们知道，笑来得多么快，像电一样。笑来了只好笑，没办法拒绝。也证明前面说的一个推论——人其实没什么良心，所谓良心大多得自于后天教化。小孩子不装假，该笑就笑，情绪与道德无关。

笑，有时不回避残忍。可是，有的人一边笑一边流下眼泪是因为什么？

笑和哭不在大脑同一区域，情绪也接不上，泾渭何以合流呢？前面说过，笑是突然“来”到的，无法抵抗。而泪水是良知对笑的抗议。人越笑良知越痛，悲伤浮上心头。

动物的武器是爪、牙、喙、刺、屁。人类也拿爪牙当作武器，另备刀枪剑戟、镗棍叉耙，狗牌橹子汉阳造，直升机阿帕奇；还有一样利器叫笑。仔细一想，以笑充当利器不仅费解而且好笑，然而事实如此。

——当草根面对权威，笑是他们随身携带却无法收缴的佩刀。权威手握生死大权，咆哮、震怒，草根们却笑了，此刻的笑侮辱了权威。人放松的时候才发笑，脸上三十三块肌肉松弛协调，膈与不随意呼吸肌自主运动，内心喜悦，人哈哈大笑。“别人描述这是一个充满危险的世界，你却认为这是个玩笑。”（弗洛伊德）笑比刀都厉害。

笑颠倒了尊卑的位置。

强者何以被弱者的笑所激怒？研究幽默的专家对此颇感棘手。德奥学派的精神现象分析专家认为：笑本该是胜利者的权利。或者说，胜利者才有权利笑。卑贱者、穷得连下顿饭都没着落的人如果笑了，显示着一种优越。这当然费解，卑贱者有什么优越？这是人之生命的奥秘之一，简称自由的尊贵，也叫选择的尊贵。古今的文学作品，除去史诗推重崇高，其余都包含着讥讽，利用笑嘲弄权威、贵族、伪善伪真与伪美，嘲笑秩序甚至于生命与时间。中国讥讽作品少的原因恐怕是让秦始皇及后世列皇烧掉了。西方的文化传统，正经中包含着野蛮。野蛮来自盎格鲁——撒克逊人、高卢人和斯堪地挪威亚人的冲击碰撞。正经来自罗马、希腊、奥斯曼帝国以及教会。野蛮的活力更新着欧洲人的版图与文化，莎士比亚戏剧最初的小剧场演出也粗鄙不堪。欧洲古典文学中的讽刺抨击俯仰俱是，斯威夫特、拉伯雷、奥斯丁和塞万提斯挥舞笑之利刃砍杀生活中的荒谬。这些作品粗鄙而生动。公民意识、民主和科学精神正从这些粗鄙的传统中生长出来。中国的文学传统则属于另一回事，言志（什么志？），载道（何为道？），一句“温柔敦厚”变为剪除文学性腺的铁钳。晚至晚清出现的谴责小说，怨毒胜过幽默，不好笑。笑在中国的经典里没什么地位。不管所谓国学多诡秘（兵家）多荒诞（神仙术），都在流传，笑的作品却少有传世。

动物为什么不笑呢？此话也许应该这么问：

——动物为什么要笑呢？

动物似乎比人更贴近上帝。在上帝面前，无论如何都找不到发笑的理由，笑什么？动物们先天具有危机感，仅仅活着已经万幸，没工夫笑。它们沉默，沉默则接近于感恩。而笑，动摇了虔诚。动物比人"敦厚"，它们看见太阳升起，露珠在草地上齐齐发光，河水奔阔，季风吹遍大地。荒野的处境激发古典美学所说的庄严。是的，动物庄严。动物先天不笑，正像人生下来就笑。最轻佻的动物如猴子也不笑，它们永远接触不到笑的核心。况且，当人类养熊活取胆汁，把鸡关进笼子速生，反穿动物皮毛充当贵妇人之际，动物想笑也笑不出了。老虎不妨笑一笑，有人说用相机拍到了华南虎，有人说是纸板虎，真可笑。狗也应该笑一下，人类抱着狗叫儿子。面对数以百千亿计的动物，人给它们起了一个通号：动物；给自己起名叫"人"，此事更可笑。

人类笑着，等待电视信号接收机和春晚带给他们更多的笑，笑不够。人类的笑声比任何一个时代都多了，所面临的困境——能源、粮食与环境问题——也更迫近。不止一个人说：现在的人太能胡闹了，这不是找死吗？别人听了也只是笑笑。

街名是城市的面子

我骑自行车转遍沈阳的大街小巷，除了肺里呼出的气之外，没有碳排放量。用眼睛看风景不排碳。说到看，乱转之人先看街名，不然不知自己走到了哪里。今天说一下沈阳的街名。

一家小孩子的名字就是他家大人的文化积累。归结到街名上，除了文化，还有时代与产业特征以及官员的偏好——近几十年的街名全由官员起，否则谁起呢?

不同年代起的街名混在一起，跟破烂市和古玩市场差不多，陆离难辨。东北大马路边上有如意一路、二路、三路和五路，中间插一个工农路，估计占了如意四路的指标，就属于特定年代硬改的名。工农路北面，并列新生一街、二街、三街。新生，明白不?（沈阳人爱用“明白不？”反诘提问题的人）它一定与监狱和劳改有关，必需的。“新生”是那个时代为劳改犯起的向上的别称。此处有一个大监狱，人称“大北监狱”。改革开放初，猛人挣钱多，市井留下“北大的不如大北的”这句警世的话。如今监狱迁到郊区（早该迁，免得狱方把靠街的窗户用胶合板钉死，防止男女犯人瞭望男女路人），但新生一、二、三街的街名仍旧，可为婴儿助威。

沈阳的大工厂在铁西区。铁西的名字澄清它在铁路西边。这种域名在中国是进入工业时代的象征。无数城市有铁东、铁南、铁北这样的地名。铁道横行成了开埠的象征，就像尼古拉大帝修通西伯利亚大铁路后，才彻底征服俄罗斯的东方，把我的祖先从富饶的贝加尔湖畔打到蒙古国东方省。在中国，铁路是当年最大的地标，大到了当权人懒得为街起名字，东西南北，冠铁为名，多方便。铁西区的好多街名拱卫一个“工”字，保工、奖工、德工、卫工、启工、肇工、赞工、爱工、兴工、富工、壮工、强工，都是街名，名门十二子，耀武扬威。每个“工”又分出一街、二街、三街、四街、五街，大树生枝开叶，看出铁西有多么的雄伟。但“工”字街在铁西并不彻底，还有贵和、齐贤、勋业、明廉这些街名，后者带着三四十年代的气味或者说儒家的范儿。何也？原来，“八·一五”光复之日，国民政府要员齐聚沈阳，站在市政府大楼顶上宣布神州璧还，海内绥靖。蒋委员长为纪念计，给沈阳街道起了一批名字，如上述贵和等街名，还有其他各区的同泽、集贤、善邻等街路名字，寄寓东北的未来教化敦正。这些名字现在还叫着，它们是建国初期和“文革”中的漏网之鱼，若知是蒋介石起的名字，岂能留一日？一日不可留。如今蒋也过世多年，这些名还在叫。明廉街在抗战末期是妓院聚集地，蒋名之“明廉”，意为“知耻”。

新中国成立后，窑子铺全没了，但那里的人还是不怎么明廉。这一片住平房的人，常年（三十多年）靠扒铁道谋生。他们飞身上火车，往下滚包，大白梨、缝纫机什么都有。早些年此地可见到断肢者，姿身仍赳赳然，一看就是吃铁道饭长大的。

铁西区除了“工”字街，还有数字街。北一马路到北四马路，每条路又分成中东西路。一二三、东南西，不和你扯别的，跟零件编号一样。设想，当年铁西一万多人的大厂多了，龙门吊、大烟囱气势干云，街名如起成“翠微、柳月、映雪”根本压不住。数字街名还有和平区的南一马路到南十二马路，都为起名者省了脑筋。和平区的核心地带为日本人开发。日本人确实是怪人，一边侵略，一边建设，质量符合百年标准。如今和平区的商业街——

太原街与沈阳站一带，原来叫“春田町”，日寇从东土招来前卫建筑师在这里建造大片小洋楼。指挥家小泽征尔生在这里，名里镶嵌他父亲两个朋友的名字，主战的板垣征四郎和反对太平洋战争的石原莞尔（莞尔这个名字真好，让他叫白瞎了）。光复后，咔咔改街名。新中国成立后，再把国民政府的名咔咔改掉。而为街道命名的大干部，他们并非没文化。一度主政沈阳的陈云（曾任莫斯科东方大学代理副教授）等人都读过一些书。但起街名，最稳妥的方法是“以名作名”——太原街、桂林街、南宁街、天津街，中间混杂着卧底的同泽街。其余的街名怎么起？起什么起，就叫南一马路、南二马路、南三马路，一直接到南十二马路。就像那些多子少福的家庭给孩子起名叫“大狗、二狗、三狗、四狗”，如果接续的孩崽子还降临人世也没什么了不起，五狗、六狗、七狗侍候，数字咋也比你人多。如果另一家庭给孩子起名如“同泽、敬宾、集贤”，家长多半读过孔孟的书并可能在国民政府当过差。

这些街名，好玩儿在一个“马”字。现在的街牌子还写着“北一马路”。马路，多好听，带着几百年前闯关东的意味。路上马蹄嘚嘚，并非美丽的错误，大胶皮轱辘车隆隆而过，这是马路最初的影像。马路有东北味，上海为什么不叫马路？霞飞路、淮海路云云，他们压根就没马。

沈阳当然还有革命的街名——光荣街、胜利街、三好街。我在光荣街上见过两个噱头，一是光荣痔疮门诊，一是光荣厕所（街边公厕，已拆）。多年前，那条街的药店、菜市场都以光荣名之，无法不光荣。好听的街名在老城沈河区，如正阳街、风雨坛路，像个城市而不仅仅是车间。老城有两条街名好——银圆街、堂子街。最好听的街名叫“热闹路”，可为沈阳写照。

谦

一般地说，多数人都认同谦虚是一种美德的说法。潜意识里，却往往把它变成对别人的要求。

人期望着别人谦虚一点儿，让自己舒服一点儿。

这样，谦虚被归到了礼仪的范畴，指接人待物方面的客套，离开了它的本义。

谦，是易经中六十四卦之一。象曰：艮下坤上。《易·谦》这样解释："君子裒多益寡，称物平展。"裒是剖的意思，拿刀将多的地方割下，补不足。这一卦说人的品格（而不仅仅是礼仪）在认知方面胸怀若虚，不及满足。好比说在地上挖一个大坑，让水自然地流进坑里，利己而悦人。在知识和财富方面均如此。用神秘论的说法，这一状态为吉象，鬼神不侵。《书·大禹谟》的一句话流传至今："满招损，谦受益"。这是古人从月亮上汲取的智慧之一，月盈则亏，物极必反。谦之虚之，有如展开怀抱，抱住外物而不让外物所抱（缚）。

如果一个人能够谦虚，取守势、取阴柔、取卑下，心里预备出那么一个大坑或曰空间放得下别人的建议、牢骚和攻击。这个人不一定没脾气，不一定点头哈腰，但一定不虚伪。

虚伪，实为伪虚。没有竹心之虚、月亮之亏硬装出来的假恭顺，也就是假文凭、无证上岗，和谦虚八竿子搭不上关系。这路人，一旦得势，马上变脸。

恰恰的，有人误读“谦虚”这一深厚的境界，只在面子上做一做，像催红的西红柿，以为自己成为美德的占有者。

他们制作伪谦虚的工具是牙、眼、腰和舌头，唯独没有心灵。见面先龇牙笑一笑，眼如天边的弯月亮，腰像八两重的谷穗那样弯着，舌头吐出的话全是“我不行”。这一副样子谁受益？受什么益？这不叫谦，还是满。当一个八方风光的人说“我不行”之时，盼望你立刻指出并赞美他广大的功绩，这是十足的傲慢。

世界上没有一件容易做的事情，谦虚其难，特别人在春风得意的时候。若要谦，什么人的话都要耐性子听进去，要在心里准备大的内存，要承认自己无知或知之不多，要时时以小学生的姿态提醒自己。如此才受益，才避祸，才博取众人之长发展自我。

这当然比点头哈腰难。在中国文化中，不缺少好东西，而是好东西的生长速度比不上假东西来得快，谦虚也不例外。才说受益，就有伪逊。从交往上说，合乎分寸的客套是合于礼，但谦虚这一心灵修养更难却更伟大。

谦虚是否定并超越自我的大工程。真正谦虚的人，百里有一而已。伪谦虚者，十中有一。固执己见的人是人群中的多数。

人流如龙

我不知道，月亮在天上观察夜行的火车是怀着怎样的心情。正月里的塞北默默无言，没有叶子的树枝一律向天空伸展着手，它们在月色仍然是黑的。火车龙行，而月华一泻千里，再好的火车也开不出月亮的光晕之外。

正月的旅人都是归客。

归客如一个瓷盘里的水银珠，从这头滚向那头。故乡是根，他们明明知道回家过年是一次疲惫而仓促的行次，但还要回。归客并不愚钝，他们生长在树梢上，甚至作为果实被摘掉了，但还要回到根的边上歇上一歇。这甚至不能够叫作“歇”，过年是心情与体力的大挤榨。那归客就顶算把自己的浆汁挤出来洒在根上了。

铁路被这种喷射式的乡情运动吓得喘不过来气。

我昨夜在家乡的小城上车时，车站的钢栅门竟被挤掉了轴。车站的职工和维持秩序的军警无不目瞪口呆，他们面对嗖嗖而过的黑色人流说不出话来。这是踏上归程的人。当铁门“咣啷”一声摔倒在冰冷的水泥地上时，已是二十年未见的景象，最近的一次是在“文革”中。谁也不能相信，挤倒铁门的人并不是孔武大汉，是普通人，包括扎红围巾的乡下打工妹。

火车开动的时候，车厢的人一瞬间集体交换一种眼色：开车了。眼色里的包含物极复杂——终于上车了，离开家乡了，年过完了。年过完了之后，月亮在火车的头顶俯视着人们。不论人奔赴哪里，月亮都不言语。从火车上仰望正月十七、十八的月亮，高而白，有一些颠簸感。它好像浮在海上。

上车的时候，大家像喀朗施塔德要塞的水兵攻打各宫，这是一辈子很少遇到的集体爆发力。人们要干什么呢?

人们只是要——走。

走，在人类的冲动中是显见的大动作。摩西领以色列人出埃及，秦始皇迁天下三十六郡十二万户填咸阳，都是走。“文革”中最壮烈的景观也在于大串联，走。

人的流动，尤其是流动的加速，是进入时代大变化的象征。

时尚脚注

时尚：见《现代汉语词典》（第7版）1184页。略。

脚注：

1.民主性：时尚就是不允许什么东西搞终身制，台上那把龙椅大家轮流坐坐。今日穿扳裆裤明天就搞露脐装。搞民主离不开宽容，因此对时尚不要太较真。

2.激进性：让人吓一跳就算赢了。地球上的人口太多，想让别人看出你与众不同，是一件难事。想把事业搞到爱因斯坦那样有名之后再引人瞩目就更难。此时不妨在时尚上搞搞新意思。这一点，人和鸟类仿佛，越鲜艳越有个性。

3.焦虑性：说只有被虫子咬出洞的菜叶子才算环保，无农药之虞，于是人们蜂拥而食虫子食剩的菜叶，以此时尚。另一类焦虑是怕别人低估。别人都读村上春树，你不读，宛如智力低下。别人照相伸指如叉，形如“丫的”，你不伸或伸四根指头，就被认为落伍或愚昧。

4.排他性：民主性乃品牌风尚的游移，排他则是消费个体的独尊。如指着皮鞋对别人说，三千多，用金钱排他。如把牛仔裤弄出窟窿，用破绽排他。以后可以说：这件时装的设计师被1998年的洪水冲走了，或这瓶香水是从泰坦尼克号沉船中打捞出来的唯一一瓶。排他性可以引起别人的绝望，发愤用新的排他性排他。

5.普及性：无论怎么排他，时尚也要带有普及性。有关方面认为，穿松糕鞋的女人人数已超过瑞典、丹麦两国总人口之和，是台中地震伤亡人数的十二倍，比张惠妹的歌迷少二百零七人，比刘晓庆的影迷多七百万人。

6.非人性：如果仅仅像人，时尚就失去了意义。穿松糕鞋的走路像发条木偶，穿裘皮大衣的人根本不像人。因此，时尚的非人性有时故意模糊人与动物昆虫及机器设备的区别。譬如模特的冷漠表情基本上不是人的表情，但是时尚。

7.诡异性：乐队名字可以叫“汗毛”，还可以叫“上呼吸道哗变”。意思不意思倒其次，不妨瘆一点儿。诡异性还包括画国画不用笔，用舌头，把虎写得像一个“屌”字。古人曾有以小孩儿屁股蘸墨在宣纸上礅，名之墨桃。如果在这方面多动动脑筋，还可以搞出好多时尚。比如眉毛一根焗绿色，另一根焗蓝色。有一款牛仔裤是在臀部弄出手掌形的窟窿，露出活生生的腚来。什么意思？别问意思，折腾着玩儿。但幸勿用手去捂别人牛仔裤上的活肉。

8.腐败性：说红酒好一律喝红酒，不知有味，无论甜酸，糟践了不少好东西。如同拿豆油浇地、用烤鸭喂猪。然而时尚中的腐败是不受指责的。在一个匮乏和禁欲的时代，无时尚可言，受指责的或许是一些时尚中人品味不高。但——话说回来——时尚本来就不苛求品味。比品味更重要的是消费。

9.肉麻性（含皮麻性与骨麻性）：肉麻性为电视综艺节目的嘉宾专有，常识不通，偏要深情。做游戏如同马戏团的小狗算术，涎着脸央求——给点儿掌声。皮麻性是听一些相声，洒狗血、骂大街，连肉都麻不起来，鸡皮疙瘩站队。骨麻乃是文坛的事情，与肉麻相表里。拿陈寅恪等人扎旗设坛，表示非同凡响（参阅排他性）。懂不懂陈寅恪倒在其次，主要是吓得别人骨麻。

10.循环性：当年好兵帅克的病被确诊为“循环性精神分裂症”，时尚亦有此症，只是没有帅克那么温良敦厚。什么长袍马褂、戒指金砖，隔一段重复登场。这“一段”可能是三十年，也可以是三百年。

11.愚弄性：要想把一种莫名其妙的东西卖出去，先要造一个偶像，再让大家关注这个偶像。譬如读（出版、销售）王朔或金庸的书。这类书读读当然不妨，但作为一种时尚，它所特定的指向是：不读便可耻。反过来说，不受愚弄就不要靠近时尚。王朔最瞧不起什么人呢？我想他最蔑视喜欢读他书的人。因为王朔写书几近排毒，或曰屙屎。把最没价值的东西排泄出去而后轻松愉快。王朔当然蔑视这些热心围观大便的人。当然金庸也在排毒，只是所排之物近乎奇花瑶草。

12.性性：没有性就不要谈时尚。

性是看到穿在外边的东西想到里边。看到上边的东西想到下边。此意人已熟知，略。

13.商业性：只有商业性是时尚的命根子。为什么许多富有价值的东西变不成时尚呢？因为没有商业即市场的推动。这些事——比方说——观察星宿、种树、学尼泊尔语、冷水浴、节食、用人体孵蛋、练习美声唱法等等。

14.丑陋性：时尚当中有许多丑陋的东西。比如广播电台直播节目令人作呕的爱情故事，用“膛音”或“普通话”说话，唱卡拉OK。顺便说，中国的许多时尚或曰垃圾文化是从日本输入的，卡拉OK、卡通都是。在时尚中最丑陋的莫过于穿裘皮大衣，把动物的皮、毛朝外披在自己身上。以后的历史书在谈到人类在今天的丑陋时，最不堪回首的莫过于说：“那还是在穿裘皮大衣的时代……”

说 免 费

我常常觉得“免费的是美好的”，这样想并非跟市场经济唱对台戏，不是计划经济思维作祟，也不是穷疯了。

是说，总有一些东西没办法用金钱衡量却公平地施予一切人，比如阳光。阴雨天气，阳光一隙而出，恩自天赐。冬天的阳光照在人脸上，合目感觉眼前一片沌红。血在血管里撒欢儿，见阳光而高兴。草原上的朝暾，自东方威严地升起，明明是白色的毡包竟成了金毡包，人的脸庞也像红铜雕塑。举起一片叶子看阳光，叶子如一块绿地，沟渠密布。输送水分的叶脉浅绿，叶面深绿。如果拿放大镜看，叶面又划分成更多的叶脉和绿地，这一切悉拜阳光之赐。

我曾经迷惑于“生物钟”这一种说法。一般地解释，这是由大脑松果体所管辖的一种生理机制。昨夜入眠，至晨而醒，何故？生物钟显灵是也。我不信服这一说法，觉得此“钟”一定跟光有关系。果然，科学家研究在黑暗的井下困守七天的矿工，发现他们的生物钟全停工了。后来，学者发现，人的皮肤表层含有视觉蛋白，对光敏感，把日出信号发至大脑——且不管是松果体或是什么体，人才觉醒。光，哪管是微小的光都会被皮肤捕捉到。也在说，光是人类与动物生存最首要的条件之一。光含有的化学能量并不比它提供的温度作用小。人体的胆固醇在阳光的照射下合成激素，而这些激素是食品中无法提供的。然而，阳光是免费的。阳光并没有因为人类未歌颂它，没被春节晚会提及而拒绝照射。阳光又是无私的。

云彩是免费的，对人来说，清风、露珠和鸟儿的飞翔都是免费得到的快乐，而且是无法复制的快乐。怎么复制？你看到儿童们（特别于黄昏）奔跑、尖叫、大笑而深受感染，回家在地板上模仿儿童跌倒与尖叫？学不会。勉强学会一点儿也让人怜悯，不可爱。

这些免费的美好不仅存在于自然界，人界也很多。我觉得最珍贵的免费财富，是别人对你提出的意见、建议和规劝。

因为这是一些意见。提出者不吐不快，故而不可能提出收费的事。其实，人的意见是人所能显示的少有的慷慨。他对你好，他分明看出有一件事会加害于你，他提出请你注意（纠正、防范）。这一种恩惠是以智慧样式出现的。然而，人，有几人能听进别人的意见呢？

因为这些意见缺少恭维，因为提意见的人地位卑下，因为听意见的人自视无所不能。人在一生中失去了很多享用这些免费的美好的机会。

付费的东西当然包含着美好，因为它们包含着人的智慧、心血和劳动。然而，“费”，也就是钱不能够衡量所有的美好。即：价格和价值永远不成比例，这是马克思的理论，亚当·斯密等人也这样说过。商品在价格和价值之间永远摇摆不定，才能诞生商业机会。1957年，中国修三门峡大坝，用一吨猪肉换国外的一吨钢筋，用一百公斤小麦换五十公斤水泥。当时乃至后来几年，中国因缺少食物饿死了几百万人。钱体现不出政治的、社会的、生命的价值。在欧洲奢侈品市场，一件一千欧元的内衣，贵在品牌或者叫知识产权上面，与美好的客观性无直接关系。在高度物质化的时代，人的眼光被品牌所囿，忽略了更多来自高天大地的慨然馈赠。越付费，人感觉越穷。

一个人，无论遭遇了多少压力和困难，清早出门的时候不妨这样想：

——所有的困难都与钱有关或可以拿钱来结算，但真正美好的东西是免费的。像今天早上的阳光和空气中的氧气。

——一个人无论觉得自己的财富或能力多么少与小，其实已拥有强大的无形财富，它们是树上的花朵，天空的雨水，屋檐下那只急急鸣叫的小鸟儿，可能正在向你倾诉。

这些美好如李白喝醉了写下的一句诗“清风朗月不用一钱买”，多好！

玩　笑

市场上，卖货卖的都是吆喝。平实的如“五花糕——”，隔半天才有下文，还是“五花糕——”；迫急的一声高过一声：“便宜，便宜，便宜卖了!”若隔着墙，则不知卖了什么东西；炫技派吆喝里带韵：“秦始皇，真牛B，一辈子没用过传呼机；杨贵妃，真可爱，一辈子没吃过炖酸菜。”而他卖针，彼此全不搭界。

那天，市场走过一个人，吆喝：

“结婚了！结婚了！谁结婚啊？”

人们把目光射来，这人穿戴整齐，有微笑，不像精神与智力障碍。

“结婚啊！谁跟我结婚？”

有人笑，多数是女人。更多的人敌视他。此人慢悠悠地走，旁若无人地吆喝。

市场上全推荐货，而他推荐自己，推进洞房。细想，像结婚这么一件大事，大声吆喝未尝不可。就事情的重要性而言，这比大声念英语、宣传垃圾分类的好处都重要。当然比吆喝大蒜、臭豆腐、电池和明太鱼更紧急。但他在遭人鄙夷，原因是古今没有吆喝结婚的。吆喝于市，消解了婚姻的严肃性。主要的，吆喝轻慢了结婚所具备的爱情律。一般说，结婚与嫖娼的区别之一在双方认识与否。谁和一个不认识的人结婚呢？至少得认识三天。或许说，不认识也照样结婚，吆喝的人就在推介这种理念。

那天这人结没结成婚，是一个悬念。如果他没有精神病，则在开玩笑——不是跟人开玩笑，跟社会。玩笑和幽默不同的地方，不在有没有人笑。玩笑指向秩序，用被允许的方式嘲笑或诋毁某一种秩序。金圣叹临斩前，索纸笔写下遗嘱："花生米与豆腐干同嚼，大有胡桃滋味。"直接吃胡桃可也，两样同嚼好在哪里？这是一个玩笑，在轻贱生命的同时也轻贱了朝廷，它的上面则盖了一张纸，写着这个微不足道的胡桃秘方。统计学家耐曼(Jerzy Neyman)在回忆录中说，他哥哥手里有一张俄国地方警察头子的名片，这人的姓氏原来叫"七个屁股"。他镇压1905年的革命有功，上书沙皇，请求改姓——俄国当时已有户籍制度。后来，沙皇——当时叫"皇帝陛下"——在他的申请书上批道：七个太多，五个正好。警察头子只好在名片上印上"五个屁股"。从此事可以看出沙皇的幽默感，虽然这也是一个玩笑——在别人的痛上再加一点儿痛。玩笑和幽默的不同还在于，前者总要刺伤对方、别人或自己，包括秩序。乔治·耐曼是加州大学伯克利分校的教授，现代统计学之父，他在回忆录中强调："五个屁股的事情千真万确"。耐曼曾在《星系的分布》(与斯格特同著)中写道："每天清晨，我们都从装着黑球白球的瓮中取出一个球来。如果取出白球，那一天我们还活着，如果摸到黑球就得死去。瓮里黑球的比例并不是每天都一样，它随着我们老之将至而在不断增加。……然而，我们仍然能够摸到白球。"乔治·耐曼于1981年8月5日早上摸到了那只黑球，享年八十七岁。曾有人祝贺他长寿，他回答：不必太长。

黑球和白球在生活中的旋滚无常，而中国进入老龄化社会，表明黑球的数量比过去减少了。就玩笑而言，它所唐突的对象包括生死。如刘伶，饮酒乘车，后面跟一个扛铁锹的仆人，刘伶称：死了便埋，彻底轻视死的存在。里根遇刺，在深度昏迷前几分钟，还在和医生开玩笑，说不要让民主党人主刀。他醒来对南茜说的第一句话是：亲爱的，我忘记躲子弹了。南茜听了不禁大哭。里根作为演员和政治家，已经进入人生与艺术的化境。这种境界不止达观，还有看透了人生种种界限的虚无，他在嘲笑各种界限，生死的、政治的以及努力与放弃之间的区别。

东方朔与其说是幽默家，不如说是玩笑家。他的玩笑常以性命为底质，其危险性超过阿迪力走钢丝，是幽默家中的冒险者。汉武帝下诏广招天下人才，东方朔写信自荐。他大夸自己的相貌与才能，包括牙齿、耳朵，其才能也大到离谱的程度，与周星驰即“星爷”同出一辙。汉武帝严肃、嗜杀，见了此信大怒，召东方朔入宫。武帝见此公之安闲适意，不禁解颐，饶他一命，并给予干部待遇。这是无厘头人士历史上最早的一次显荣。东方朔入宫并不收敛，他吓唬武帝最宠爱的侏儒们，说皇上要宰他们。侏儒见到武帝跪地大哭，武帝说，你们再不说哭的原因就杀了你们。侏儒说，我们哭的原因是怕你杀我们。绕了半天，武帝才知又是东方朔捣鬼。别人问武帝何以宽恕东方朔，意谓换别人早杀了。武帝说，如果你也像东方朔那样，我也宽恕你。

在玩笑家那里，玩笑是他们的天职。天职是拼老命也要做的一件事，包括开玩笑。玩笑家最早看出人间的不完善，非做事完善之，而作笑轻蔑之。他们明知自己的玩笑没有玩笑之外的任何意义，还要把玩笑的箭射出去。箭上并无锐镞，却有一抹精神上的光亮。

洗一洗，玩吧

沈阳的洗浴规模之大之精之美，为全国人民知晓，独我不知。我以为城城如此。到外边旅行，人知我乃沈阳人，就对话。最早的对话是：沈阳重工业真发达啊！我答耶。又几年人说，沈阳真乱啊，我答耶。再过几年，人说，沈阳出了不少歌星啊，我答耶。这几年，人说，沈阳洗浴真发达啊，我问是吗?

我答的“耶”与“是吗”，只是顺口搭腔，彼此谁都抵达不了真相。但我真不知道沈阳洗浴（实为东北洗浴）已受到国人的关注。我不在主流之中，就像没参与过重工业建设，回答不令人满意。

我之洗浴是每天早上洗冷水浴，坚持了十几年，并拉几个人下水。冷水浴有怎样的好处，我没办法从生理学上给予答复。年轻时，我读报读到马寅初洗冷水浴，即效仿之。我并非读了报之后什么都效仿，买官卖官，我想效仿也没这能力。冷水浴自然是越冷越好。我住二楼，开花洒约有一分三十秒的屋内水，不凉。之后是地下水，凉得狠，特别在寒冬腊月。冲完，身上爽啊，冲的时候不爽，骨头疼。我私下以为，人每天不妨遭一点点小罪。如果每天遭一点儿可以由自己控制时间长度的罪，做人会变得谦卑客气一点儿。包括每天饿过、渴过、累过，这样的人比较正常，比较像人类。

对比金碧辉煌的沈阳洗浴业，我之冷水浴那简直是狗屁，沐猴而冠而已。我到外地出差，刻意看外地街上的牌匾，这个吃、那个喝，洗浴的地方真不如沈阳多。沈阳的洗浴中心，又曰洗浴宫，是比兄弟城市数量多，规模大。其他的浴池、养汗（或养生）馆、汗蒸（疑从粉蒸肉而来）房就更多了。

沈阳的大洗浴中心——就我到过的而言——比大型超市譬如乐购大得多，据说还有比这更大的。里面每层的内容都不同，泡澡一层，足疗头疗一层，躺床上看电视曰休息大厅一层。吃自助餐一层，身穿印有××中心短衣裤的男女终于在此会合。

我相信三皇五帝及逊帝溥仪都没享受过这么好的泡澡堂子，他们虽然有大理石池子，但没有意大利产花洒，也没有韩国洗发水。我见过的洗浴中心有七八个大理石池子，砌成桃心形、新月形、苏丹红鸭蛋黄形，里边配置电动涌泉。浴客如死鳖一样肚皮朝上躺着，目无所思，头冒虚汗。尔后到墙根一排花洒下冲洗，再尔后找身瘦力足的扬州师傅搓泥。其实人身的污垢不需大动干戈洗之。垢者，表皮脱落的细胞，汗液与浮土的沉积物。为洗就这么点玩意儿，到如此堂皇的地方来搞，太嚣张了。有识之士教我，这是一种文化（什么文化？他没说）。此文化拿资本把一切琐屑事放大成规模，分出档次，进而达成消费。一个湖南人说，洗浴有什么卵文化？乱弹琴。我说你说对了，这里正是卵文化教育基地。

洗浴中心里的人几乎都是胖子，他们体重不一定超重，但体态大多走形了。如果古希腊的人体雕塑可以做人类模板的话，洗浴中心的人几乎都是废品。我算个体育生理学的业余爱好者。从人体形态说，如今的人不仅被脂肪所包裹，还缺少起码的肌肉，这对男人来说十分不堪。多数人的肌肉只剩下呼吸肌、心肌、尿肌和拉屎肌还工作，其他的肌肉几乎都退化了。如果是糖尿病患者，他们的肌肉被当作蛋白质而吞噬，情形更糟糕。

在澡堂子，我看到过这么几种胖人。一为手腕脚腕细如麻秆，肚子膨起。肚子胖也分两种，上腹鼓与下腹垂。如果一个人的肚脐眼（中医谓之神阙穴）胖成一条缝，甚至于脂肪盖住了这条缝，腰围一定超过了一百厘米。二为脖子粗、腚大。有的人脂肪长满脖子，再上窜后脑勺。如果剃光头，这类人的头皮会生出可怕的横竖深纹，像没刮干净的猪头。腚是脂肪的主要载体，男人不生孩子却长一副鲁本斯笔下的、尼德兰风情的大腚，仿佛别有用心。一个人再能拉屎，也用不上这么大的腚盘子，这都是脂肪搞的鬼。

这样的景象，真也没什么可看。但在人间某一个地方，人赤条条走来走去，手拎一条毛巾，也有趣。这场景带给人一种错觉——人的种种官阶、种种争斗、种种尊卑、种种贫富皆梦幻泡影，如露亦如电，人不过是一种肥胖的动物。如果胖给人带来蠢的印象，从洗浴中心可以看到我们都很蠢，必须用衣服遮挡。否则谁也不赐给我们工作机会，不相信我们说的话，不借给我们钱用。除了孩子，裸体的人显得一点儿信用都没有。

人说洗浴中心包含各种色情侍陪项目，那是很久以前的事了。老板们发现，色情项目安全性低，利润并不高，逐渐淘汰了这个项目。这一行的从业人员好像都出国发展了。我听一个县长说，他的县有二十多万女青年在东南亚和日本从事性服务，寄回的钱催生了当地的房地产业。

有的人喜欢在洗浴中心睡觉，这真是奇特的习惯。大厅里灯光昏暗，电视上演武侠剧。这些短衣短裤的浴客在榻上睡得很香。不知他们是哪类人，但不会是农民工，也不是搓背工。说出来你可能不信，他们大多是政府与企业的官员。官员者，到处被人找。办公室累、酒桌累、家里更累。洗浴中心至少是一个手机关机别人找不到的地方。

洗浴中心还有其他功能，我听说官员在这里受贿比较安全，没法暗藏录音机。肚皮对肚皮，不管应答多少话都算不上证据。

人说中国的每一个城市都是水资源匮乏的城市。洗浴中心每天挥霍的水算不算浪费呢？从纯粹的市场经济说，只要与买卖搭上钩，所有的资源都无所谓浪费。事实上，居民家庭大都安装了洗浴设施，但有人认为上洗浴中心才有品位。这的确是一种文化。

洗浴中心算不上大众消费，此处停放的大量豪华车证明了这一点。沈阳新开张一家更大的洗浴中心，朋友说进住这个中心半个月不出来都没事。“没事”的意思是说里边不仅有浴池，还有电影院，有麻将房、赌博机、歌厅和包房。我对朋友说，这么好的地方何苦半个月出来，一年不出来才好。朋友说，只要有钱，后半辈子在里边待着算了。

人有了钱，如果认为不需要晒太阳，不需要体育运动，不需要工作并不需要家庭，在洗浴中心里活着也挺别致。香奈尔就有家不回，常年住希尔顿饭店。

生活中还有一些人，他们喜欢风吹在身上，喜欢树叶的声音和小鸟的歌唱，喜欢行走与流汗。他们丝毫不觉得洗浴中心有什么文化，否则文化局为什么不搬到洗浴中心办公呢？

笑的歌声

笑是人类独有的技能，动物不会。上帝可能用笑把人和动物区别开来。说笑是技能也不对，技能需要拜师学习，上戏班子学翻跟头、跟鞋匠学粘高跟鞋。人的笑，生而知之。婴儿生下来先哭一阵子，清清嗓子，然后开始笑。婴儿在早晨无由嬉笑，以至让我们不得不相信这个世界是美好的。因此说，笑是人类的天赋。说天赋，对倒是对，但笑更多是情感与心灵的活动，并不是什么才华。放羊老汉也会笑，不读扩招的、产业化大学的农村孩子也通晓怎样笑。读过这种大学毕业找不到工作反而不会笑了。是的，笑属于情感活动。所谓“喜怒哀乐”，笑占了俩：喜乐。不喜，乐不起来。笑只是情感活动的一部分，喜也只是笑的部分理由而非全部。幽默跟情感关系不大，跟智力活动更贴近。古波斯的哲人、幽默家朱哈是闹了许多笑话的人。他怕老婆。吹灶火吹不起来，他戴上老婆的头巾吹，火，腾燃而起。朱哈说，连灶火都怕我老婆呀！这个故事好笑，是滑稽带来的笑。朱哈问老婆：人死了之后会怎么样，他老婆说，人死后手脚冰凉。朱哈在山上放羊，近晚手脚冰凉，以为自己死了。他躺在地上，看渐远的羊被狼撕咬，想驱赶，又觉得人既然已死，就不应该管太多的事，看狼吃羊。天黑，朱哈躺着看星星、月亮，看到许多过去没看到的美景。想，原来人死了可以看到美景。后来太冷，朱哈熬不下去，爬起来跑回家，结束“死”。听完这个笑话，如果你笑了，表明你对其中意蕴的理解。如果不笑，说“对对对”，倒更可笑。这里说笑跟智力的优越有关系，为别人的傻而笑。

这里涉及一个小规律，凡是可以不用“对对对、是是是”回应的言语，与艺术有关，“对”和“是”只和领导有关。人看电影也不必在银幕下说“对对对”，不关你事，这是艺术。

笑跟智力活动相关，这是没错的。皮儿厚的包袱听众笑得慢，属于定时炸弹。夜半的大街上，骑自行车的人突然笑起来，估计是听了皮儿厚的包袱。听这种笑话，先笑者是智力优胜的人。不过也未必，聋人看别人笑也笑，有时先笑，他受到笑的感染，比别人笑的时间更长。

朱哈在集市买十斤大蜜桃装布袋背回家，路上遇见七八位陌生人。朱哈对他们说，你们谁能猜出我这袋子装的是什么水果，我奖励他一个桃子吃。这帮人一起说：桃子！朱哈边掏桃边恼怒地说：“谁这么缺德，把我有桃的消息告诉了他们。”我们听了这个笑话发笑了，是因为觉察出自己比朱哈聪明。朱哈挂在二楼阳台的袍子被风吹到地上，他探头看袍子，对人说，万幸呀，万幸！幸亏我当时不在袍子里。别人笑，也是因为朱哈傻。朱哈是在中国美名传扬的阿凡提的原型。在现今的伊朗，他叫纳斯尔丁·朱哈。朱哈做了无数傻事，却有过人的聪明。有人说自己聪明，从来不受骗。朱哈说：“你站这儿别动，看我怎么骗你。”朱哈回家睡了一觉，那个聪明人还站在街上等骗。有人问高塔是怎么回事，朱哈说，塔，就是把井翻过来晒晒干。我们虽然在桃子的问题上比朱哈聪明一点儿，但谁也说不出“等我骗你”和“翻过来的井”这么高明的话。非常傻与非常精是一回事。

笑与讲笑话，最怕认真的人，就像膨起的气球怕烟头一样。认真的人刨根问底，他们听完笑话说出的最可怕的话叫“后来呢？”朱哈老婆病了，叫他请医生。朱哈穿戴好刚要出门，他老婆说不怎么发热，头也不太痛，医生不必来了。朱哈出门，顶着风雪走四十里到医生家，说：“我老婆病好了，你用不着到我家去”。人听了这个笑话都会笑，认真的人却问：“后来呢？”足以置讲笑话者于死地。

叔本华、康德、荣格都研究过笑，最后的结论是——研究笑是徒劳的，笑不可研究。

笑，的确不可研究，不可总结，不可升华。我老婆是热爱笑的人。听到笑话，她会笑。没笑话，她照样笑，这一点很是与众不同。不久前，我游历湘鄂豫一带，回来对她说：“湖南人的泼辣，其实就是蛮。”

她开口大笑，哈哈哈。

长沙人以蛮为美，所以爱说一个词，狠。

哈哈哈。

我想了想，这也没啥可笑的啊？又说：武汉人号称热情，我看他们只是爱热闹。

哈哈哈。

我换话题，说在洛阳白马寺看见一只鸽子在大殿屋顶听晚课。

哈哈哈。

我不说什么了。想起女儿到北京念大学第一次回家，我媳妇的“哈哈哈”从早到晚充盈在空气里。女儿每说一句话，做一个动作，她都哈哈哈。她暗中积攒了一万多个哈，此刻一个一个展示，找——哪管是小小的——一个理由就笑，攒得太多了。她笑是因为骨肉重逢，出于喜悦。说到哲学层面，是——爱，不关智力优胜不优胜。我听她的笑，想象她的膈肌和空气之间的关涉，笑声在她脑后的共鸣位置，忽然悟到，笑对我媳妇来说，像别人唱卡拉OK。原来，她的笑是歌声。又想起我爸我妈在我们回家的头几天都在哈哈大笑。原来，他们像德德玛、腾格尔一样，都是歌唱家啊！

醒与非醒

一

清醒往往伴随着一次深嗅。

我刚刚明白，醒并不仅仅是对着睡而言的。人们认为，不是睡就是醒，不是醒就是睡了。这样说并不是讲哲学，说人生如梦云云；也不是政治暗示，譬如在满洲人统治的中原，汉人昏然不醒云云。我在讲经验。

我提一个问题。

有的时候，我们对一段往事木然无知，困惑地听别人讲述你自己的经历，张大嘴巴听，像金鱼那样。你不记得了，只有一个依稀的印象。

这不是记忆力的问题。记不住圆周率小数点后面的十八位数字叫记忆力不好，忘记了自己的经历也是记忆力不好吗？

梦游者对自己夜行的无知，你不能责备他记忆力太差。

在某一个时期，一星期，三个月或者四天，一个人常常处于不清醒的状态。我拿不准用什么词形容这种状态。用“魇”行不行呢？就用魇吧。他魇着。虽然也走路，说笑，甚至不影响做报告或者擤鼻涕。你如注意观察牛，就知道牛的鼻涕最长，在暮色和晚风里悠闲地荡来荡去，无法一擤了之。这个人魇了一段之后，醒了。他不知道当然也不承认魇的事，因为造化在魇境和醒境之间搭设了精巧的桥，一个人走来走去像踏雪无痕那种样子。

在梦与醒这一对立场中，只有一个醒字，实在无法对立各种各样的不醒之状。无话可以形容，这是语言的苦闷。醒便是醒了，但对各种不醒之状，用什么词……比如说行尸走肉、形同虚设、浑浑噩噩来形容仿佛不妥帖。这些词在汉语里饱含骂意。某某人今年一到五月行尸走肉一次，这样说好吗？不一定好。

然而有一词很精当，曰糊涂。像糊涂这样的词太少也太珍贵了。

二

人，不论有多少人，都可以分为两种。譬如好人与坏人、聪明人与傻子、高人与矮人。无论什么人都是各种各样的“两种”人中间的一种。顺便说又有富人与穷人，善人与恶人、胖人与瘦人、豪放之人与狭隘之人、阉人与全人。你可以是无数两种人的一种，但不可能在一对立范畴内把两种人全占了。

这叫两分法。

为什么人要分成两种，而不是三种或四种呢，我来告诉你，因为太极图上的阴阳鱼只有两种。三，在古代中国人的眼里是千万的意思，它是由二产生的。

这时，我说人可以分为常醒或常不醒这么两种人。

人的常醒或常不醒的状态，决定了人的命运。

真正的诗人在醒际，处于醒的最上一层，特别敏锐地看到平常看不到的色彩，听到平常听不到的声音。然而不久他又把自己折腾到不醒之际。这时他做一种自磨心刃的活计。醒时，又一剑挑出好诗纷纷。

在醒与不醒之间，调节自如，就是高人。毛泽东在惨烈的长征途中，常有不醒之状，他作那些诗就是例证。同样是面对饥饿，你不断地想草根皮带，皮带草根。毛泽东也想过草根皮带或红烧肉，俄而，已经“五岭逶迤腾细浪”了，当然这不是饿的。毛泽东就赤水河来说，连渡四次。这不是几次的问题，纵横开阖，扑朔迷离。在别人晕头转向之际，毛泽东骑在白马上，将手里诗卷向北一指，直取天下。

不幸都是这样产生的：不该醒的时候醒了，不该梦的时惊梦着。对于前者，譬如父母做爱，孩子却醒了，这无论怎么说对身心都是一种伤害。在这件事上，什么都没错，只错在孩子醒得不是时候。也许上帝让孩子夜半醒来，就是为了使人开悟。这时你不可乱想，只认为父母又在何等辛苦地为你造小弟小妹。商鞅这位杀气腾腾的大相，曾规定父母与孩子同居一室者，杀！商先生断定人之为人，在于知伦。所谓伦，乃人伦。所谓狗伦，古今未闻之谓也。由性事看人，是古代士大夫的一种独特视角，干性事而不知避人眼目，这人已不是人了。他们认为，人与兽区别在于知廉耻。人之为人不是能思维、会劳动。狼与狐狸都会思维，海豚比人的智商还高，蜜蜂比贫下中农更热爱劳动与歌唱，但是它们不知廉耻，因而不要脸。除海豚外，它们脸上都长毛。

清人张潮说：耻之一字，可以治君子，痛之一字，可以治小人。君子才爱脸红，脸红的生理机制是内分泌作用于脸部毛细血管而发生的，倘若黑种人中的君子譬如塞内加尔总统桑戈尔脸红也是脸黑，红由外在颜色变成了内在感觉。对小人，最引人入胜的方式是痛殴一顿。小人不知耻，只知痛。

在回答最简单的提问时，最能见出人本身极其有限的才智。复杂的问题由人来解释，而简单问题的答案却在上帝手里。人能够像康德那样制造烦冗的哲学体系，但人若去问他：

“海是什么？”他一定懵了。你一定用最简单的语言直接告诉我。

还有爱是什么？美是什么？神是什么？回答的时候不要拐弯。

你甚至说不明白酒是什么。不是酒会怎么样，而是什么是酒。

聪明人的特点就在于不去触摸这些最简单的然而属于上帝的答案。

1804年2月12日，康德饮下学生为他斟的一杯葡萄酒，说了一句话后平静死去，享年八十。

他说："味道真美。"

康德写过《神存在证明唯一可能基础》等等，临终之言却是在颂扬酒，如果"美"只是一种不可言喻之物，康德的赞词就变成了"味道真……"了。

我们原本什么也说不清楚。

我引述一些关于"人是什么"的语录：

海涅：人是动物中的权贵。

霍桑：人是有灵魂的陶钵。

帕斯卡：人是会思索的芦苇。

阿密埃尔：人对真理是水，对虚伪是火。

卡莱尔：人是使用工具的动物。

兰姆：人是会赌博的动物。

培根：人是世界的轴。

……

如果把这些话写给外部星球的高等生灵看，他（或她或它）们仍然不知道人是什么东西。动物中的权贵仿佛是老虎。有灵魂的陶钵宛如喇嘛手里的法器。会思索的芦苇大约是成精的笛子。因而卡特总统送给外星人的礼物中并没有引述上面的话，而是在铜板上刻出人形，男人女人。男人的身高为一千七百六十六毫米，和我的身高相同。

关于人，还有一句有趣的话，值得录下。罗兰夫人说：我愈是研究人，就愈是钦佩狗。罗兰夫人1780年嫁给普拉特尔·罗兰，夫妻皆为吉伦特党人。她写过许多书，最著名的却是临终说的一句话：自由！多少罪恶假汝手而行！

如果用排除法作定义，人，乃是脊椎动物中唯一能够用背睡觉之物。这个定义不仅有趣，而且深刻。牛狗卧而睡，猫的睡态万千，只是侧与卧两种。马如果仰睡，那是最恐怖的场景之一，它们脊背如刀。唯有人能仰睡。因而人在睡醒之间的名堂最多。

就毛发的状态而言，人是唯一的半毛发动物，即介于水生动物与陆地动物之间的动物。人之毛发，都有部位。动物眼中的人类，最令它们惊骇的就是有的地方长毛，有的地方不长毛。在动物看来，人类没有毛发光不溜秋露出肉来是极难堪的一件事。火鸡终年露出颈子，是企图进化为人类的一种征兆。美国前总统里根引人注目的喉结，则是企图退化为火鸡的一种征兆。然而火鸡太没有智慧，要光也不能光脖子。你来看人，光膀子光脚，最难能可贵的是光腚，私处却有毛发。人之阴部毛发全呈三角形，在自然界除圆形之后，这是另一个著名的图案。“大卫之盾”悉由两个倒立的三角形组成，人类的数学课程，有一目也称“三角”。人类头部毛发最盛，猴类唯有臀部无毛。最不可思议的东西是人类的眉毛，一条孤零零的条状毛发悬于眼上额下，这到底是什么东西呢?

水里的生物一律无毛，然而有鳞。人类某些分子患牛皮癣有一点儿鳞的意思。两栖动物无鳞无毛，不知向何处去，一如南京政府。

于是人类拿毛发大做文章，这是继往开来的重要生物信息，以京剧为最。有些异人，自脸上垂下五条长毛，曰胡曰须曰髯，关公是也，死后被尊为神，却与宗教无涉。

京剧中的帝王将相大都以髯遮口，像马尾一般，这是以毛突出威重。动物们都以毛强调种属。举老虎的花纹和孔雀的尾巴这两个例子就够了。生理学家对人类的毛发现象含含糊糊地称为“保护……”，比如鼻毛保护气管，挡住灰尘。

但是人之腋下的毛保护什么呢？保护“胳肢”？

从这一点就可以看出人类远不完善。当人类两腋无毛的时候，会聪明得多。人，毕竟由猴进化而来，而不是由更高级一些的猿进化而来的。这就注定带来许多缺点。我们还可以设想，人如果由白鹤进化、由海豚进化、由非洲猎豹进化、由熊猫进化……顺这个思路往下想，穿过亿万斯年，就可以遇到一个新的物种。

古代的中国人也注意用毛发区别人与兽，在造字中尽量用“反毛”即“犭”来作为兽的称谓。土匪则称为长毛。有些倨傲的汉人，甚至在少数民族的称谓前也冠以“反毛”，如“狄”。

三

再来说醒与非醒。

醒字从酉，酉在金文之中是一个酒罐子的形象。在五行之中，酉从金，有兵战之象。

什么时候醒，什么时候非醒，决定了人的命运。“反右”，亦可说是醒者对非醒者的一次惩戒，也是迷醉者对清醒人的鞭笞。

醒，是在睡眠机制之外之上的另一个人生层面。人学得会或学不会某些东西，取决于醒的程度。佛教的法器之一亦为道具之一，叫“醒板”。这一层意思，在所谓“禅宗”里面叫作“悟”，即非智识型的某种体味。它是周而复始的思想逡巡，在似是而非之间力图忘记什么。

在今年五月几日或十几日，我在路上突然醒了。当时我从岐山路骑自行车去泰山路接放学的孩子。我有边骑车边思索的习惯，突然感到脑子里的某些东西贯通一体。我惊异于这种内在的光亮，为什么会这样呢？

当时的原因在于我看到了满街的女人都穿上了裙子。算一算，已经很长时间没有看到穿裙子的女人了。从秋天结束，中间隔了一个冬季。我却觉得好几年没见到穿裙子骑车的女人了。

在上下班的路上，看到的女人全是背影。骑车的女人，修长之腿从裙中伸出，一上一下地蹬车前行，美妙如体操。我转颈观望，穿裙的女人竟有许多。沉闷滞重的北国，裙子一扬，就预示到了春天。

我深深一嗅，觉得脑海里有许多开关“啪、啪”全打开了。深嗅，就是使劲儿拥抱生活的一种努力。

女人的气味，原是海水的气味。

幸福不穿衣

饭桌上，人们议论生活的幸福性。按说呢，改革开放三十多年，富人怎么富也三十来年至三年，不是太清楚什么让人幸福或怎么幸福。简单的认知，也是多数人的认知——昂贵则幸福。当然它不等同于幸福，用时尚界的概念描述，这不过是奢侈。

一人说雪茄。说怎样用榉木片烤雪茄，逼出水气，反复点燃。而吸——这位朋友用手在脖子上比画——只能吸到这儿。

还有人说喝酒。酒的事也挺麻烦，比如第一道菜上生蚝，小饮干白。酒保先研究室内温度，然后决定开瓶时间。从冰箱里刚取出的酒开瓶后经过呼吸，与室温融合，与生蚝就“刚刚好”，这是上海人常说的一个词。

我没吃过生蚝，没喝过干白，开酒瓶就像上厕所撒尿一样，不干时间的事。但不谈消费，就等于给“拉动内需”这一宏观政策抹黑，也掺和着说点儿。

我说——内容从一张铺抽屉的旧报纸上看到的——在巴黎开时装屋，必须符合巴黎时装公会的五项规定。一、在巴黎有工作室；二、聘用三名以上专职模特；三、长期雇佣二十名以上工人；四、必须出席每年一月和七月举行的两次时装发布会，展示七十件以上日礼服和晚礼服；五、第五条最重要，我卖个关子，饮水润喉，说，布料在量身之前不得开剪。

这帮哥们儿似懂非懂。我说：“拿你来说吧，”我对一位穿西服的朋友说，“裁缝在量你的小腰肢之前，已经把料剪开了。换句话，他根本没量过你的腰肢。这叫成衣。皮尔·卡丹西装也是成衣，不叫时装。”

他们低头看自己的成衣，看袖子和兜盖，看针脚，好像过去没看过，恨不能脱掉扔地下踩踩。

“你说的时装，价格大约是多少？”有人问。

“时装不包括成衣，也不包括内衣。即使范思哲昂贵的豹纹内裤也是成衣。以女装为例，时装价格目前每件大约在九百至一万五千欧元之间。”

“折合成人民币……”

“乘以八。”

真……有人骂时装或欧元。

“时装的最高境界是什么呢？”又问。

“在穿和不穿之间，最终指向赤裸。这是英国设计师维维安·韦斯特伍德说的。”我回答。

喔，原来婴儿才是时装的拥有者。除了婴儿，人在洗澡、睡觉时不都是时装的主人吗？省了九百至一万五千欧元。大家满意，互相举杯。不穿衣服才进入幸福境界，众人再举杯。

幸福莫过于万幸

幸福这个词是对所有美好目标和感受的一个归结，是一个大词，人人都在议论。

在“幸福”当中，人们看重的是“福”。福跟物质相关，口福说吃，有汽车开属于臀福或腿福，带水獭皮帽子是头福，烫大波浪头发或直线离子烫是发福，听戏听音乐是耳福，让成都的手艺人掏掏耳朵积垢也是耳福，看山水景色美人身段是眼福，看流星倏忽更是眼福，扎鳄鱼皮带是腰福，擦口红是唇福，嚼甘蔗是牙福，内急找到厕所是泄福。

福是好事，人活着就是奔福气来的。幸福的“幸”排在福前面，何意？幸是福的主管领导，统领全局，比福重要。

这个事好解释，幸跟运联系，超过福的作用。别的地方被飓风刮得房倒屋塌而你没摊上，你并没为此做什么努力，这叫幸运。别的国家战争不断，你无流弹之虞，是你生活在一个和平的国家，也是幸运。幸比福重要多了，坐在地震废墟上，手捧一麻袋金子并没有大用处。一个人所能遇到的大的幸运首先是国家八十年不发生战争，不发生地震、瘟疫，保障各式各样的小福落实在人身上。小的幸运是什么？是消灾避祸之不可思议。人人都知道一个故事，有人乘出租车去机场被耽误了，乘客揪着司机的脖领子不松手，让他赔机票款。结果，这架飞机在跑道滑行之中爆炸了。乘客立刻下跪管出租车司机叫恩人，捧送给他两千元钱。之前是司机跪地请求不赔钱，现在两个人对跪，跟古人一样。这是幸运里面最有含金量的一种，叫“万幸”。它也代表着幸福的最高境界。是不是摆脱空难才叫万幸呢？不一定。头几天我在河南坐大巴车旅行。车开着，一人骑电动车突然出现在车头前。我以为此人死定了，阎王爷派小鬼牵他性命来也。司机手疾眼快，避让刹车，赐予他万幸之福。骑电动车的人连头都没回，更没下跪，脚蹬那辆烂车安然远行。虽然不领情，但他很万幸。万幸的还有，我们儿时在婴儿室没被抱错、打青霉素没过敏、没被疯狗咬破腿肚子、没吃过毒奶粉、喝酒没酒精中毒，都属万幸，缔造了我们的幸和福。每当我坐火车卧铺没遇上打呼噜的，也感万幸，福气大极了。

幽默与痛

就幽默的效果而言，它能显示人心当中比较无情的一面。人遭遇一种悲伤或窘迫，由于乖张，更多的是由于猝不及伤，使观者哈哈大笑——把它写出来或拍成电影，就是幽默。对许多被幽默逗笑的人来说，原本没想笑，最后笑了，仿佛身不由己，被另一种力量所支配。因此，在大的幽默面前，有人笑过又悄悄地揩拭眼泪。他们替泪水难为情，悄悄揩拭，但泪水还是在喧哗的笑声背后出发。

笑声背后的泪水，仿佛是与笑声作战的义愤的战士，流泪的人也觉察自己刚才的笑声不妥，近乎轻佻或者没良心。然而在人的心里，笑的力量与泪水的力量一样大。人心深处，至少有两个神秘的区域不易探测，笑的区域为一。人何以发笑，其中的道理谁也说不清。康德、叔本华、尼采、鲁迅和林语堂都想为它定义，又退了回来。康德甚至说研究幽默之原理是哲学家所做的最蠢的一件事。过去说，人的喜怒哀乐发诸内、形之于外，此话对照幽默而言并不确切。乐，至少幽默引发的笑与人的内心无关，与情无关，与恶也无关。人之所以发笑，是感到了人生的乖张、倒置、荒谬。遇到了这些，笑成为人的本能，如同人们看到一位最严肃的人当众滑落裤子，如果此人不严肃或那个地方的人从不穿裤子，都笑不起来。在笑的区域中，司掌其职的是一些幸灾乐祸的精灵，它们是秩序的反叛者。人固有的学识或责任感都管束不了这些精灵。人的笑有时并不回避残忍。

如笑话说，一人被斩，问有什么话要说，他说自己脖子长了一个疖子，下刀时请小心些。

命都快没了，还要养生吗？大的命与小的疖子之间的较量，让人发笑。人们不再探究此人将终的原因和悲哀。

与笑的区域相对应的，是人的恻隐之心。前面说过，“笑与泪水的力量”。我想表达的在于，泪水的力量不仅是哭的力量。哭泣往往为了自己，而泪水可以包括更多的人。这一区域由悲悯笼罩，听命于情。人的悲悯心不在大事件，而在小细节。在历史课上，老师说奥斯曼帝国在与欧洲基督徒的第三次战争中，双方死亡七十万人。课堂上并没有学生掩面而泣。如果老师把阵亡人数提高十万人，说“八十万人”，也没人痛哭。这并不是因为学生不认识这些阵亡者，也不是没有亲属在其中，更不是死得少不值一哭。历史课上的“死人”，只是数字与数字后面的结论，没有也不应该引发人的悲伤。而人听到“卖火柴的小女孩”的故事之后，随着一根根火柴的燃烧与熄灭，心生悲伤。像一个水洼，映出可怜的小女孩的影子，摇摇曳曳，挥之不去。

由幽默而发笑，尽管“没良心”——这是就幽默机制而言，和人品没什么关联——表明一个人心智上的健康。健康是什么概念呢？不仅能劳动，能思考，能严肃、认真地生活，还能够超越这些，认同人的局限与生活的局限，能够自嘲，能够装上假面具并随时卸下来。这是说，这个人在沉重之际还能找出轻松的管道。另一方面，擅幽默并具有幽默感被认为是聪明的表现，这种“聪明”是考试之上的一种优越感，考不出来，也背不出来，而在生活中源源不断地表现出来。与大学以及党校研究生无关，跟薪水与出身也无关。在农夫、工友以及领袖身上都可以表现出来。这是说幽默，它介乎本能与智力之间，而悲悯则是人的情怀。有些相声演员之所以使人生厌，是由于缺少悲悯，不知此为何物。而他们的幽默——实为滑稽——也像小丑自贱一般让观者笑意惨淡。悲悯是良心的最高体现，由己而人，被泽苍生。我相信悲悯是一个人由生俱来的种子在心底发芽的结果，也相信人文精神能够在后天播种这样的种子。一个人奉行的无论是一种善行抑或善念，都是世间的光明所在。而毫无恻隐之心，则表明这个人已经到达“坏蛋”的临界点。尽管这样的人由于身份、财富、学识的原因还没有踏入犯罪之境，但早晚会荼害他人。他们已经不慈，更没有悲，心里已经空旷得没有罪恶感了。他们比那些激情犯罪（一念之差冲动犯罪）的人更有社会危害性。

人活着，心智的路线大约有两条并行，一条是快乐的，用幽默滋养；一条是深沉的，用悲悯裹缠。一则向上飞扬，一则向下植根。这样的人有趣兼而有情。生的小欢小乐与大悲大慈和谐地贯注一体，爱己而敬人。我以为，这方面丰子恺先生做得最好。尘世种种，他在心中喜过悲过，然后用文字线条两支笔阐发出来，让人泣悦莫名。在这里，悲悯的严正莞尔入笑，幽默的猝不及防已经可防，两相和谐，成大境界。不独丰子恺，卓别林如此，马克·吐温亦如此，鲁迅还如此。林语堂、梁实秋不在其中，他们的幽默缺少文化的深痛。

与信息平衡

我妻子是一位教师，过去叫人民教师。该教师最近放假，把所能想到的家务活全干了一遍，洗、涮、擦，只差房子没拆了重盖一遍，然后看电视。

她看电视是这样一种情形，即把所有的家务做完之后，陷入一种寂寞，精神分析学家称之为“虚无”，而杜甫的表达方法乃为：“此身饮罢无归处，独立苍茫自咏诗”。吾妻不饮，亦不咏诗，只好看电视。

而我关心的是另一件事，即人与信息之间的平衡问题。对一个工作着的人来说，假期成为信息的滞留期。虽然从表面上说假期是休息，是停止并封存惯常的信息流，并从中获取解脱。事实上并非如此，当一个人为工作的信息所困的时候，是疲劳。同时，他要会依赖这些信息生活，并形成模式，即习惯。这就说明一个现象，为什么有人不肯休息甚至退休，假日的时候有人一定要回到办公室。当然你可以称赞他很敬业，包括说他是一位令人尊敬的劳模。他要遵从惯有的信息处理模式，某些信息被停止输入之后，现存的便无法处理，我称之为“滞留”，它们会发出解救的讯号。

从神经学来说，所谓信息不仅是工作资讯，如股市、政令或企业状态信息，它包括色彩、线条、声音，即大脑神经元接受处理的一切信号。如上街所行走的大街、公交车、办公室与同事的面孔，一个人对这些“无意义”的信息也会产生依赖性。这些按时输入的信息一旦停下来，会使相应的神经处理系统因匮乏而发出质询，这是寂寞产生的理由之一。对吾妻来说，这是看电视的理由之一，借此饲养那些缺少信息的饥饿神经。然而，电视对一个突然停止工作的人来说，传播的仍然是一些“假信息”，除非它能真的模拟特定的办公环境。

正像我猜到的，她打电话约一位同事来家里倾谈。她们交换着一些旧日的人和事，虽无新意，但彼此容光焕发。滞留消失了，信息中心被暗示回到了惯常的状态，可谓步入正轨。

这其实是我们生活的写照。人们寻求喧嚣，寻求清净。但在我们的寻求之外，神经还有另一套饥饿与饱胀的机制，使人们无端地烦躁或空虚。在一个信息量越来越多的时代，浮躁是我们生活无法摆脱的伴生物，像呼吸空气必须同时吸入二氧化硫一样。浮躁是什么？是信息多到大脑处理不了，是信息少到神经系统为之饥饿，还是迫使人们运用睡眠、酒精、唱歌、运动等方式在身心之间达成一种平衡？如果不平衡，就会寂寞、空虚、旅行、吵架、搓麻、饮酒等等，简而言之，浮躁。医学上通常认为这是一种轻微的神经症，由过劳或过闲而诱发。天知道，在深山采药的老农与瓦尔登湖隐居的梭伦怎样应付自己的神经系统、对抗自己的寂寞。

语　境

一个阿姨——不是我阿姨，而是幼儿园的阿姨——调到机关做文员。过一阵，不干了，想回幼儿园。

有人疑惑，机关多好，想不开。还有人分析，孩子们天真烂漫，与之相处全是童贞，阿姨准是受不了机关的钩心斗角。

阿姨自己说，这些都不是障碍，关键我不会说话了。

幼儿园的阿姨大多只会说两种话，或曰有两套话语系统。一是训斥。她们训孩子比牧羊人训羊的次数要多，这也算是一种管理，以绝对权威禁止孩子从事阿姨认为不妥当的事。另一种腔调是扮猫扮狗，用动物的——其实是童话的——语调说话，这一般是在讲故事，而且在故事中出现动物时运用。这种语调让人脱离现实，儿童们听得傻傻的，涎水流进脖梗子全不知晓。

两种语调可谓之“警察与猫咪”，它表达两种角色。还有，阿姨的听众是儿童，混沌未开、智愚颠倒。所以，有一些幼儿园的教员常把孩子当无智力的动物看待。她们的腔调因而严厉或妩媚。这种看法并非近诬。我观察过许多幼儿教师的施教过程，严格说，富于爱心的并不多。我说的爱心是把孩子当人来看待，认为孩子有理解世界和区别情感的能力，真诚地对待他们。

话题回到腔调，即阿姨为什么在机关里不会说话的问题上。腔与调是专业术语，所谓字正腔圆与满弓满调，乃念白或演唱所应达到的规范，梨园或武术界叫“范儿”。阿姨者，开口失语，原因在找不到“范儿”了。在机关，训斥行不通，不可以对同事说“别动”“谁让你上厕所了”“不许喝水”这类话。而另一种如“把裤裤脱下来”“宝贝别乱跑”也不便说。跟机关大人说话，委实是一件奥妙之事，他们有智力兼有身份，官职年龄性情各不相同，使我阿姨期期而不能言。

说话是天下最难的事之一。除去语感、语境之外，还有一种叫什么呢——姑称为语境，即一个人与倾听对象言说时形成的固定腔调，包括措辞语气等一套方法，形成之后就难改正。我认识两个曾经当过狱警的人，他们人还都行，就是说话太讨厌，颐指气使。我还见过一位电台深夜谈话节目女主持人，在大庭广众之中听她说话，如中梦魇，其声音之低迷、缥缈，听者头发都快站了起来。可见语境不对，声音不论甜美或豪放都不受用。

彼阿姨回到幼儿园后，如美猴王回到花果山，憋了一肚子的话从此大说特说。

“站着！再乱跑掐死你！”

或者：“小羊羔有几个犄角啊？”

（众：两——个——）

“真乖！是两个犄角。”

如此快活，是因为找到了语境。

早　市

沈阳的早市是指每天早上五点至九点出卖副食的露天市场，这是对客户而言。对经销商而言，这段时间是早四点至九点。一年四季，莫不如是。

如果没有这些早市将怎样呢？答曰：人民的美好生活会受到一点点影响。错！没啥影响。早市不开，人民赴晚市购之，无非茄子辣椒，在哪儿买都一样，路途远近不同。正确的回答是：如果早市关闭，街道干部的个人可支配收入将大为减少。

街道的人说他们也是政府。这个事我没去真正的政府里求证，只觉得街道的人近于诡秘，贴标语、塞传单，不像大政府的人那么轩昂。他们的官牌不叫政府，而叫办事处。他们所办的事务之一，是在三级马路上用黄油漆（用不了一桶）画线，然后把早五点至九点的经营权卖给小商贩。四五平方米的面积年费四五千元。这个钱对干部来说不过是一顿饭钱，而吃低保的商贩则把这看成大投资，找亲戚朋友借钱购之。买了地号，他们自豪地对中小学同学说，俺也是漓江早市的业主了。起先，曾有不读书不看报的落后人质问：这马路是国家的——实为公共的——凭什么街道拿它卖钱呢？街道干部开导他：你他妈放屁不考虑场合，临时出租可以拉动就业。你懂吗你？在这瞎咧咧。

落后人非但没开窍，反问干部：地，自古以来就在地球表面，什么时候成政府财产了？宪法说土地国有，也没说政府所有啊？你们凭什么往外租马路？

干部以及商贩讨厌这种较真的人，说你要买菜就买菜，不买回家蹲着去！

商贩从心里感谢街道干部，划地为摊解决了他们的生计。另有一些不法分子不买地号，在离早市不远的街上偷着摆摊，结果怎么样？不用问，城管上去一脚把摊踢了，秤盘子没收。如果不法分子敢说半个“不”字，城管——他们大都高而胖，臂上刺青，不知是自己刺的还是单位统一刺的——拽住他脖领：怎的？你他妈想怎的？不法分子必须臣服，要么买地号，要么回家蹲着去。

早上，最显示城市的富足和活力。如果朝鲜或其他发展中国家来中国访问，最好请他们到我家附近的早市参观。他们看过没有不佩服中国的。先说嗓子。商贩的嗓子不分民声、美声，也不讲究铜锤、花脸这些腐朽的国粹。他们全撕扯着嗓子以最大的声音叫喊：蚬子啊、蚬子，便宜！狗宝咸菜，新鲜的狗宝咸菜（纯粹胡扯！狗宝咸菜是晾干的桔梗根茎，何来新鲜？说新鲜增加语感上的递进效果）！黄瓜啊！倭瓜倭瓜倭瓜！耗子药！便宜电池啦！玉米面大饼子喽！土豆，一块钱一堆！筋饼！豆腐脑儿！来买蒜薹！铁岭烧酒噢！白条鸡！老谢家大煎饼！蟑螂药，药不死我死！回民火烧！馒头！这里只录下早市百分之一的喊叫。喊叫一声高过一声，仿佛就是为了压倒对方的耗子药或烧酒，让它们无颜见江东父老。这些喊叫会合到一起，什么也听不清，只觉得生活在这里呼隆呼隆沸腾冒泡。那些睡眼惺忪、背手拎空兜子的闲逛人心里的激情被唤醒，眼睛全睁大了，自兹时起投入火热的生活之中。

早市如果没有呐喊，对沈阳人来说显得十分寂寞。鲜鱼在洋铁皮的水池里拨跳；黄瓜一根根顶花带刺，花的部分全对着顾客；电灯泡把鲜牛肉照得红亮。如果没吆喝声，商贩默默盯着你，这市场谁也不敢去。然而我在杭州就见过这样的场面。葱啊菜啊全洗好摆在卖货人的脚下，卖货人蹲着看自己的菜，一言不发，十分高古。

看到杭州小摊贩白皙的手与低眉顺眼，我觉得他们正在腹中默诵唐宋诗词：春归何处，寂寞无行路。若有人知春去处，唤取归来同住。他们腾不出嘴来跟你讲什么鸡毛菜这些不合古韵的白话。

成车的西瓜、成扇的猪肉、成罐的散白酒，从街这头堆到街那头，在漓江早市堆了一竖两横三条小马路。你感到人真能吃。如果让被宰前的猪、牛、羊、鸡排队参观早市上的人，导游讲解：注意啦！各位家畜家禽，他们（指人）就是你们的下游客户。呵呵，猪氏羊氏该做出怎样的感想？这帮穿睡衣的娘们儿，穿T恤衫的爷们儿，牵狗染金发的高龄妇女，推电动车在人流中躲闪的装修工人，他们怎么能这么狠呢？以后谁来吃他们呢？以后吃他们的是心脏病、糖尿病，谁都跑不了。

我离开农村之后，每天早上都在这里见到亲切的、带着泥土气息的农作物。披绿包衣的玉米带着白金色的流苏，刚灌浆的玉米籽如婴儿皮肤那么娇嫩。泥土沾在象牙白萝卜须子上，柿子椒的外皮呈现金属般流动并凝固的形态。芹菜就是芹菜，仿佛等待与牛肉相会。卖货人的脸上并没有流露对粮食蔬菜的爱，无论多么水灵的菜都引不起他们的审美。他们与菜五个小时前在八家子市场相遇，尔后分手。清嫩的菜变成他们围裙口袋里肮脏的纸币与硬币。卖肉人手里的纸币更脏，带油污。

早市上的卖货人说了一早上的话，内容超不过“×斤、×钱”，是单词而非促膝谈心。散市，他们穿着沉重的连体水裤（卖鱼虾的）、推着手推车改造的玻璃房子（卖熏肉大饼的）疲惫地往家走。这时，他们也唠几句家常话，内容是副食品的批发价以及家里上初中的孩子。

我几乎听过好多卖菜卖肉人谈论上初中的孩子，以及中考。为什么呢？他们大都是四十多岁的人，孩子正念初中。早市的活计到了五十岁就干不动了。冬天，在零下三十多度的低温下，四点钟到二十公里外的八家子上货，是个艰难活。如果不为孩子念书，他们谁也不去吃这样的苦。他们为什么不谈论大学以及高考呢？商贩们上大学的孩子不多，或者孩子上大学的商贩已经不出来干了，去干更轻快一点的活儿，比如扫大街。商贩们作为社会最底层的人，更能感受时代的变化。现在的变化很多，一个值得记忆的变化是让孩子上大学没有丝毫用处。念完大学也找不到工作，还不如不念。四年大学将会耗干商贩所有的血汗。

早市上人流拥挤，人们像在舞场那样穿插逢迎，手里拎着菜或馒头。没什么买的，买一长筒卫生纸也看着富足。早市上也有安静的人。比如卖金鱼的就不叫喊，小金鱼装在拳头大包水的透明塑料袋里游，水在折光现象下放大了鱼的身影。据说这些鱼拿回家就死，卖鱼人做了手脚。修表的也不叫喊，修表修表啊，不像话。卖盗版碟的人比较自负，推车上摆的碟片包装印满了中国所有走红影星。少一条腿、拄着板凳乞讨的人手里端着搪瓷缸子，沮丧地随人流走。在早市溜达，看前边的人几乎都是胖子，扭着各式各样的屁股。他们身上的脂肪全都来自这个早市。

这里的一切都外国而古代

来到斯图加特的古堡里半个月，在森林里跑步，看年轻人在草地打滚搞对象。傍晚，夕照万道金箭穿越了高大树木，于草地划上横线。朋友打电话嘱：抓紧时间到外国看看。

外国？都外国了，还外什么国？

他们说：到德国周边的外国观光，比利时、卢森堡、法国、瑞士。

吃着碗里的，看着锅里的，外国之外复有外国，没头儿。我想起一句老话，世界上只有两个国家，一个叫中国，另一个叫外国。八国联军没打到北京前，派外交使团威胁清廷开埠。时有大臣上疏西太后，言外国人所列外国并无其国，英吉利、法兰西、德意志是有的，荷兰、比利时是胡编的国名，一听就是假的。一个国家，怎么会叫荷兰这种村姑的名字？梵蒂冈是山名，列支敦士登是酒店名称，它们——一言以蔽之——外国。外国到底有多少，我也搞不爽，外国而已。

我在眼下的外国——德意志和日耳曼尚且搞不清东南西北，还要到其他外国继续糊涂吗？我来7日之后，突然发现一件事，没见到月亮。一下迷糊了，德国难道没月亮吗？我开始回想海涅的诗，格拉斯的小说，有没有提到过月亮？它是申根国，没说没月亮。《月亮颂》是威尔第歌剧选段，他是意大利人。后来，德国斯图加特的月亮在我半夜到冰箱找东西吃的时候出现在第三个窗户的外面，我看了好半天。该月亮半圆不圆，像削了皮的菠萝，不知在升还是降。

到了外国，一切都是外国的。但大脑的记忆固执地不承认这一现实。一般说，出门见了人，噢，这是外国。听外国人说话，想这真是外国。见了花、草、树、云彩，觉得跟国内一样。又回过了。我尽量找跟国内没区别的地方待着，如森林。其实在国内我也没去过经典的森林。而不想去进一步外国的地方，如卢森堡。这说明大脑机制在趋同中寻找安全感。可是，在森林的木椅坐久了，发现这里的小虫也是外国的。虽然小虫不会说德语，但它们的翅和须子，在国内没见过。其实在国内我也没见过森林的小虫什么样。一天傍晚，我在森林里散步，见灰白的砂石道上有手指大的黄东西，像黄狗拉的狗屎。想起西方人习惯把踩狗屎视为好运到来。我几欲踩，考虑故意踩就不灵了。好在没去踩，蹲下看，是一条条蜗牛。它们可太不节省时间了，无比缓慢地穿越道路。一路上，我用木棍挑出好几个蜗牛甩进草，防止被红脸肥胖的德国人踩死。蜗牛在森林里散步，这是外国呀，我告诉自己。

如果走在比较窄的路上，对面汽车会减速到极慢，从你身旁开过去。走在通公交车的商业街上，如果你挡了车的道，车会耐心等你发觉，避让，再通过。鸣笛在这里被禁止。我在趋同中寻找归属感，但没找到，一切都外国。如果狂按喇叭，司机骂一句：你瞎呀，我反而有了安全感。

人的思维爱分内外。到外面是人家，回来就是自己的。我的房间非常安静，窗外的树枝在风中起伏。下雨的时候，树林收住了好多沙沙声。我觉得可以不外国了，这里更像古代。说的不是外面的古堡，而是木制窗户。拉手向左拧关上，窗台是铁皮色的。桌子床橱子都是木头的，越木头越古代。窗外的树，跑步在砂土路的唰唰声，都像古代，让人心踏实。我继续在房间里找古代的东西，一个大蜜蜂转一圈儿飞走，雨滴打进窗内，都古代。寂寞中读橱上药名的中国字：法莫替丁钙镁咀嚼片，外国味太重。每日读我喜欢的艾·巴·辛格的书《卢布林的魔术师》，一读就被吸引了，像在国内。想书中雅夏的命运。猛想到，这也是在说外国事呀，怎么整都离不开外国了。

最流行的七句蠢话

一、应该说。

此话一点儿信息量也没有，常见于市县级领导口中，现已为乡镇、村及村民小组领导沿用。

语言中没有信息的词汇或句子可表示停顿、转折，如“然而”。还有一些词表达语气、心境或身份，如叨扰、恭候、难忘等等。

“应该说”是什么？什么也不是，是词语里的傻子。天下的话可分两种，应该说和不应该说。说便说，不必在“说”前加一个说。一个人撒尿前并不说“应该撒尿”，一个人在心跳、呼吸以及眨眼之前，也不说“我应该心跳、应该呼吸、应该眨眼”，笑前也没说“我应该笑”。做该做之事，何必提前预报？

“应该说”说的是中下级官员对下属和媒体讲话时的一种拿捏的矜持，很傻，很空洞。

二、绕地球××圈。

公职人员的职责有两层含义，一叫本分，应当作为，不可推辞；二叫让客户（用户、群众、百姓、人民）满意。如果做不到这两项，于心难安、于职有过，是起码的要求。

做了工作，要点是目标人群的满意度，而不在于自己工作的艰难度。不能忽略满意度而抓住艰难度不放，渲染成为物理学的故事，如“绕地圈××圈”。

一个邮递员把邮件送达也就做完了本分工作，非要把他的路程和天数相乘并跟地球周长相比较，无厘头。

把王羲之一生练字的笔画（撇以二厘米计，捺以三厘米计）连接起来，说绕地球多少圈，或绕月球多少圈，看不出书法的好坏。鹰一生飞行，虎一生奔跑，都可以换算出绕地球多少圈，没意义。

人们所做的一切，有的跟地球有关，但跟地球周长无关，不需要这样比较。

三、有感觉。

感觉是心理学或生理学的术语。比如一个人要挨刀（阑尾手术），医生注射麻醉剂之后，用针在他腹上轻刺，问“有感觉吗？”病人答“无”，刀破腹。

而人在冰雪中捂耳朵、跺脚，何故？低温造成人（恒温动物）体组织降温并疼痛。这叫什么？叫感觉。

所以，有什么感觉就说什么感觉，或痛或痒，别说“有感觉”。

有人以为，说“有感觉”显得有品位，其实不及小孩谈吐透彻。小孩喝凉水（胃痉挛）说“肚子疼”，大人一听而知。如果手捂着肚子说“有感觉”，那是智障。

四、接下来。

话如流水，一句接一句说，实然冒出一句“接下来”，真是傻。这是电视主持人的专利，也是说话的毛病。有些主持人不说“接下来”，就接不下来。

这事是这样。主持人不会也不知在晚会上说什么，由撰稿写词，在两段文艺表演之间勾连。一般地，主持人认为上来就背词有些突兀，也可叫秃兀、加一点儿废话冲和，就诞生了这句“接下来”。

人生其实就是接下来。过了三十岁，接下来就是三十一岁。吃一口米饭，接下来就夹一口菜。结婚，接下来就生孩子。油价上涨，开私车的接下来就骂娘。肥吃肥喝，接下来就痛风、糖尿病。

生活中没哪件事不“接下来”，主持人不必告诉大家“接下来或下面”。

五、有个性。

在暧昧的官场文化中，“有个性”是贬词，表示他对别人的排斥，不好（不敢、不愿）明说，谓之“有个性”。

这句话和骂人是差不多的意思，只不过隐晦一点儿。

想骂又不敢骂，腹诽的人才说别人有“个性”。

什么是个性？谁没个性？没个性的人走到大街上，连他亲妈都认不出他。

个性是大众哲学使用过的词，相对于共性。如同特殊性相对于普遍性。如果一个人没个性，被人指为“有共性”，岂不吓人。

有个性是一句很蠢的话。也很不厚道。

六、有特点。

和“有感觉”一样，这是一句蠢话。万事万物都有特点。蚂蚁不光与大象不同，与别的蚂蚁也不同，它一定含有“特点”，即“个性”。有什么特点就说什么特点，如果没能力概括其特点，可以说“今天天气，呵呵”，不要提什么特点不特点。

七、不好意思。

这句带着韩国或者日本气味的话蛮可笑。

什么是“不好意思”？难堪的、窘迫的事才令人不好意思，比如把孩子生到百货商店、把火锅橙色固体燃料当冰淇淋吃了、主持电视节目忘词、上痔瘘医院去看牙，等等。

流行于青少年口中的“不好意思”和这些事情都没有关系，他们想说些微的致歉。

道歉要诚恳，不应该道歉的事情坚决不道歉。

这些从日韩传来的暧昧的词语，其意思都不是什么好意思。

第三辑 / 比杏仁更白的美人

鲁迅的“不”

鲁迅提升了汉语言的杀伤力。此语言工于抒情状景，铺陈奥妙道理。工于言不及义，温柔敦厚。工于谎言与碑文。工于诏书、奏本、文告、对偶，以及描述鬼怪神异。鲁迅从前朝的词语里挑出带刃的、带刺的作兵器，使之工于见血。他自称笔下文字为匕首与投枪。然也，既能远掷夺命，又能给对方贴身安上一刀。

鲁迅摆脱了文人的窘迫。虽然“文章憎命达”，但憎不了鲁迅经济状况之宽裕。以往乃至今天的文人，若不做官经商当教授，或在体制内领饷，都和孔乙己差不太多。鲁迅强，用一管金不换的小毛笔收获银两，则不必向大势力折腰，不必说昧心的话。住租界、看电影、养活全家。

鲁迅不昏。他无论见流亡学生，见文豪萧伯纳，见官员，见各种趾高气扬的学者和天才都不昏头，诙谐不改、清醒不改、震怒不改。他对自己的身后，对儿子的前程，对诺贝尔奖落于谁头，对到底谁当左翼文坛“盟主”，一概不起妄心。

鲁迅超越了狭隘的民族主义情绪。越是弱国弱民，越喜欢四处树敌，喜欢高喊热血沸腾的口号。鲁迅虽然常常生发敌意，但没有煽动过对其他国家与种族的敌意。他明白，弱在自己身上，病在自己身上，仇视别人无益。他还明白，民族主义情绪最容易被具有别样用心的人所利用，生害。

鲁迅没有计划经济观念。作为作家，作为斗士、学者或以文字谋生的人，他不企图政府提供好的待遇，“养起来”。他没在文字间期待议员、督学这些官职，以及勋章和奖。他没有发出“文学衰落了啊”这些哀叹。

鲁迅不结党。虽然他和萧红等青年作家、曹白等青年木刻家、内山完造等外企CEO关系很好，但不搞小圈子，也不囿于小圈子。他并非一味怒目，也讲情商。他和福建省主席陈仪这样的国民党高官是好友，和瞿秋白这样的共产党领袖也是好友。他蔑视小圈子这么一种东西，以及圈子之间的互吠。

鲁迅不搞浙派文学、绍兴味小说以及教授派杂文或旅日作家这一套，也不搞“一个学医的留学生的惊世之作”那一套。

鲁迅勤奋。用齐白石的话说，叫“不使一日闲过也”。

鲁迅擅骂，但不靠骂人出名，更不靠骂名人出名。

鲁迅算计过日子的经济成本。

鲁迅有大恨。且看那些在文坛乱骂的人，多是怀着一己的小恨发泄。鲁迅有大恨大怒。他是历史上第一个如此严厉地咤骂中华民族劣根性的人。他恨世道昏黑、生民愚昧，“用一双泪眼看着手术台上生息渐绝的母亲”（池田大作）。这个母亲是中华民族。他恨得上下求索，恨得言如厉鬼。这一种人间大恨，在其他人身上特别是现今人身上已经非常少见了。

鲁迅懂得尺度。他骂三千年历史，但未骂过上海滩的闻人如黄金荣、杜月笙、哈同等人。

鲁迅看不到希望。当时的中国，是一个“在手术台上生息渐绝的母亲”，无论在国力上、外交上、国民素质上，鲁迅都没有看到这位母亲有康复的可能，进而有强壮的可能。鲁迅临终前不声不响躺了许多天，头脑清醒，时不时看一幅红衣女人的木刻作品。他一定想过，中国完了！中国就这么完了？中国怎么会不完呢……可惜他没看到今日中国。

鲁迅不养生。他在赌气的时候甚至薄待自己的身体。他对中医药有不公允的见解。他死于自身的肺病，而非诊治医生下毒。

鲁迅不喜欢猫、狗。不谈论戏曲、音乐。偶涉戏曲，也是讥讽。

鲁迅不知道他在1936年10月19日5时30分辞世之后，作品并未“速朽”，年年重印，经六十九年遍布中国城市乡村。

海明威天生是一个模范

他是被模仿、被追捧的范型。他以异乎寻常的方式辞世之后，又成为被赞美、被怀念的人，这是他身上所具备的美国性之一。

美国能够制造各种各样的模范，消费性是其主要的特征，譬如文体明星。而海明威以精神特性优于文学特性的方式把自己制造成为偶像。偶像的意思是：他把自己变成了想成为的人。当然，他又承担不了自己，于是放弃了自己。

在20世纪，大约是1979年左右，国内像洪水一般地翻译印刷西方文学名著，这是继引入佛经、共产主义书籍之后，历史上第三次域外思想播撒中国。那时候，海明威的名字就在一大批西方作家当中闪闪发光。他的作品和他的事迹一起登场。在中国，有事迹的作家比没事迹的作家更容易被记忆。聂鲁达、杰克·伦敦、左拉、高尔基都是有事迹的人。按说吧，做水手或流浪汉都是不得已的谋生方法，但在文学史家眼里，这些事迹成了作家阶级性的根基。而海明威的事迹跟谁都不一样，他知行合一，我行我素。在思想解放运动刚开始的20世纪80年代初期，海明威的作品呈现出那么强烈的个人性、冒险性（其实为冒死性），以及英雄性，给当时嗷嗷待哺的缺少知识的知识青年极大震撼。

海明威对中国的文学青年或者说文人来说是一贴猛药。过去中国文人的模范没他这样的人，文人模范或踪影于山水，或吃酒吟诗（吟的时候不妨捻髯。髯，两腮胡须之谓也），主要事迹是官场上的纠葛，以及纠葛不上的放逸。海明威是什么？第一，他不是个文人，至少不是中国人所说的文人。第二，说他是浪子，但比浪子硬朗。酒，当然他不断地喝，还有哈瓦那雪茄、钓鱼。他虚荣、矫饰、夸张，但最主要的，他的价值观完全不同于中国文人。他从事着不一定有确定的社会意义、教化意义、道德意义，或者干脆说没有意义的个人的豪迈壮举。这个意义恐怕就是个人意义，海明威个人的生的意义。相比较，中国文人所述与所为多不合一，作文的功利目的太强。要么兼济天下（以文字救苍生？），当先忧派；要么独善其身（善还要独），没有第三条道路。总的说是投什么方面所好。海明威写的东西按现在的标准看，能得中国的某项文学奖吗？得不了。虽然诺贝尔硝酸甘油炸药文学奖颁给了他，也是为了沾他的光。中国人发明了火药，诺贝尔发明炸药，炸死了他的同父异母哥哥，被永远禁止开炸药工厂，诺氏想来想去，想到了这么一个除数学家之外别人都能得奖的奖。而数学家陈省身说，数学界没有诺贝尔奖真是太幸福了，有无人打扰的宁静。

海明威简洁，据说是在文字上的。读他的作品，选材就简洁，选的是有筋有骨的好肉，手起刀落，快火急炖，有难得的野蛮精神。而揣想他作品的主题，反说不出来。中国作家在写什么呢？皇帝是怎样的好（是皇帝好还是当皇帝好？搞不清楚），说肃贪怎样的迫切，或者搞大文化散文，说一些莫名其妙的前朝的事，总之是一些貌似具备文学IS认证的材料。即：假设苏轼诗作得好，这帮大文化散文分子把他作诗前前后后的事说一遍，再说：苏轼诗作得真好。和破案差不多。

海明威是19世纪90年代作家，生于1898年。他的生日是7月21日，比美国独立日晚十七天，比小布什晚十五天。他死于四十四年前的7月2日。海明威的作品到底写了些什么？在写我们所不了解的混沌的人生。加缪说：

“万一这世界是清晰的，艺术就死亡了。”海明威到底想告诉我们什么？假如作答，感觉到困难。苏珊·桑塔格说：“作家的首要职责不是发表意见，而是讲出真相，以及拒绝成为谎言和假话的同谋，作家的职责是使人们不轻易听信于精神劫掠者……”

海明威在说什么，苏珊·桑塔格在说什么，我都不是太懂。约略觉得他们在说相通的意思，持有这么一种声气的人还有惠特曼、贝娄、辛格，等等。

一个托尔斯泰与两个俄国

世上有两个俄国。一个位于横跨欧亚的北半球，在森林、白夜和东正教教堂之中。另一个俄国隐身于列夫·托尔斯泰的笔下。

梵高想当传教士不成而成画家，海明威想当士兵献身疆场不成而成作家。列夫·托尔斯泰什么也不想当。不想当农奴制度下的土地所有者，不想当一个大家庭的家长，不想当贵族，不想当一个父亲，不想当知识分子，不想当19世纪俄国的国民。他抱有极大的痛苦，一个人和时代、信仰之间的痛苦。他甚至不愿意做一个人。他所看到的人的残酷、虚伪、欺诈、亵渎信仰，太不像人了，或者说作为一个人让人羞愧不安。

大凡有这样痛苦的人，无外乎选择逃避。去法国是俄国贵族回避自己愚昧的祖国的主要选择，他们不像中国人出国是为了淘金或镀金再回来吓唬自己人。但出国解决不了托尔斯泰的痛苦。中国的文人面临与时代之间的矛盾时，哪管只有一点点痛苦，先选择归隐山林，因为中国人心里都有道家的浸润，而庞杂的诗歌体系又为他们提供了一个打发时光的平台和潇洒的文化姿态。托尔斯泰的心是敞开的，上面的伤口由于迎风而永不愈合。他面对苦难的、愚钝的、没救的俄罗斯农夫农妇，以及专制冷酷的法律与官僚系统，托尔斯泰没有学会转过身去，而优裕的生活和显赫的名声使他在农民面前更痛苦。

当他不得已写出这些生活的时候，成为享誉世界的文豪。即使在信息闭塞的时代，他的作品生前已经传到欧洲和美国。他的作品有关于人性与信仰的思考，但读者并不喜欢，甚至厌恶。读者震惊于他所写下的生活的混沌与真实；震惊于他对人心的洞悉。托尔斯泰在纸上造了一个俄国，有土地和带栅栏的农舍，有血肉情欲的人，无法把握自己心思的知识分子。他的国土上有俄国天空的云彩、马车鞍鞯的皮革的气味、沉重的民族命运。这一个俄国并没有背离另一个俄国，人们方知文学竟有建造一个国家的能力。

世上有大大小小的国家和民族，各国都有自己的诗人和作家。这些作家和诗人也在吹吹打打地搞评奖、排座次。也有人得了很大的奖，然后坐飞机到北欧谄媚瑞典皇家学院，比如大江健三郎。但跟托尔斯泰相比，这样的作家像一台性能良好的日产汽车。而一些中国作家像奔走呼号的美国州参议员，像退居二线开美容院的妓女，像传销队伍的上线，像一手在官场上抓挠，另一手在文坛（是“坛”不是“学”）抓挠的彩票迷，像企图上春节晚会的京漂歌手，如果不算官场、婚姻、评奖评职称、打针吃药的痛苦，他们没痛苦，连遣词造句的痛苦也没有。文学不过是他们抱在怀里不撒手的、不知从谁家冲下来的洪水中的门板。

地球上的俄国穿越了托尔斯泰的俄国，罗蒙诺索夫、门捷列夫、列宾、柴可夫斯基、勃列日涅夫和普京的俄国继续向前走，带着真实的日出与日落，怀抱贝加尔湖和连绵不断的乌拉尔山脉。托尔斯泰的俄国在纸上，每次打开都真实得毋庸置疑，巨大而嘈杂。那里的人们毫不理会这个世界，继续着自己艰难然而值得活下去的生活。

雅斯纳雅波良纳——多么富有音乐性。像一首诗的开头，像歌曲的手风琴间奏，这是托尔斯泰的家，他待了一辈子的地方。如今像一枚小小的邮票，上面镌刻着列夫·托尔斯泰的铜版肖像。他穿着农民的粗布衬衫，胡须如同风中的树枝或河里的浪涛，胡须中的鼻子象征着不屈服，眼睛明亮，为俄罗斯和人类流过许多泪水。这双眼睛严厉地、怀疑地、温良地望着远方。在这张脸上，别的什么也看不到。

上帝的另一扇门

在画家当中，如果不算梵高，很少有人遭受米勒那么多的磨难，也很少有人在漫长的煎熬之中恪守着自身的诚实、善良和信仰。唯一的例外是米开朗琪罗，他与贝多芬一样，是人类永恒的大师，包括艺术与道德。

这里有一条历史金链：米开朗琪罗的精神之火在近四个世纪之后点燃了米勒心中的烛光，梵高二十八岁开始作画，指导性的灵感来自于米勒的《收割者》。他们三个人之间有着一种精神上的血缘关系。

然而米勒和梵高不同，无论在精神还是身体方面，他都是一个正常、朴实的人。他说："我生来是一个庄稼汉，至死还是一个庄稼汉。"梵高虽然也穷得要命，那点儿微薄的钱都投向颜料、妓女和阿尔咖啡馆的夜晚了。梵高一杯接一杯地喝苦艾酒，一支接一支地吸劣质香烟，在阳光灼人的正午画令人眩目的向日葵，一天画十四至十七个小时。他把自己搞崩溃了。为什么呢？"为了成为艺术家"，为了使他的画笔燃烧起来，去再现揪住他不放的白日黑夜出现在脑海中的那种黄颜色，也为了画出"能长出一百棵树的那一棵树"，这就是梵高。

而米勒是一个平实的诺曼底人，他生活在农人当中，他眼中看到的永远是人间的痛苦。当他坐在林间企图享受一点儿宁静的时候，背柴的农夫由小径蹒跚而来，米勒的泪水便随之淌下。他村里的神父曾对小米勒说："孩子，你有一颗会带来许多苦恼的心，你将来不知道会遭受多少痛苦。"神父说对了，米勒一生都未摆脱痛苦。

米勒成年后，在法国巴比松大森林旁边的一个谷仓里度过了大部分时间，他种庄稼喂养一堆孩子、拾柴取暖以熬过寒冷的冬天，其余的时间作画。在这个谷仓里，他和家人度过了二十七年。二十七年的贫寒，对任何一个艺术家都是难以逾越的极限。画完不朽的名作《晚祷》，他在日记中写道："我们只够两三天的燃料了，不知怎样才能再弄到一点儿。"米勒是个慈父，他称自己的孩子为"我的小蛤蟆"。为了应付无法应付的生活，米勒不止一次产生过自杀的念头。穷，使米勒的生活简朴到了极点，但还是穷得无法活下去，尽管《晚祷》在他去世不久就卖到了二十五万美元。

然而米勒不会自杀，因为他是一个虔诚的基督徒。梵高虽然自告奋勇去比利时的煤矿做牧师，但他并无神学知识，只是将自己的食品、衣衫送给贫苦者借以传道。米勒生长在严格的基督徒家庭，《圣经》是他终生阅读之书。《拾穗者》中第三个农妇直起腰喘气的形象、《晚祷》中那个光头、双手捧着帽子倾听教堂晚钟的农夫的形象，正是米勒苦难的世俗生活和坚忍的宗教生活的写照。因而，他笔下的色调永远是阴郁灰蓝的，不像梵高那么辉煌、塞尚那么鲜艳、修拉那么缤纷、提香那么华丽。米勒是上帝的领受凄怆之美的纯朴的羔羊，他一生也没背叛过宗教。

但是生活的真理正是在这里令人惊异地被展示出来：米勒的《拾穗者》《晚祷》被批评家认为是"鼓吹革命的呐喊"。米勒一辈子也没想到过革命，也从不呐喊。他能做到的只是忍受。压迫者把穷人忍受苦难的静穆看成了将要反抗的凶兆，而革命者又把如此沉重的苦难作为革命的基础。

米勒青年时期在巴比松作画，听说母亲去世却没钱买火车票回家。他痛苦地流泪，"我被钉在岩石上，罚做无尽的苦役"。他从乡下第一次来到烟雾迷蒙的巴黎时，乡愁化为泪水涌上眼睛。米勒用喷泉的水泼在脸上，以避免自己可能的痛哭。这是一颗多么敏感多么善良的心。

米勒童年时，一次和双亲在教堂做礼拜，一名浑身湿透的水手闯进去，说帆船触礁失事了。人们来到海岸，见到桅杆和人在浪谷里忽上忽下，传出绝望的呼喊。米勒一辈子也忘不了这个场面：村里的男女老少跪在崖上祈祷时那苦楚而又无望的面容，格律希海岸的风像鞭子一样抽打他们。因而，当青年米勒第一次到罗浮宫时，深深吸引他的是米开朗琪罗痛苦而壮观的雕像。批评家称米勒在此“找到了灵魂的嘴，喂之以痛苦，滋生出美”。米勒自己说：“生活中快乐的一面从未在我眼前展现过。我所知道最快乐的事，是平静与沉默。”

读米勒的传记，我常常会仰起脸来，试图把眼泪憋回去。我感动的不是其苦难，而是米勒那颗忍耐的、怦怦跳动的心。人们当然有权利从他的画中看出不同的东西，正如挣扎了一生的贝多芬在第九交响曲中安然皈依宗教，维特根斯坦却在1949年的笔记中说这首交响曲的第一节含有对命运的讽刺。也许存在一种讽刺，就像米勒静穆、疲惫的画面使人看了之后恨不能砸烂这个世界一样。然而贫困的米勒坐在林中的谷仓里，他亲密的朋友、哲学家卢梭给孩子们带来一些糖果，“小蛤蟆”们狂喜地跺脚尖叫，卷发披肩的米勒见此情景谦逊而感激地微笑着。

这是米勒，“庄稼汉的但丁，乡巴佬的米开朗琪罗”。

写到这里，我想起马尔茨博士在《心灵控制术》里引用过的一则爱尔兰谚语：“如果上帝关上这扇门，就会打开另一扇门”。上帝为米勒打开的是贫苦之门，打开的时间过长，也许忘记关上了。但上帝没有忘记打开另一扇门，那是灿烂的、通向艺术神殿之门。

陆放翁有诗：“无涯毁誉何劳诘，骨朽人间论自公。”

夏加尔的旋律

我在夏加尔的画中看到这样的情景：在俄罗斯有月亮的雪地上，一个巨人身体是大提琴的共鸣箱，他右手执弓，左手按弦，演奏自己。他的白发飘向有桂树叶子的枝干，低矮的红砖房像由儿童砌出的，歪歪斜斜。画面上，一只穿海蓝色西服裙的白山羊用小提琴为巨人伴奏。

巨人的琴身像威士忌的酒色一样金黄明亮，他的裤腿和袖子镶嵌无数东方的宝石，收尽了雪地的光泽。

我爱看夏加尔的画。每当他画到故乡，俄罗斯的大地，“那些白杨树一片叶子也没有掉，闪闪发光。松鼠在一百步之外的枯叶上跳来跳去，断枝掉下来，光微微钩住另外的枝子，后来落在柔草上，静静地等待腐烂。”（屠格涅夫《草原上的李尔王》）“在那里，一群绵羊在青绿的岩壁上爬行，一个牧人正朝山谷愉快地走下，阿拉河的两岸铺满了绿荫。”（普希金《高加索》）“绿色墓园的周围砌着一道圆石子墙，从墙里面，白十字架和白墓碑快活地往外张望，它们掩藏在苍翠的樱桃树中间，远远看像是些白斑点。……每逢樱桃树开花，那些白斑点就同花朵混在一起，化成一片白色的海洋；等到樱桃熟透，白墓碑和白十字架就点缀了许多紫红的小点，像血一样。”（契诃夫《草原》）夏加尔拿起画笔的时候，这一切会从调色盘中挣脱出来，紧紧抱住画布。这时候，夏加尔的心里全都是音乐，卡马林斯卡亚幻想曲、伊戈尔大公序曲、在中亚细亚草原上、里摩日市场、古斯里琴手、茨岗女舞者。这些旋律与节奏，纷至沓来，使夏加尔匆匆忙忙画完深绿色的夜、奶山羊。在作品七十八号里，洁白的乳牛跪在沉思的祭司面前，天空有梦飞翔，飞翔的地方夜色退去了，露出蓝天。这只母牛用小提琴演奏一支曲子，那是普罗科菲耶夫的第一交响曲《古典》。作品八十二号，夏加尔画了一条带翅膀的鳟鱼从石绿色的河流上空飞过，颔下也有一把琴。在作品七十六号当中，一匹优雅的白马驮着一对新人走向教堂，新娘穿着大红滚金的裙子，而白马像沉溺于淡绿的雾里，它用下颔夹着一把旧小提琴，嘴角衔着粉色衬绿叶的芍药花。

我们不能相信一场没有音乐的婚礼，也不怀疑如此温驯聪慧的白马拉不好一支小夜曲。远处，山羊们已经开始演奏，月牙下降到最低限度，即教堂的窗户边上。

如果这些画里没有一把琴，就像爱情还没有发生、花朵还没有开放一样。到了1939年，夏加尔把琴画成人或者说人变成了长胳膊的琴。我听出了夏加尔想要说的话，那就是：最深的爱藏在最深的心里，说不出也画不出，那么只好依赖音乐，就像格林卡、里姆斯基·科萨科夫所写下的那些关于俄罗斯大地的交响音画。

月光插图

——席慕蓉诗歌札记

和自己狭路相逢

席慕蓉的诗是和她相对着的巨大的秘密。

秘密是一个不确切的词。我是说，这个秘密里有前生、一切的起因、河流、相思木黄花下的台湾小黑狗。

还有旋律。

包括她在《七里香》中反复出现的青春、美丽、时光。

时光是最大的秘密，它使席慕蓉如临大敌。“敌”是人们看到的东西中那些看不到的东西。

它们生出歧路。歧路中又生出歧路，通向席慕蓉感到惊栗的地方。

地方有些时候还是时间。

这些对立着的东西被一双犹豫的手握着撕开，像撕开一个蜂巢，阳光下无数金黄的丝线在细细地呐喊。

溪水急着要流向河流，

浪潮却渴望重回土地。

诗人似乎终生相对着诗，凝望。

望什么?

浮云白日，山川庄严温柔。

而且，

一定有些什么

是我所不能了解的

诗不顺时针而唱，它逆向时光。

逆风的鸟儿、溯流而上的鱼、在被时光洪水淹没的岁月中察看自己足迹的人，是诗国的生活图像。

找是什么也找不到了。只有诗。

一定有些什么，是我所不能了解的

所以，席慕蓉的语调舒缓谦恭。

这里有怨，《无怨的青春》里也有怨。但在时光中寻找时光的人，不应大声喊叫。

我喜欢那些小声说话的人。

这些声音如羽毛落水的声音。

大声说话的人不外两种：煽动或心虚。

席慕蓉的声音真切而清晰，是气息，而不是嗓子。

自给自足

席慕蓉在诗中自给自足。

不光“一片马可波罗的核桃面包”，她的诗里什么都有，养活她自己的心灵和许多人的眼睛。

诗人有两种。一种是献血人，自己越来越瘦；一种是在创造中获取营养的人。

越写越枯干的诗人可疑，好像奉献，实为自戕。我以为诗最终为自己而作，而且好的诗人因为作诗而强大，包括宁静、富饶，有一处无论怎么看都成风景的庄园。

薰衣草紫和紫丁香蓝之间

为了说明席慕蓉的富有，我引用她这首诗：

薰衣草紫和紫丁香蓝之间
其实只多了一层薄薄的雾气
……还有阿拉伯蓝
那是比天蓝法国蓝还多了几分
向晚的华丽和忧伤（颜色）

我很想全文引录这首诗，展览它的色彩和声音，这是画家席慕蓉的家宴，比花刺子模的苏丹的客厅还要华丽。

但诗人比苏丹多了一双眼睛，她看到，在宴会最酣处，一双无形的手于暗处把这些豪奢的色彩全收走了，人们手里举着空空的酒杯。

诗人感到比别人穷困，是因为看到了这一幕，以至“渡口旁找不到一朵可以相送的花”。

生别难：转身

席慕蓉的诗让人感到，繁华与转身之际的清秋。

她的诗让人感到有好多次“转身”。

不同于庄老的空寂，而如弗拉明戈的顿挫。

你如果不曾转身，就不知——

> 月亮出来的时候
> 如何照我塞外故乡。

也不知在黄金般贵重的历史里面，“尼勒布苏是泪”。

像花朵般绽放过又隐没了

席慕蓉营造的美丽，反反复复、层层叠叠。

她说的隐没是一种变幻。

一切都没有消失，而被时光之手藏在背后。

> 那个像小树一样，像流泉
> 一样，在我眼里奔跑着长大
> 的孩子，到了什么地方？

美与痛一定相连，虽然不一定让你知晓。那些没有痛的美是阿斯巴甜，是跨国公司的规格产品，是防晒霜。

我以为　我已经把你藏好了

没有，它们总是出来。这些思绪“像无法停止的春天的雨。”

在这个世界上，你无法让它停止的不是火车和飞机，而是诗的思绪。

那些有意展露的，都不是诗。是什么？我不知道。在好的诗人手里，诗是破壳而出的小鸡雏，藏也藏不住了。

所有的结局都已经写好，
所有的泪水都已经启程

用什么办法不让鸡雏出来，揣着这个鸡蛋周游列国呢？那些伪诗人，揣着鸡蛋旅行的人，他们把鸡蛋都阉割了。

诗　原来是天生天长

席慕蓉的诗，如茉莉，好像没什么季节，想开就开，说香就香。

这样的诗或植物有一种危险，会突然湮灭，因为借不上“他生他长”的势。

《七里香》不止七里，大江南北，流被之处须波音飞机开五个小时，“繁华里生出繁华”。引出《无怨的青春》《时光九篇》和《边缘光影》，层层叠叠。

这常常是一种败象。因为一个人的文字被太多的眼睛接着，就走样、变形，被迫演唱规定曲目。

而新诗集《迷途诗册》表明席慕蓉没败，宁静而阔大，风神清明。

金色的马鞍，引领她直至落雪的地方。

她说：“当你在远方呼唤别人的时候，我知道，其实有一部分也是在呼唤着我。”是的，铁马、黄河和蒙文课用低沉的喉音呼唤穆伦·席连勃。

海上钢琴青衫湿

这个名叫1900，生于客轮，终生不踏陆地一步的怪人在船上从事的职业如果不是钢琴师，而如杂役，他一定会投身陆地，像其他人那样生活。

比方说，他在弗吉尼亚号客轮上卖烤马铃薯——兰州的烤马铃薯每每皮开肉绽，香味扩散指数为每秒钟十米，这是我至今牢记兰州的理由之一——他为横渡大西洋的旅客擦皮鞋，他向新婚和已婚五十多年的夫妇卖安全套。还比方说，他在船上发电报，压朝鲜冷面，用竹竿子投烟囱煤灰，用干净的亚麻布擦喝白兰地的鼓肚玻璃杯。那么，1900先生一定不耐烦，要到陆地上去发展，用1936年辞世的鲁迅先生的话说，乃为“逃异地，去寻求别样的人们。”

说到这儿，想起一件事。说，人这一生的所谓追求、奋斗，甚至刀光剑影浴血殴斗，都在“寻求别样的人们。”

“别样的人们”就好吗？先别问好不好，人大体上摆脱不了这么一种轨迹。“寻求别样的人们”，首先是对自己所处的“同样的人们”的否定，砸烂之，不要之，走了。这里面的逻辑是——即同样与别样的区别——由贫而富，由赤峰话而普通话，由塑料凉鞋而阿迪达斯马球鞋，由亲嘴而接吻，由满嘴大蒜味而木糖醇香口胶味，由沙眼颤眼睑而飞眼颤眼睑，由蹲着拉屎而坐着拉屎，由指甲挤粉刺而开刀填鼻梁，由写纸条而发短信，由小人书而盗版碟，由夹肉而夹菜，由四环素牙而德国烤瓷牙，由小肠疝气而高血脂，由蛇盘疮而腰椎间盘脱出，由话匣子而DVD，由吧嗒嘴而打呼噜，由我们村里的年轻人而马德田雅芝，由糊报纸而立邦漆，由束胸而乳沟，由杨白劳而麦当劳并麦当娜。人们变化着、进步着、憧憬着、茫然着、激动着。这是一条织田裕二所演的“发达之路”。虽然大多数的人们后来都坐着拉屎了，但人本身并没有高明到哪里，而包装的确换了。其时，社会GDP在攀升，消费在拉动。这都是在陆地上发生的，“寻求别样的人们”所带来的变化，如米兰·昆德拉所言：生活在别处。

电影《海上钢琴师》偏偏造就了一个逆流而动的人生样本——1900。1900先生不踏陆地，心里也就没有陆地之人普遍患有的妄想症。他赖以生存的支柱既然不是财富，不是烤马铃薯，不是投烟囱灰，必是一样不会枯竭的永远给人梦想并且是美好之物。在尘世间，这样的东西如果不是宗教，那只能是音乐，像1900那样，在船上弹钢琴。

电影就是这样，它不仅制造梦想，还制造假定的不可能的人生。当每个人都穿梭于红尘滚滚的大路之上时，电影用两个小时告诉你一个假设不走这条路的人的一生。

导演或许挖空心思为1900不上岸找一个借口，比如肚子疼、军团菌症、阵发性腹泻、哑巴、斜视症，但都成不了一个人三十八年不上岸的理由。

那么，他不上岸的理由到底是什么呢？虽然主人公在影片结尾有一大段告白，说城市看不见尽头、街道太多等等，都不足以理服人。观众已知，他不上岸的真正理由是没上过岸。这乃是对人的处境的深刻写照。生活中，人所提出的选择或拒绝的理由常常是可疑的，一个人不做的原因可能就在于没做过。

1900拒绝陆地，有一些恐惧，更多的是留恋船。作为一个譬喻，1900和船的关系可以理解为胎儿和子宫的关系。按精神分析学家的理论，人一生都在寻找返回母体的路，只是找不到。换言之，人巴不得回到老母的子宫里寻求宁静而无衣食之虞的温暖的海洋生活。然而，离开了就永远回不去了，因为人是生长的动物。谁也没听说某人企求通过手术回到母亲子宫里这样的消息。连最善于炒作的歌星也没用这样的消息炒作自己。这就是1900甘愿死在船上的缘由。

然而作为电影，自然要一波三折。1900不下船为一怪，其下船也为一怪。他真下船了，所幸双足未及陆地而返回。是什么伟大的力量让他下船?不用问，是爱情。在1900平静的弹琴生活中，爱情出来捣乱，差点儿让他着陆。爱情在这部影片中的力量不那么怪而大，像焰火一般闪闪灭了。挺好，让1900少遭不少罪。

《海上钢琴师》最感人处不在剧情，而是音乐。音乐的整体设计，1900的演奏，均有超越尘俗的高洁。显然导演熟谙音乐深味。中国导演懂音乐的不多。作曲懂音乐而导演不懂音乐，像切菜的懂烹饪而炒菜的不懂烹饪一样，做出来的吃品总有点儿不对味。

关于《美丽人生》的自问自答

这是一个什么样的故事？

幸福。幸福被打破。尊严被迫屈从于生存但不屈从专制。喜剧。一些童话色彩。别离。谎言对困境的一点点滋养作用。单纯的爱情。有人死掉了。比一般小人物智力还低一些的小人物的闹剧。理想始终没有泯灭。犹太人和纳粹。意大利背景。

说：男子基多是个阿凡提式或周星驰式的但有良知的小人物，尽情胡作乱闹，后果一直很好。基多以胡作乱闹之手法捕获淑女朵拉的芳心，双人结婚。这是影片上半部分，也就是幸福部分。

影片的下半章叙述不幸。基多、妻子朵拉和四五岁的小儿子约术亚被纳粹关入集中营。基多和儿子关在一起，朵拉和其他女囚关在一起。这部分说，在面临苦役、囚禁、毒气室的集中营里，基多用一个和四岁男孩想象力匹配的谎言活下来，并活了下去。

什么样的谎言？

一个幼稚的谎言，对集中营和孩子来说，也是唯一的谎言。基多说：集中营不过是一个游戏。那么，囚禁和囚衣、持枪的士兵，以及苦役不过是角色要求。这一切都是为了获得一千分的积分，去获得约术亚最喜欢的真正的坦克。后来，真正的坦克果真在空荡荡的集中营出现了，如同约术亚期盼的奖品——这是盟军——苏联红军的坦克。而基多死掉了，被德军士兵枪毙。

在这样的情境里，基多怎样向儿子解释人们眼里的真相呢？

基多说，儿子听到的有关屠杀的信息都是谎言，哪里能用人做肥皂呢？谎言。基多用谎言修补自己的谎言。

另一个方法，他让儿子像老鼠一样躲在囚室里，使他免于屠杀也免于看到屠杀。

这样说，人们已经看到了喜剧。还有一个问题，在卑微与强大、自由与专制的情境下，喜剧在做什么？一般说，喜剧在嘲笑强大与专制者，但《美丽人生》的喜剧并没有和荒诞结盟。这部影片是一个纪实的故事，它遵从逻辑。因此，喜剧因素成了对演员的挑战，对演技分寸感的考验。

为什么又是犹太人题材？

西方近二十年的故事片中，迫害犹太人的题材成了票房的法宝，是触摸奥斯卡小金人的天梯。事实上，这并不是一个题材的问题，也不是中国人常说的反思历史的问题。在纳粹与迫犹这一建构中，西方人充分思考着人权、专制体制、狂热的民族情感、统一思想造成的灾难等等老问题，从中加入戏剧原始因素；分离、爱情、坚持、价值的破灭等等老问题。

这部影片再一次申明对人的尊严的尊重，对善良的推重，对强势而单一的意识形态的控诉。

在这部影片里，纳粹最先用什么诱惑人？

纳粹在意大利和在德国一样，首先强调种族的差别。正如基多像一个小丑一样所讥讽的，亚利安人种具有最好的外耳郭软骨和牢不可破的肚脐。

我们常常忽略西方人对宣传种（民）族优越的恐惧，人类基本的公理是：人生而平等。人有教育、肤色、财富、语言的区别，以及各种各样的区别，但决无种族高下的区别。

在我们身边，应该警惕“中华民族是最优秀的民族”这种狂热的话，也应拒绝“黄皮肤黑眼睛”这种渲染种族特征的话语，这不是爱国主义，是垃圾。

不想说说演员吗？

罗伯托·贝尼尼像任何一个大明星一样，在艰难的剧情设置中游刃有余，尤擅把握苦难与喜剧之间的尺度。对他来说，比演技更重要的是有一个悲悯之心。对许多中国演员来说，不知悲悯为何物。或许问：悲悯的悯怎么写？和罗伯托·贝尼尼配戏的女演员用节制的表演告诉人们什么叫忠于职守，而童星的表演，只能说他是一个天才。

那些大词

我们生活在大词的时代，几十年来，我们一直处于大词的包围中。就我的同龄人而言，始终有大词陪伴成长。大词不是粮食不是水，也不是冬天的棉被，但它从广播、报纸和电视里冲出来，钻进你的耳朵里并影响你的心灵。

记录这些大词一点儿困难都没有，它们是辉煌、激荡、滚滚、壮丽、冲天、突破、昂扬、坚决、壮志、奔、冲、赶、搞。原本归于自然被借用的大词有黄河、泰山、长江、珠峰、波浪。新的大词有峰会、宏大，后现代，等等。

有人天生跟大词站在一起，包括“大”这个词。好多人喜欢用诸如大突破、大决战这些词，还有大什么，我也记不清了。有人觉得多说多占一些大词显得自己气势磅礴，即使身板儿单薄也显得有块头，显得勇猛或义无反顾，跟历史、正义和永恒都能沾上边儿。

词与人的关系，跟生活习惯与人的关系一样，比如沾上烟草就不容易跟它说拜拜。爱说大词的人，离开大词手里空落落的，不知道说点儿什么好。

人如果自小就被大词包围着、浸润着，终将被大词所驱使。别小看词语对人心灵的占有，它会影响人的心地或者叫思维方式。词一定会变成工具或者叫手足与人共生。那么大词是什么样的工具手足呢？对普通人，特别对一个写作者来说，大词什么也不是，它只是个恐龙般的躯壳，里面并没有血肉。那些大词看上去很厉害，然而仔细想一想，什么叫辉煌？除了太阳，还有其他什么东西辉煌？是LED屏吗？太阳也不是每天都辉煌，从地球看上去太阳像人一样有阴有晴，辉煌只是它的一部分功能。还有，激荡和壮丽是什么意思？想象不出来，大多数人都没有见过。大词是文人造出来的装饰性的花样，古人称之为“文”，和“纹”同义。这个文与质无关，是装修上去的，基本上是一个伪词汇。

“大”这个词，前边和后面常常挨着两个词，一个叫假，一个叫空。假大空是黄金搭档，是1∶1∶1。然而这里说的不仅是词的事情，词，从来不孤立于生活之外，它居于文化的核心地位。当懂化学的骗子们造出假鸭蛋黄、假香瓜（注入甜味剂）的时候，有人惊愕，我一点儿不惊愕。造假行为的源头来自于文化，一定是这种文化先造假而且造了许多年之后再进入其他领域。对人的生活或心灵来说，假词和假鸭蛋黄有区别吗？一样。所有的假东西都是一个妈生的，它们之间即使不是兄弟关系，也是妯娌关系，都有亲戚。

五四以来，作家里面使用小词的人并不多。小词是什么？是实在的、可感的、卑下的、美好的、可以进入人的心灵的话语，比如露珠、月亮、青草、井、针线等等。冰心、沈从文爱说这些词，老百姓也爱说并喜欢这些词。

火柴与哲理

小时候，我随父母到五七干校生活，和大人们吃、住在一起，相当于插班进入一所名校学习。我倒没有因此成熟多少，但至少知道大人们在想些什么。

“大人们”有“牛鬼蛇神”以及革命分子，起先他们是报社、电台、博物馆与歌舞团的人士。如今来到这个邻近水库、长满沙棘的丘陵地带学习、劳动和改造思想。

有一天，一位叫贾世谊的人给我和小敏讲了个故事。他原来是机关学校的教员，博学而善谑，待人亲切。贾老师讲的故事说，一个饿昏的乞丐被另一个乞丐救活，飨之以残羹剩饭。后来乞丐当了皇帝，求这道菜而不可得，戚戚于心。

我被这个故事打动了。它和别的故事不一样，其中有说不出的东西，那东西让人想了又想。于是，我请教贾老师。

他说：“这里面有哲理。”

哲理？我第一次听到这个词，觉得哲理是个好东西，比故事还要高级。哲理就是把皇帝憋得想吃残饭，真正吃到却得不到当年的美感。当皇帝好呢，还是当乞丐好？有哲理。

从那时起，我开始寻找哲理。有一些话，算不算哲理我说不好，但样子像。比如：女人由于可爱而美丽，而非由于美丽而可爱。此为托尔斯泰所言。

我陷入哲理之后，弄不清到底什么是哲理，它们如绕口令、反正话，似是而非，大而无当。

我发现，我所遇到的困难没有一件由于哲理而变得轻松，我开始怀疑哲理。

莎士比亚、拉罗什福科是制造哲理的大师。富兰克林、爱迪生也造过很多，鲁迅与宋朝的大儒也造过一些。

哲理——如果不为卖弄，不为掉书袋，不为使自己所面临的困难得到化解——它还能帮我们什么呢?

而后来，在我写的随笔文字里面，有编者选出一些结集，称为哲理随笔，书名《爱自己——体验生命中的细微感动》（中国三峡出版社 2006.9），并嘱我写序。

我想了很多，包括贾老师讲的、出自刘宝瑞单口相声中的故事《珍珠翡翠白玉汤》，以及其他种种。我想说下面的话：

我不承认人生哲理就是人生技巧，人生无技巧。比如作曲有技巧，生孩子就没技巧，然而还要生。

我不同意把别人的故事（比如经管书中的案例故事）搬过来，指导别人的生活。

我以为，一个人写一本书，叫哲理随笔也罢，叫饶舌随笔也罢，如果真的在谈人生，首要的态度应该是真诚。把自己在心里想过的事情，把自己原来没想明白后来明白一点儿的事情，把自己费挺大劲儿想明白而别人早就明白的事情，诚恳地写下来就很好了，至少态度很好。至于其中有没有哲理，对别人有无帮助，真的不好说。

设想，在市场上，在叫卖萝卜、白菜、西红柿的吆喝声中，一个人高喊："哲理啊，哲理！"不敢想，哲理是卖的东西吗？

哲理是一枚红头火柴，它遇到知音（磷片）的时候，才"哧啦"亮起来。像当年贾世谊老师在干校的猪圈边上给我讲的朱元璋吃泔水的故事那样，"哧啦"亮了，心比原来远了。

爱情常常发生在河边

爱情常常发生在河边。是的，包括江边和海边。读西汉地图，那时江河全叫水，汉水、洛水、颍水、徐水。因此，爱情也常常发生在水边，在西汉。

为什么呢？假若将此事略微想一想，觉得包含着一些奥妙。

耕作的人们聚居河流两岸，一般在北岸。受月亮潮汐影响，北岸地势高于南岸，不挨淹。他们劳动并“哼唷哼唷”地唱歌，累了发生爱情，以期小孩问世让更多的人投入劳动与爱情之中。据河而居，是所谓“流域文明”的譬始。良田（冲积平原）在河边，人就在河边，爱情也在河边。这是大的背景。

然而河边的秘密并没解释清楚。水畔还是一个美好的地方。试想，微风徐徐，月亮在水面荡漾，适合什么？爱情。爱情每每和美搞到一起。再者，“水”在中国哲学中代表着巨大的“阴”，有如太阳是最大的阳。阴司生育，阳管发展。阴潜藏，阳炫耀。阴阴柔，阳阳光。阴神秘，如爱情难以预测，如水一般。情侣在水边手握着手看滚滚逝水，水如爱情一般叠波，冲撞，回流以及远远奔走。没办法把爱情永远握在手里，它总要从你手里抽出手跑掉，像水那样。握住的只是背叛。

如果爱情常常不发生在水边，那么连歌都没法唱了。一、“九九那个艳阳，天来哎哎呀，十八岁的哥哥额，来到河额边……”（电影《柳堡的故事》插曲）。二、“深夜花园里，四处静悄悄，河面飘着神秘月光”。（《莫斯科郊外的晚上》）三、“天色晚，云霭已暗下来。最后的晚霞消失在塔尖，水面上最后一抹光，和天空一起暗淡”。（歌剧《黑桃皇后》，丽沙和波丽娜的二重唱）四、“姑娘去河边打水，打水呀打水，啰来来，有个小伙在后边追”。（塞尔维亚民歌《姑娘去打水》）五、“看蓝色小河的对岸，暮色渐朦胧，垂沉在天边的繁星，像落在你手中”。（挪威民歌《黄昏》）

歌声中的爱情全都发生在水边。引述够多了，其他曲目让精力充沛之人引述吧，估计不少于一万首。不妨说，如果没有河（爱情还是有的），但爱情歌曲就少很多。没有爱情歌曲，会使爱情失去可爱性、普遍性和美观性。

比流行歌曲更早的古诗词，也在描述“爱情常常发生在河边”这一命题。

《古诗十九首》排列第六“涉江采芙蓉”。诗曰：“涉江采芙蓉，兰泽多芳草，采之欲遗谁？所思在远道。”诗写得非常好，与《饮马长城窟行》相比美。“青青河畔草，绵绵思远道，远道不可思，宿昔梦见之。”

爱之时，并不推重含蓄，“花堪折时直须折”，这是说实施过程。诉诸诗文，蕴藉就胜过直白。“快快划哟，小船在飘荡，你可忘记美丽的衣裳，但你不要把我遗忘”。（印尼民歌《划歌》）这些话和“绵绵思远道”完全不同。歌曲是当下的直诉，诗文是之后的回想，两者不一样。

水让人美。“可爱的金发洗衣女，阳光摆弄你宽沿灯芯草帽下的金发。你弯腰，风吹起带有野蔷薇香气的白罩衫”（法·马拉美诗）

水让人思。“有一天，我把她的名字写在沙滩。但波浪来了，把名字冲跑。我用手再写一遍，但潮水来了，把我的辛苦又吞掉”。（英·斯宾塞诗）

水让人感到秘密的珍贵。“沿着温柔的海滩，走进田野，直到看见一个屋舍。轻轻敲窗，急速擦亮火柴，迸一道蓝光。透着欣喜和恐惧，声音低低，低得可以听见两心相撞”。（英·勃朗宁夫人诗）

水宜私奔。“当晚风吹过比亚采塔，尼娜，你知道谁在此等候？虽然你戴面纱，我也能辨认，你我心中爱情正燃。披上我船夫的伪装在此等候，我战栗地告诉你：‘随时可以登船。’啊，来吧，趁乌云遮掩月亮，快来吧，让我们飞奔他乡”。（爱尔兰·托马斯·穆尔诗）此诗写得像真的一样。

捎带说，我手边的译本翻译得糟糕极了。无善本，姑用之。

这就是“爱情常常发生在河边”的理由，这些理由难道还不充分，还不足以以理服人吗？对，还有两条忘写了。一，水边便于失恋者寻短见，祝他（她）们后来全被救上了岸。例子：“爸爸，亲爱的爸爸，我爱那美丽的少年。我要到露萨港去，买一个结婚戒指。我一定要去，假如你不答应，我就到威克桥上，纵身投入河水，天哪，我多痛苦，宁愿死去。”（歌剧《佳尼·斯基》洛莱塔的咏叹调，普契尼曲）二，水可阻隔，可相思。我觉得，中国人创造的神话童话以及史诗虽然少，但牛郎织女的故事实在太美丽。

故事把主人公放在夜里天上，把星群比之为银河水，两个人相见却不得相会。有阻隔，有相思，有水，大美存焉。这个神话传说了不得。

《古诗十九首》排列第十“迢迢牵牛星”。把这个故事讲得星光剔透。诗曰：“迢迢牵牛星，皎皎河汉女。赳赳擢素手，札札弄机杼。终日不成章，泣涕零如雨。河汉清且浅，相去复几许。盈盈一水间，脉脉不得语”。

还有一首更古老的诗，说人和动物的爱情同时发生在河边，曰：“关关雎鸠，在河之洲，窈窕淑女，君子好逑”（诗经·周南）。雎是鱼鹰。洲，按联合国相关公约解释，是“位于水中的、于高潮时露出水面的陆地部分。”如黑龙江之黑瞎子岛。关关是相声词。之后，爱情来到河边……

比杏仁更白的美人

诗文写女人之美越具体越失败，比如旧小说描写女人姣好——眼似点漆、齿如珠贝，给人感觉是一件镶嵌工艺品，类似首饰匣子。会说的只说女人的白。

《诗经·郑风》：出其东门，有女如云……出其闉阇，有女如荼。

荼是山坡白茅草开的花，雪白一片。白花在微风里低舞，谁说不似美人？云和荼都在说女子的白。诗说的不是一个女子，是众多，白嫩成群。

我到泰国南部游历，导游是泰北的清迈人。他说清迈怎样的好，我已忘记，只记一句——清迈女人白。他说此语颇自负，而泰南的女人肤黑近于马来人。“清迈女人白”，差不多可做这个城市的广告语了。

后来我有机会到清迈，当然也见到了清迈的女人。姐妹们白虽白，但只比泰南女人白一点儿而已，白度与寮国和缅甸的女人差不多，白兰度比不上马龙。清迈女人之白跟川妹子湘妹子即香港人包过金融危机又弃绝的二奶比起来还要黑一点点，出不来“如云如荼”的景象。

女儿两三岁时，我抱她到机关院子里玩。别人逗趣，说这孩子胖啊、白啊、好看啊。女儿目送飞鸿，不为所动，我以为她听不懂这些赞美的客套话。一次，有同事说这孩子眼珠真黑啊！女儿立刻用黑水晶般的眼睛瞪他，训斥：白！我吃了一惊，原来她懂，早已是以白为美论的拥护者。那位同事赶紧打圆场，说："白，白，白眼珠真白啊！"我女儿渐出笑意。我和同事不禁哈哈大笑，她见我们笑，也哈哈大笑，以为我们归顺了她的美学观念，皆大欢喜。

比《诗经》晚的汉乐府诗，也用白描写女人的美，跟清迈导游与我女儿论调一样。汉乐府《孔雀东南飞》写到刘兰芝，"指如削葱根，口如含朱丹。"削是细的意思，葱根乃葱白。我以为拿葱白形容女子是文学上的一大发明创造，葱白之白，兼有白润与肥嫩的质感。但是汉代农村妇女刘兰芝的手长成这个样子，倘若不弹琵琶，离三农工作显得远一些，得不到老婆婆的喜欢也不让人意外。

中医所称"望闻问切"，先看人之脸色，也叫气色。气是看不到的阳气的运行，色指血色，说阳气之蓄养。一般说，脸黑脸黄都算不上健康。面无润泽，或许代表某些器官功能上的减弱。脸红其实也不好，虽然有人把红光满面当成一个美词自珍。如果真的红光罩面，大体上说这个人的血压血脂均偏高。过量饮酒者，脸色也红，此乃肝火上炎。中医所说的好气色仍然是白，清迈导游和我女儿又胜了一次。白成为面色的基调，这个人的所谓阴阳平衡与气血平衡都好，尤以前额白净光润为好。健康的面白之人，眉眼黑、嘴唇红，因为有白打底子，出对比效果。而苍白的人虚弱，白却不润。他们的白是倒退，没有血在后边养着。

诗人庞德的《舞姿》写了一位他想象的中国美人。他没来过中国，也未必见过中国人，但庞德认为中国女人最漂亮。他梦中的这位美人是什么样子？"你的手臂像树皮下嫩绿的树苗，你的面孔像闪光的河流"。庞德没忘记白的重要作用——"你的肩白得像杏仁，像刚刚剥掉壳的杏仁。"

庞德厉害，从杏仁里发现白所具有的更细腻的美，且幽然，比葱白更上一个台阶，可得文学重大发明奖。庞德说："你的手指是寒冷的溪流，你的女伴们白得像卵石。"

卵石在溪水里微微颤动，白而明净，像不像女伴姑不论，它们美得那么安静。

布 花 朵

人最早接触的花，不关泥土，而在布上。人生下来包裹的那块布，所称“襁褓”，也许是一块浆洗的、旧的、干净的花布。婴儿娇小的身体和布上的花朵相遇，而后遇到更多的花，在自然界与人间。

儿童穿衣服，先从衣服的花朵分别男女。女孩子穿花衣，她们从花朵启发想象，爱花、寻花、画下一朵花。花开在女孩儿的前胸后背，从肩膀开到手腕，有的花开在鞋上，还有袜子。你看女孩子穿花衣，走路连蹦带跳，嘴里哼着歌儿，走几步看看自己身上的花——如果这是一件新衣的话。假设她们穿上了花裙子，难免自比天仙。裙子在风里飘，女孩子觉得自己在飞。在风里，裙子上的花折叠，打开又关闭，像真的花一样，女孩唱更好听的歌。

布花朵比真正的花接收到更多的目光，而真花，在花园和居室的窗台上，如客人一般拘束，没有布花朵广见世面。布之花不怕洗烫，密密匝匝，像一张张不出声的儿童的脸庞。

发明印染法之后，布上的花朵比自然界还多。布，就衣裙、台布、被褥而言，印花比印别的图案妥帖。有人穿印字的衣衫优游，看他肚子、肩膀上都是隶书草书的汉字，好像一块墓碑，或披挂拓片叫卖。字是文化，穿身上就不怎么文化了，怪。可见字的家在字典、报章、书或人的肚子里面，到布上就发傻。我看过一人的枕巾印染楼房，枕楼而眠，梦也挺怪的。把动物印或绣在衣服上，如朝服。不戴花翎的话，衣服上的动物如同关在人体的笼子里。

花，和布和丝绸有天然因缘。其实，印在布上的花，从造型讲都不高妙。蓝地白花，两色，却好看。花布上的花呆板，可称千篇一律，对称、凡俗，但穿上烘托人。以工笔画的笔触印花的图案，穿身上，人就没了。创作的花卉和人的脸与身体“抢戏”，如一山不容两虎。八大、苦禅、雪涛、宋文治的画都不能穿在身上。一位女士穿衣，胸前一大朵工细的牡丹，白底红花，叶子乃至触须都逼真。这位女士的所有表情都不与这朵大花呼应。花朵绚烂，脸何以堪？花布印的都是图案性而非创造性的小花，不管人怎样娇娆作耍，小花都跟随配合，不捣乱，是伙伴。

我回忆母亲年轻时穿过一件衣服，印象越发模糊。好像墨绿色，带紫菀草的白花瓣。这个印象不是我要记的，是记忆要记。记忆具有自主智慧，从久远的时代中抓一件东西作标志物，激发人对旧日的温习。对我来说，我妈那件衣服，意味着我的童年，包括收音机和孙敬修的故事、我妈夏天下班手袋里装的黄熟的甜杏。即使这样，我也记不起那件衣服上的花朵，更记不住她有过的其他衣服。

下乡当知青，我棉被上有黄地带淡紫的花，现在看，这样的色彩搭配有一点儿不讲道理。但我看到它就能想起青年点。过了许多年后，我夜半归家，睡前看到这床被子，突然傻了。原来，上面的花在月光下格调静远，它们竟然没过时。我看出神了，媳妇醒来问：“你看什么呢？”

我支吾之。被子不是书，怎么能说看被子呢？天下有半夜弯腰看被子之人吗？无。我在看布上的花朵。那么多布花朵接近我而又远去，想都想不起来。

穿过雨夜的萤火虫

在江油，时不时察觉一些仙气。不是我有了仙气，是这里的风光和人的谈吐有一些“山色有无中”的飘逸，不拘泥，不笨重，可能跟李白都有关系。

我收过一条开玩笑的短信，说“李白，你太白，你太太白”。在江油，看不到李白是怎样的白，看到许多关于他的石雕，雪花石、大理石，都很白。雕像还在雕，雕他喝酒的、望月的，却看不到飘逸的丰神。李白诗曰：“清新庾开府，俊逸鲍参军。”他佩服庾信和鲍照的文字，言其清新俊逸。中国文学史上，谁最为清新俊逸？庾鲍只占了一点点，大块的清新俊逸都被李白占了。李白练过成仙术，但不诡秘。他练过剑术，却不血腥（“十步杀一人”，这句有点儿吓人）。李白练纵横术而不奸诈，练帝王之师术却不厚黑。他清新，性格虽然反复无常，仍不失可爱，像一枝被风举起的荷叶。我老家管相貌好看之人曰俊，李白诗文都俊，即使《蜀道难》之诘屈聱牙也含着俊，今人的文章俊的已经不多，许多人无来由地往文章里面塞文化并在前面加一个“大”，好像小了会被枪毙。很多文章因此显出蠢。没有风神宛转，没有玉树临风，是大肚子汉坐在历史的破草席上训话。

李白好，人文都俊，他还有俊的升级版“逸”，左开右合，上通下达，无所不能，无所不爽，无所不笔到意到。董仲舒曰：“天不生仲尼，万古如长夜”。这说法有点儿整蛊，好像我们全指着孔子的一点点光活下来，现在有很多人借孔子的光而变成人造太阳在电视里照耀别人。套此句式，可说“天不生李白，诗歌如之何？”我也不知“之何”会怎样之何，但中国文学史趣味少了，人情味少了，不好看了。亏了李白，我们读到小儿天真无赖的喜人诗篇，读到桃花一般、飞鸟一般、游鱼一般、土匪一般、君王一般的俊逸章句。没有李白，苏东坡可能出不来（出来也不是这个样子），而杜甫在唐朝显得太孤单。李白让姓李的人都感到自豪，包括唐玄宗。

我在江油的昌明河边走，夜里的江水漫不经心地流过去，两岸坐满吃火锅的人。四川人吃火锅的时候个个安逸，放达舒畅。这地方有李白的足迹，让他们放了好几百年的心，没人弃火锅而操弄大文化散文，他们谁都不傻，知道生活在当下。

漫步到游人渐少处，见到萤火虫，好像从李白的纸笼里刚逃出来。光照的亮度有一个术语叫“克勒丝”，不知这些小虫的光有多少克勒丝，像蚊子上了夜光剂，像瓢虫拎着小灯笼。下雨了，噼里啪啦，我先想到萤火虫的光会不会被浇灭。它们仍然明亮，穿过看不清的雨滴，团在一起，转移到江的对面。

吹牛的极致

在我所佩服的吹牛家中首推德国的米希豪森。他是一位男爵，生于1720年，在俄国军队服役时，曾和土耳其人打过仗。

吹牛应该算一项事业。人类产生了语言，特别是将语言运用于社会交往之后，吹牛这件事就很难避免了。用令人吃惊的描述把自己的能力与经历渲染到离奇、怪诞甚至于悲壮的程度，叫作“吹”。而所吹之事远离实际情形，便是“牛”了。吹牛令人厌恶。因为吹牛本身是对别人常识或智力的一种怀疑。吹牛者过于尊重自己之时，就轻慢了别人。但把牛吹得令人欣喜的人，就可以尊之为家。米希豪森正在此列。

下面是米男爵的几吹。

他去打猎，在森林中发现一只毛皮绚丽的狐狸。用枪打可惜，老米退下子弹，将缝衣针按入枪膛，只一枪就把该狐狸的长尾钉在树上。他从容下马，取鞭子抽狐狸。狐狸无计脱身又忍受不了疼痛，竟从皮囊里飞跑而出。“就这样，我得到了一张完整的狐狸皮筒子。”他自负地说。

猎人们听到此招，无疑都要惭愧。

另一次，他和土耳其人作战时，连人带马陷入泥塘，而且越陷越深。老米在绝望之中，生出智谋。他用腿夹紧马肚子，然后扯住自己头发，一使劲儿，连人带马拔出泥塘。这是名副其实的“自拔”。

鲁迅先生说过有人拽着自己的头发企图离开地球，也许典出于此。

还有一次，他被恶狼所迫，面对血盆大口，毅然将手伸进狼嘴，揪其肚肠一甩，像甩面口袋一样，使狼翻了一个个儿。狼的外皮变成了狼的内瓤，就没法咬人了。

关于狼，米希豪森还吹过一牛。说他驾着马车正在驰骋，一只狼趁他不注意吞下了辕马的后半身。观者惊异于马腿奔于前，狼腿疾驰于后的奇观。当然米先生有办法应付这种局面，他用鞭子抽狼，狼吞掉辕马之后，就成了驾车的辕马，让全城的人都开了眼界。

再一次，米先生偶遇疯狼，逃窜时扔掉身上的大衣，疯狼咬住大衣不放。第二天，放在衣橱里的大衣疯了，把屋里弄得乱七八糟。老米拔枪连射之后，大衣仆地不起。

老米在森林里见到一头世上最美丽的梅花鹿，举枪便射，奈何无弹。他把吃剩的樱桃核压入射击，然而鹿已逃遁。第二天，米男爵发现一只头上长出一颗樱桃树的鹿，正在悠闲地吃草，而树上的樱桃鲜红充盈。原来樱桃核射入其头，已开花结果。老米射杀此鹿，点起篝火，一边啖烤肉，一边吃樱桃。“这种美味是你们永远也享受不到的。”老米对听他吹牛的人说。

如此等等，还有许多。

如果不从创作上考察，吹牛是什么状态呢?

吹牛是为了提升自己尊严的一种精神历险。吹牛者多数精神健全，他们当然知道自己在说些什么。但吹起来就大义凛然了——豁出去，吹！顶多“去留肝胆两昆仑”。

男人不见得敢说自己没吹牛的经历。即使谨慎如财务科长，庄重似纪委书记，在适当的场合也不妨一吹。一个科长虽然不敢当着省长的面吹自己善于抓经济，但到了乡长的火炕上，就敢说自己常坐桑塔纳。现时的男人不论多么卑微，内心中对于英雄的崇拜都不致泯灭，这是童年积淀使然。穿开裆裤的黄口小儿，能把一根破秫秸舞得左右生风，由此幻想杀退五千胡兵。这叫豪迈，也叫志气。若成人之后终于无敌可退，便免不了以其他方式塑造自我，而吹牛是简便的一招。

米希豪森男爵的吹牛不幸（或曰幸运地）冲破了想象力界限，由吹牛而进入艺术之境。大家都不介意其真，而审视其美。因为是艺术，大家都原谅了老米的不诚实。在德语中，米希豪森成了吹牛大王的同义词，但大人孩子仍然陶醉于他那无法无天的谎言中。

低俗的吹牛人只在吹自己，高级的吹牛家则能给人带来愉悦。一般说，吹牛的主要技法是夸张，而夸张又是小说、诗歌和戏剧创作的主要手段，虽然理论上并不叫吹牛。

相声大师马三立先生说“我”的一次唱戏经历：坐票卖净了，卖趴票（趴在地上听戏，抽空抬头叫一声好），然后卖挂票。把观众用滑轮吊到墙上，连绳子带钉子多收两毛四分钱。即便荒诞如此，马先生仍冷峻地、无情地把这一幽默效果推向极端。

加拿大的幽默家里柯卡，是美洲大陆继马克·吐温之后最杰出的喜剧大师。他说在一次令人捧腹大笑的演说中，一人上台抢过话筒，说有人乐得心脏病发作，请医生伸手一救。里柯卡继续讲，人们越发大笑，接着有人上台，问殡仪馆老是否在场，观众笑死了一位。吾乡有人吹牛：天冷时撒尿，冻成晶莹的抛物线，因此要边尿边用小棍敲打。外国有人吹楼高：女婴从楼上坠下，落地已成老妪。

同样采用夸张的手法，不吹自己，贬斥他人，叫作讽刺，也可称“反吹牛”。宋话本中，说一个财主吝啬，他在鹭鸶腿上劈肉，蚊子肚里刮油。最绝的是，为了省钱，他不娶妻，唯期望在梦中与鬼魅性交。

在性问题上仍然坚持抠门儿又不放过实惠，这已令人无话可说了。

说吹牛是一种将气球愈吹愈大，既愕然其膨胀，又担心下一刻爆炸的惊喜；而讽刺是断然一剑，挑出其肚肠示众的淋漓。一个无理，另一个无情。

女人大多离吹牛较远。女人虽然虚荣，但都不取吹牛一道抬高自己。她们缜密，她们精明。如同男人喜欢吹牛一样，女人更倾向于欺骗。欺骗也同吹牛一样，是蔽人耳目的伎俩，但平易得多，没有不攻自破的危险。当男人在语言的沙场上如堂吉诃德般冲出很远时，女人总是离大本营很近，而且堵死有可能露馅的每一条小路，然后心平气和地对每个人笑笑。

瓷　器

说到“瓷器”，中国人，无论贵贱，脑袋里都会浮现一幅亲切的关于瓷器的图景。但这图景几乎形容不出来。光滑？精美？（什么是精美？）叙说瓷器，就像饭店里的侍者向一位盲人描述天鹅一样。他使盲人的手臂弯曲，说这是天鹅的颈。天鹅的羽毛像牛奶一样洁白，让盲人饮了一杯奶。侍者称天鹅会飞，在水面上飞。他把着盲人的手先摸一摸水，接着请盲人展臂，扶他走了几步。表示在水面上飞。最后，侍者强调，天鹅有美丽的。

后来，盲人重温天鹅的形象，他抚摸自己弯曲的手臂，饮牛奶，思想着……

可怜的盲人，永远也不可能理解可怜的天鹅了。

有些事情不可说。

盲人和天鹅是他（它）们各自的局限，天鹅在盲人的认识系统里难以成立。

对非盲人来讲，也并非可以理解和述说一切事。爱因斯坦说出来了：在某种条件下，两点之间的最近距离是一条曲线。这容易理解吗？

同样，我们难以述说瓷器，虽然瓷器对我们太亲切了。抛开 CHINA这个英文词不说，瓷器对我们依然意味着中国。目前在闭塞得不知有汉的乡村，农家仍有青花瓷瓶，矗立在五节红油漆躺柜上面。同时，国家总理接见外宾的会客厅的角落，也端立一人高的彩绘工艺瓷瓶。

瓷无法言说，首先颜色就无法形容。唐代的瓷器首推“越窑”，地址在今日浙江上虞、余姚一带。陆羽的《茶经》曾说“邢瓷类银，越瓷类玉。邢瓷白而茶色丹，越瓷青而茶色绿”。陆先生的意思是“邢不如越”。邢窑是唐代北方瓷器另一产地。就颜色讲，所谓“越瓷青”被唐代诗人写为“九秋风露越窑开，夺得千峰翠色来”。

“千峰翠色”，用古玩家的术语叫“越窑各色”。这是供奉之物，谁也说不清楚。1987年陕西法门寺出土一批青瓷，被认为是“秘色瓷”。人们看到，“各色”莹润宁静，像潮水又像山包，委实不好讲。同样，宋瓷五大窑中艺术水准最好的“汝窑青瓷”，胎质细洁，釉面纹片如鳞，似云母天青。这种描写仍是一种绝望的描写，无法涵盖瓷器的颜色特别是精神。

与中国其他传统艺术相比，瓷器所包藏的精神因素更多。从表面看，唐瓷恢宏富丽，宋瓷静寂幽玄，元瓷阔放质朴，均与其国势相衬。但瓷器的内里，仍有更深重中国式的含蕴存焉。

于是我比较留心叙说瓷器的诗文，不光是冯先铭先生的《中国陶瓷史》这样的专学著作，尤感兴趣纯粹“形而上”的阐述。

我读到过两首诗，都是写瓷器的，均属上品。一为台湾诗人覃子豪的《瓶之存在》，另一为辽宁诗人柳沄的《瓷器》。

覃子豪说瓷瓶“吸纳万有的呼吸与音籁在体内，升华为灵，自在自如的，挺圆圆的腹。”

瓷瓶“似坐着，又似立着。禅之寂然地静坐，佛之庄严地肃立。

什么东西像坐着又像站着？这不是谜面，而如写真，想来想去，也只有是瓷瓶了。它亦包容了佛以及禅。佛来东土蜕化或嬗递为禅了，但仍不同于佛。

覃说，瓷瓶“似背着，又似面着。背深渊而面虚无，背虚无而面深渊。

无所不背，君临于无视，无所不面，面面的静观。”

这说得依然玄妙，但一想瓷瓶那种样子，的确是这么回事。因为，它“不是平面，而是一立体。不是四方，而是圆，照应万方”。

此时，中国哲学无法不在瓷器里暴露出来，或曰被覃子豪给“剜”出来了。他的诗是一只烛，“用光明的小刀，把摆满家具的房间从最厚厚的黑暗中，剜出（彭热《烛》）”。中国哲学对万物的看法“所似又无所似”，但的确“照应万方”。这种哲学的圆满的表征，竟包含在瓷瓶里，这是我们原来所没想到的。

覃又说，瓷瓶“清醒于假寐，假寐于清醒。不是偶像，没有眉目。不是神祇，没有教义。”

在这里，哲学有涉宗教。中国的本土宗教不排斥偶像崇拜。不崇拜偶像的宗教只有基督教和伊斯兰教。但平心细论，中国人的信教，不仅“泛神”，而且“泛信”。国人无论在过去或现在，在此庙刚拜完罗汉，甫走几步又拜关公。并不计较他们彼此的体系与关系，也不计较他们到底是人是神，多像阿Q一样，“腿一软，就跪了下来”。他们拜了关公后，又不妨在同一时刻拜了文天祥和白渡母，对太上老君和土地爷也一并礼拜了。中国人对“神人之别”不屑区分，但重视塑像即偶像，不偏不倚，一视同仁。但这种拜法本身就意味着人们在心底里并不“信”。“信”不如“拜”，拜了，如蒙神祇错爱，赐一些福，小民也就不客气，笑纳了。这一点，早被孔子看穿，说“祭神如神在”。就那么回事，此事原也是“没有眉目”和“没有教义”的，一如瓷瓶，何必区别假寐或清醒呢?

然而，瓷器更多昭示于美。覃说，它“典雅、古朴如音。光焕。新鲜如昔。静止如一，澄明如一，浑然如一。每一寸都是光，每一寸都是美。无须假借，无须装饰。”

瓷瓶在这种意义上，很像中华民族的历史。唯其静止浑然，便永远新鲜如昔，而无须假借。中国人的传统，使他们的的确确无须假借什么来延续或张扬自己的生命力。如今是假借与装饰的时代，这出于一种恐惧。至于恐惧什么，每个人都不一样。但恐惧的理由，大多是不自信。

然而瓷瓶从一开始就自信着，它“自适如一，自如如一，自在如一，而定于一”。我们的许多不适或悲苦，差不多在于没有“定于一”。每个时期的“中心任务”过多也换置过频，因而不自如也不自在。然而从远处看，中国的历史则如瓷瓶，“寓定一于孤独的变化中，不容分割，无可腐朽”。

这便是瓷瓶作为一种精神永远立于不败之地的道理，因而它可以“自在自如的，挺圆圆的腹。”我们惭愧了，不敢也挺不出这样自在自如的圆圆的腹，至多是投注目光于瓷瓶，使精神相连。

覃子豪的诗谈到这里，使人长长地松了一口气。他承诺带领我们攀缘并观阅一处几乎无法攀缘的景物。他做到了这些，只用语言就搭一架神梯，人们一一领会。

柳沄的诗《瓷器》，是通向瓷器的另一条路，这条路更有现代意识。他说，“比生命更脆弱的事物，是那些精美的瓷器。我们任何一次失手，都会使它们遭到粉碎。”

在这样的诗面前，我们默然了，面面相觑。读者被拎起来，扔进了瓷器里面。

“在此之间，瓷器吸收了太多的尖叫，坠地时又将尖叫释放出来。”

对此想说什么吗？我屏着气，什么也不敢说，但想哭。

“但在另一种意义里，瓷器坚硬得一点儿力气也没有。它们更喜欢待在高高的古玩架上，与哲人的面孔保持一致。许多时候，我不忍回首。那样它们会走动起来，而瓷器一经走动，举步就是深渊。”

这难道是知识分子命运的一种譬喻？不，这只是我的联想。此时，生命招手让你过来，逼你看它具有的更富生命力也更脆弱的那些领域。和覃子豪相比，柳沄的眼光似乎更西方化一些。不然，西方化的眼光看不到这一切，即看不到柳沄所看到的瓷器的另一种本质。“瓷器吸收了太多的尖叫”喻示了同样是中国哲学在“行”的领域中的脚跟以及川端康成式的那种凄美，这与覃子豪所演示的中国哲学“知”的范畴的浩荡是一回事。

当然，覃子豪与柳沄相差近五十年，生活范围又有台岛和大陆之别，他们看法不同。但瓷器的目光“无所面又无所背”，不一亦是不二。

柳说，“瓷器太高贵了，反而不堪一击。在瓷器跌落的地方，遍地是呻吟和牙齿。”诗句用枪顶在观者后腰上，让我们检寻历史特别是“文革”的历史。这令人沮丧，但又无法否认。

瓷器大约就是“士”。“因此不难明白，为什么瓷器粉身碎骨，而拒绝腐烂。”

在此我们更逼真地看到了瓷器在毁灭时的一种气魄。“瓷器粉碎时，其愤怒是锋利的。它逼迫我的伤口，重新绽开。”

至此，泪下者可以泪下。知识分子的精神，常常徜徉于“自如自在的，挺着圆圆的腹”以及“其愤怒是锋利的。它逼迫我的伤口，重新绽开”这两种状态中。有时不得已而“假寐”，有时不得已而“清醒”，像他（它）们有时得意而假寐与清醒过一样。对瓷器和人而言，假寐和清醒实在无法仔细区分，就像无法区别一个人究竟在什么时刻“不得已”一样。当阿Q在大堂之上，跪着圆圈时，还有些不得已。但在被砍头示众的游行中，特别是看到夹道人群时，已得已了。这是中国人固有的浑然吗？近年，又读到文章，有人写周作人附敌属不得已。还有人说秦桧附金，亦是不得已甚至是“予取之，必与之”的大策略。于是，历史已无法相信或不信。因为此间种种，都被包含在东方哲学的玄机中。

但柳沄告诉我们一个准则，即保持“清醒”的准则，“拒绝腐烂”，包括让锋利的愤怒逼迫伤口重新绽开。这也是中国人眼里的瓷器的节操。

这种精神的现代意识使其同西方的人文精神相通。瓷器是什么？它也像勒内·夏尔说的，“在法兰西的高地上，一片细小的燧石从地上跳了起来，勉强地被我们握在手中，它在我们的记忆里燃起一星萤火，它是永远耀眼永不熄灭的晨曦之核，它是高贵的红晕和高扬的面颊。”（葛雷译）。

中国瓷器不像法兰西高地的燧石那样耀眼眩目，它细洁莹润，更包容自在，但不排斥锋锐。它用更为寂谧的光，透射中国式的精神，晕染着我们以前和以后的梦想。

花瓣·眼睑·歌

20世纪最优秀的抒情诗人里尔克自撰的墓志铭是一首诗：

“在如此众多的眼睑下，独自超然地安眠，也是一种喜悦……”

在德语中，“眼睑”与“花瓣”是同义词。花瓣的造型又的确近于美女垂下的眼帘。因而，诗人可以在众多的花瓣下安眠。在发音上，德语的“眼睑”与“歌声”同音。作为诗，这个墓志铭极美，的确是“一种喜悦”。

由此可窥里尔克作为抒情诗人的绝妙本领，亦可感叹纯美的作品无法移译。

里尔克死在自己喜爱终身的玫瑰花上，但不是花瓣，而是花刺。花刺扎破他的手指后，化脓转为败血症。里尔克于1926年12月殁于瑞士的巴尔蒙特疗养院。

在他的生与死中，玫瑰似乎是一个神秘的信使。

里尔克同他伟大的同乡卡夫卡同生于布拉格。在摩尔德河边，在里尔克死去三年后，昆德拉诞生。

玫瑰与葡萄酒，是里尔克诗中经常出现的意象。玫瑰无疑象征女人，而葡萄酒也是女人（后者是罗丹的说法）。但玫瑰是爱情，葡萄酒是情欲。

像许多大师一样，里尔克的一生，身旁总有美女围绕。十七岁时，他与瓦蕾莉相恋三年，手撰情书一百多封。从相片看，瓦蕾莉之美更近于女神。里尔克第二本诗集《家神的供品》即由瓦蕾莉亲手装订。他后来的女朋友有名女人莎乐美（俄国将军之女、弗洛伊德的学生）、女雕塑家克拉拉（后为里尔克之妻）等。

对于死的看法，里尔克不无诗意地宣称：“当我们站在生命的正中央时，死也正站在我们的正中央，不断地哭泣。”

他又说：“死神从种种事物的间隙中凝视我们，像从厚木板中探出头来的一根锈铁钉。”

如果里尔克说得对，那么死神的确站在锈铁钉一般的玫瑰花刺上凝视过诗人。那时候，诗人刚刚出版了耗时十年的诗歌《多伊诺的悲歌》，的确站在了生命的正中央，奈何？一切都被里尔克说中了，包括死神的行踪。

然而女人们依然“如水晶般深奥，在深澈的黑暗里沉默着”。在女人面前，里尔克“感觉自己像圣诞节的雪，正熊熊燃烧”。当死神终于介入其间时，里尔克绝望了，他回到古堡写下遗书，这种感受或许如他在一首诗题中所表达的那样：

“无法再将感情移入等待玫瑰花开时的期待与憧憬。”

红瓦鸽群

向晚读书，夕照的光从对面暗红的山墙涌入北窗，气象堂皇。这情形，该读古希腊的悲剧，生命啊、酒神啊，激辩的言辞才抵得住这堂皇。

我读《史记》，看太史公以不隐之笔记录人物的琐细言行，不仅与今人相通，还可当笑话读。如，李广获罪，以财物赎为平民，相当于欧美法系的“辩诉交易”。他射猎骑饮，夜至霸陵，被霸陵尉呵止。李广手下人称，这是“故李将军”，几近现时流行的“原·×·×长”。霸陵尉较真：“今将军尚不得夜行，何乃故也！”所谓今与故，时转运去，是没法计较的。唐德刚回忆在纽约陪胡适挤公共汽车。其时胡博士已是老人，一身瘦骨被挤得东倒西歪。唐德刚叹：你们挤的是谁？是配享太庙的文曲星，几乎当上了总统。然而，何乃故也。胡适的身份可以显赫地排列下去：被授三十二个博士学位的学者、新文化运动的开山人、当学生时就被《新青年》捧得大红大紫的中西硕儒，但在大巴上还是东倒西歪。胡适讲容忍，称“容忍比自由更重要”。李广出身世代练习射箭的家庭，不仅作战善射，喝酒也以射箭阔狭定输赢。匈奴攻入辽西之后，武帝召拜李广为此地太守。李广即刻把霸陵尉请入帐下，斩之。李广曾当着皇帝的面，和老虎之类的猛兽格斗。汉文帝刘恒被感动，说：“惜乎，如令子当高帝时，万户侯岂足道哉。”连皇上都有评价，霸陵尉何必分什么“今故”呢？细致地说，霸陵尉也不是死在势利上面。司马迁写事件讲分寸，说李广至霸陵亭时，“霸陵尉醉”。应了一句英国谚语：死在酒杯里的人比死在大海里的人还要多。

北窗之下不仅可看《史记》，还可看风景。野草的后面是一处平房。雨后，房上红瓦鲜明，像出窑的新品，让人忍不住隔一会儿看一眼。喜欢它们的，除了我，还有一群鸽子。鸽群下午三点钟飞来，在屋顶彩排，即艺人说的“走台”。在红瓦的背衬下，鸽子纷披而降，纷披而起，恍然如教堂的傍晚，只缺钟声。钟声“当——”到余音的“——昂”，悠然如鸽子旋翅的频率。弥补无钟之憾的是杨树的绿枝，从空中探向瓦缘，其态见出无限恩爱。鸽子拙于行进，却不辞辛苦地在坡形的瓦上散步。它们不敢往下走，而向上爬，挺着胸脯，赳赳然。白鸽散落红瓦，可惜毕加索没有看见，列维坦也没有看到。我想到列维坦，是想到他画的白嘴鸦。如果拿两位伟大的风景画家相比，柯罗和列维坦，我可能还是喜欢列维坦。他在巴尔金诺住的时候，在伏尔加河边上的普辽斯住的时候，画白桦树，初春的白桦和月下的白桦，画残雪与墓园，画白嘴鸦。他的画作，外面是诗意，里边有淳朴。而他在称赞自己的学生谢罗夫的画时，也说：

“多么淳朴，无法再淳朴了！”

列维坦离开普辽斯太久了，学生给他写信：“伊萨克·伊里奇，你在哪里？”署名“白嘴鸦”。列维坦回信：“白嘴鸦，我会回去看你们，但别叫得太响，否则我带上猎枪。”

列维坦在俄罗斯大地的辽阔蛮荒之中找到敏感细腻的美。契诃夫在给妻子的信中写道：“列维坦的天才，不是以天，而是以小时在增长。”高尔基说：“沙漠中没有美，美在阿拉伯人的心里。芬兰阴郁的风景也不美，是芬兰的画家找出了自己国家严峻的美。”列维坦对俄国风景的贡献亦如此，找到了美，送给俄罗斯人。“伊萨克”这个姓透露出——小说家辛格、小提琴家帕尔曼亦同此姓——他是犹太人。在沙皇时代，列维坦为此受苦甚多。

扯远了，这是由鸽群引起的赘言，也许写随笔的幸运之一是允许东拉西扯。而太史公笔下，字与字之间、句与句之间、人物事件背景之间，像城墙的砖石一样连贯有序，无废话。他有如福格纳，知道自己所写的文字是“文学穹庐顶端那块拱石”，供人们仰望。

像窗外的屋瓦在雨前并不触目一样，我以前没注意到这些瓦——谁都不会无端地看瓦，鸽子好像也没眷临此地。雨让瓦变成新的，鸽子也以为自己来到一个新地方。我们像霸陵尉一样介意“今故”，有所拘泥。何谓拘泥？把周遭格式化，分出前后新旧好坏尊卑里外左右。“文革”晚期，尼克松女儿朱莉携婿访华，得毛泽东接见。毛泽东问：“总统先生好吗？”尼的女婿（艾森豪威尔之孙）急忙解释：“主席先生，我岳父已经不是总统。”毛泽东不屑于这类纠正，说：“我就叫他总统。”小艾森豪威尔在“格式”中迷惑了，认为总统和前总统有天壤之别。毛泽东何拘于此，称谓而已。毛泽东当年接见非洲领袖毛雷尔时说：“你姓毛，我也姓毛，一笔写不出两个毛字。”毛雷尔却解释：“我不姓毛。”毛泽东的本意在于：第三世界国家是兄弟，中国与非洲关系不分彼此。毛雷尔却拘泥宗谱与修辞法，按中国人的说法，叫煞风景。毛泽东曾说“大破大立”。释迦牟尼说：“一切有为法，如梦幻泡影，如露亦如电，应作如是观。”人也许可以分成两种：创新的人以及在“新”中获益并常常怀旧的人。或许，“新”的因素给人们带来的好处越多，越促发人们怀旧。而变革者从来不拘一格，在破旧与立新之间，即使“新”还看不到，也不能妨碍他们破旧，这是使命。

鸽子盘旋，红瓦显得比地毯尊贵。列那尔说：“让鸽子们在屋顶上发出低沉的鼓声吧，让它们从树荫里飞出，翻腾、闪耀在阳光下，又折回到树荫里去。它们不愿待在原地，而旅行也没有使它们成熟——来吧，我的咕咕咕。”

咕咕咕，鸽子的歌声没有平仄。

合辙押韵

中国诗词，对百姓说，是押韵之物；文人，则重其平仄。文人以为，诗作为文学尤物，除意境外，音律合乎法度，正是最难最美之处。百姓与文人对诗的看法，统称“合辙押韵”。

大众对于标语口号、民谣谚语这些流行语尤重其押韵。押韵便于流走人口，也就能流走民间了。事实上，现代传播学将以口耳相传作为传播方式的讯息，所以下定义叫作“流言”。

押韵，对于普通人，仿佛有一种真理性的暗示。即押了韵的，必是可信的。

“九九添一九，耕牛遍地走”，是由节气论北方农事的谣曲，其真理程度在某些地方确凿无疑，同时押韵。“拼命干上三年半，努力建成大寨县。”这条标语的真理性（其实是事实性）取决于三年之后的结果，但由于押韵，使人士气大增，因而也令人信服。

在中国，许多政治性的、生产性的，甚至治家方面的话都押韵。一些是格言，另一些则是谣言。赵树理笔下的李有才，是利用押韵反抗地主老财的杰出代表。近年，市井流传某些反映世相或民怨的“顺口溜”也由于押韵（至少是押韵，高超处更在深刻的概括力与讽刺艺术）流走大江南北。

某些新产品的问世，企业老板要求广告商提炼主题词时，务必押韵。譬如“吃了××宝，身体××好”。这种联系很愚蠢，因为“宝”与“好”之间的关系是荒诞的，但传播效果极佳，因为押韵。这种蠢话在电视上播出后，自有顽童替你四处散布。

至于合辙，是讲究诗文中平仄，则难得多。涉及汉语中复杂的音律，使汉字排列起来，读如钟磬。譬如《周南》中的“参差荇菜，左右流之。窈窕淑女，寤寐求之”。读来好听极了，虽然不算押韵。苏词“小轩窗，正梳妆。相顾无言，唯有泪千行”，亦可手执牙板低吟，比“贫下中农志气高，泰山压顶不弯腰”更加上口。在现今的文艺样式中，最讲音韵的属昆曲，难怪语法大师朱德熙钟情此剧，并经常吟唱。正因为其难，和者其寡也不是怪事。

有人喜欢在今天做古诗，将不合平仄但押韵的五七言堆在一起。某些官员尤喜欢如此，大约可以添些书卷气。不合平仄的律诗读起来令人痛苦，远不及李有才的快板。我的一个朋友执着于平仄，他称宁可文理不通，也要合音律。其代表作为酒后所制，由古句与外国人名连缀。诗云：“露从今夜白，帕潘德里欧。将军百战死，波隆贝斯库。江汉思远客，米开朗琪罗。挥剑决浮云，德钦巴登顶。”此诗合辙，但不押韵。

绘 声

很多年前，我读过一首朝鲜族情歌的歌词，现在记得。

那儿的小鸡咕咕咕
那儿的蜜蜂嗡嗡嗡
那儿的青蛙呱呱呱
那儿的大鹅哏儿更

那儿的皮鞋塌拉拉
那儿的木鞋登登登
那儿的木滚笃打打
那儿的棒槌咚咚咚

那儿的大门吱更更
那儿的窗户得扔扔
那儿的炕纸亮光光
那儿是我一生幸福的地方

这首歌的名字叫待嫁歌，是即将做新娘的人对所嫁之地的赞美。这种赞美仿佛并没有赞美，除了“亮光光”——朝鲜族的炕纸我见过，是用油漆刷的——是写照之外，其余的宾语全都是象声词。蜂之嗡嗡，蛙之呱呱尚可能，而“吱更更”的大门与“得扔扔”的窗户，读第一遍就有可能不懂。而且，这样的窗户有哪样好呢?

而民歌的魅力正在这种朴实。套用红歌星张惠妹的宣传词，叫“妹力十足”。它对事物几乎没有形态上的描述，却有一种朴拙的生气。虽然全世界的小鸡都是咕咕咕，大鹅都是哏儿更，但新嫁娘要去的地方使人感到富足而喧闹。这首情歌还有几段词，如“那儿的黄牛哞哞哞，那儿的猪儿哼哼哼”等等。读后恍然感到，这一切都是活化，像圣桑为两架钢琴和管弦乐队写的组曲《动物狂欢节》一样。而作为诗或歌词，它可以长长地写下去。“那儿的西瓜嚓嚓嚓，那儿的电视哇啦啦，那儿的音响哐啷啷”。只要与象声词有关，均可歌之咏之。

我相信，这首歌如果听人演唱，会十分优美，而且具有动感，即舞蹈性。其实，人在情感到达极致时，都无法描述。所谓细致入微地刻画，都是文人替别人揣摩出来的。而为真正的歌者所不屑。在这首歌的一大堆象声词里，可以体会余音袅袅不尽。中国诗文在十分刚健的时期，也是如此“老实”。如汉乐府《江南》中的“鱼戏莲叶东，鱼戏莲叶西，鱼戏莲叶南，鱼红莲叶北”。古人比我们“笨”，但其中的画面之美，现代人望尘莫及。倘若有好事的人将其改为“鱼，戏于莲叶东西南北”，固简练，但律动、错落、回环等音乐的意味都消失了，同时也消失了朴素。

罗马尼亚的钢琴大师艾涅斯库说：“我用毕生的劳动和思考，才明白朴素在演奏中的伟大的意义。”而古人与民众早就清楚这一点。当文人介入创作时，首先让人无法忍受的就是形容词。而没有形容词，文人或者说缺少才能的文人就几乎不能表达了。因为所谓矫情、炫技、顾影自怜都要靠形容词来堆砌。英国的散文家洛根·皮尔索尔·史密斯曾说：“唉，我为什么不生在形容词的时代呢？为什么不再写滴银的眼泪、月尾的孔雀、雄辩的死、黑而涂星的夜呢？”我不知道他是在讽刺还是在盼望。

这首朝鲜族的《待嫁歌》还有一处有趣的现象，就是她在罗列了牛羊门窗之后，却一字未提最重要的因素，即她要嫁的人是什么样子。这也许是出于羞涩，也许是新郎不方便用象声词来表现。此歌见于1963年2期《长春》杂志，李龙德收集，黄堃、文集翻译。

剪纸是造反者的手艺

我看到剪纸就想笑，有时候哈哈大笑，像见到了一个美术界的强盗。

剪纸粗暴而又细腻。剪刀不是一个消灭者吗？却在创造美。如此尖锐的工具在纸上散步，它走过之后，纸已阴阳两隔，生育新的抽象的生命。生命也可以抽象吗？可以，剪纸就是这么干的。

剪纸嘲笑的对象是绘画，它反对素描，反对色彩。当素描者用铅笔一笔一笔堆积体积和明暗时，剪纸剪出了两朵云彩和一头小毛驴。笔触在哪里？滚蛋去吧，没笔触。

书上说，人可奇怪之处是他们缺乏哺乳动物的特征。哺乳动物几乎都是色觉盲，嗅觉发达。人的嗅觉却不发达，而色彩感像飞鸟一样敏锐。这是画家诞生的理由之一。剪纸倒像哺乳动物所做的事，线条鲜明，不关色彩什么事。

剪刀在纸上咬来咬去，一口也没松开，像破坏，确实是破坏。国画家琢磨了一辈子的中锋用笔在这儿变成了刀咬肉，让人不禁哈哈大笑。剪纸劫持了多少腐朽的技艺。当墨（主要成分是水）通过笔（一百多根动物毛，百分之九十山羊毫，百分之十兔毫、鼠毫、鸡毫）落在宣纸上，国画家百分之八十靠的是运气，即所谓天意。剩下百分之二十是皴染、是墨分五色，是用笔“写”。画来画去把纸上的白变成景物。剪纸正相反，剪去纸上多余的部分，留下一棵树。

剪纸叙说平面二维之美。人们被剪纸的空间表达弄迷糊了，所有的空间都被压扁，像一张纸，像历史书对待历史。

那些国画家企图在纸上复活的东西都被剪纸搞死了。剪纸剪的是万物的骨骼，也许还是万物的灵魂，剪纸把纸变成了符，仿佛烧掉之后才超度。剪纸是圆的歌颂者，它不断描述圆的魅力，转弯再转弯。剪纸的图案是比字还复杂的字。

剪纸是造反者的手艺。剪纸擅做手术，它本来就是手术。剪纸心狠手辣，剪纸无法修改，它一落剪就到达了终点。它是它的极致，因此不发展。发展做什么？剪纸只是无数种神秘语言的一种。

朴素和平静本是孪生兄弟

大钢琴家霍洛维茨说："我用了一生的努力，才明白朴素原来最有力量。"

霍洛维茨的演奏节制晶莹，没有任何花哨与噱头。他手下的乐音宛如从心里流出来，没有多余的动作和表情。霍洛维茨着装普通，神态像一个儿童。

作为好的艺术家，其朴素何止于衣衫，更多在心灵。心灵朴素，犹如兰生幽谷，不香自香。追求朴素近于追求真理，因为真理朴素。它如此本真的显露自我，而无须在自我之外再加修饰或解释。河水、青草、太阳和月亮都没有包装，都可以用朴素或真理命名。

所谓包装，很多时候是心虚的表现。包装不光衣衫华丽，那些气势磅礴的人、拍胸脯的人、弹钢琴带出杂耍动作的人，都在包装自己。他们都力图以外在的修饰弥补内在的不足。他们唯恐别人不信，用豪言大话、奢华精致劝别人信，别人反起疑心。

朴素是定力，是耐力，是恒心，也可说大美隐内，不求外露。此处之"隐"与"稳"字接近，急不得。肚子有货，心里有数，不必借助各种花样，此态近于平静。朴素和平静本是孪生兄弟，它们都美。

美学家宗白华说，中国文学大体上分为两路，一路是金派，咄咄逼人，急功近利，转瞬即逝；一路是玉派，含蓄蕴藉，谦冲雅静，尽得风流。宗白华说，庄子、苏轼的诗文，俱是玉质文章。

玉者，有光而抑光，别人看得见温润，看不到耀眼。这是君子的味道——既有才华又有包藏。此味可进可退、可朝可野、可收可放，近于中和之美。中，说的是中庸，不偏不倚；和，说的是和洽，凡事不勉强。朴素平静、玉质文章与中和之美，都在讲内在与外在的统一。所谓朴素，是说内在更重要。用古人的话讲，叫“质胜于文”。

道德经说：“人法地，地法天，天法道，道法自然”。我们得知人的老师首先是大地，最终归于自然。大地朴素而生长万物，卑下而养育众生。世间只有人做过不自然的事，大地从来不搞不自然的名堂。所说得道，说的是一个人不管做事还是做人，最高境界无非像大自然一样——自然而然。

书的名字

我有一种自娱的游戏——适合于等火车、飞机和乘火车、飞机消磨时光——回忆经典作品的书名，思绪随这本书进入他们的世界。

经典作品不以县、省、国论，它们有自己完好无缺的世界，有各自的太阳、星星和村庄。比如，想到《安徒生童话》，觉得双脚浸在河水里，人坐岸边。身旁两寸多高的小黄花的下面，可能会走过来一支队伍，身量只有葵花籽那么高，但严肃，穿镶金边的红呢礼服，扛枪，每个人都倔强。“安徒生”这三个字允许你的大脑自由想象一切跟大海、河流、宫廷、母爱、贫穷和美好相关的人和事。你仿佛看到了青草修长的叶子在河底颤动，像女人在风中的头发。草叶下的小鱼勇敢地逆水而游。安徒生童话像慢板的钢琴曲，比如门德尔松《随想回旋曲和行板》，琴声像光影射在水里的石头上，不轻不重，节奏刚好是小鱼摆着尾巴穿流的速度。安徒生成名后，声望穿越了丹麦，他衣装考究，是巴黎名流聚会的宾客。他乐于刻画童话人物的穿戴，包括纽扣和靴子。他的作品不光有仁爱，还幽默。安徒生最早发现每个儿童都是幽默家。如果书中某个人物的头被砍下来，骨碌碌在地上滚，儿童开怀大笑，而不去问为什么要砍这个人的头。周作人曾说，儿童的天性里包含着残忍的因子。安徒生知道儿童是最有同情心的人，不惜将大把的眼泪洒给弱者与动物。安徒生的书朴素又华丽，每件作品都像穿着袖口绣着家族徽章的仆人，戴白手套，托银盘子，盘里的葡萄酒酿满了故事。精灵并不是安徒生最看重的要素，精灵在他那里只是普通人的陪衬。当安徒生的目光看到了穷人之后，就再也没把目光移开过。

《水浒传》有比《安徒生童话》更阔大的世界，那里的泥土有盐碱和英雄的血泪。仅仅想一下水浒好汉的绰号就让人心旷神怡。豹子头——多美，多有肝胆的名字，理应戴在林冲头上。林冲的冲字取得也好。张顺水性高超，好到有“浪里白条”的美誉。张顺体白，游水时可能常常不穿裤衩。王英是矮脚虎。虎与猫都是矮脚的动物，它们的后腿行走时蜷曲，一跑才伸展，只是人们没发现，被施耐庵发现了。虎之矮脚宜于潜伏与爬行。脚长到马的高度，除了跑，其他什么也干不成了。孙二娘的绰号是水浒里最泼辣的——母夜叉。夜叉是鬼魅，没听说它们有公母之分。但加上一个母字，显出涉恐。涉恐的绰号还有赤发鬼刘唐。浪子燕青，多好，浪子。及时雨宋江，把自己的工资送给所有气短的英雄。武松的绰号起得不好，曰行者，太平凡。专门小偷小摸的时迁也有绝妙的绰号：鼓上蚤。《水浒传》的人物绰号就是美不胜收的博物志。

契诃夫，这个名字带给我的记忆不是故事而是人物。那些深陷在眉毛与皱纹里的俄罗斯乡下人忧伤的眼睛，那些冷酷而愚蠢的帝俄官吏，那些无法承担自己命运的不安的俄罗斯女人。契诃夫给农民看病的时间超过他写作的时间。他小时候受够了酗酒父亲的毒打。他在父亲的杂货铺里，用儿童的眼光和心灵熟悉了无数俄罗斯人的苦难。

《从彼得堡到斯德格尔摩》是约瑟夫·布罗茨基的诗集。《我仍在苦苦跋涉》是牛汉的回忆录。书名是书的世界的门，不必预约，也不用敲门，可以径直进入各式各样的世界；出来的时候，身上已沾着那个世界的气味，收藏在你心灵的瓶子里。

书外的景象

读一本书，有时会把书外的景象记在脑子里，多少年不忘，比书更有意思。景象不在课堂和书房里，在外边。

柯南道尔的《巴克斯维尔猎犬》是我念师范期间读到的，是一部中篇小说，福尔摩斯探案集的一种。开篇在课堂看。晚自习，九点半同学们回寝室了，我接着读。灯下一人，四外漆黑。我对日光灯的嗡嗡声、树叶子被风吹到玻璃窗的微响均感悚然。读恐怖小说，人耳聪目明，全身汗毛都站着，随时准备跑。教室里只有我一个人，在七面窗户和一扇门的外边，却充满不可知的窥视。我觉得不安全，跑到学校大门的收发室接着读没读完的部分。下半夜，收发室老头搂着五节电池的手电筒睡着了，我坐在窗下台阶看完这部骇人的作品，汗毛们也终于躺下歇一会儿。后来，每每走过师范学校的门口，我都想起巴克斯维尔猎犬、收发室的水银灯光以及门口只有拇指粗就开出三四朵花的桃树。更有甚者，我当时似乎体验到猎犬尖牙咬我腿肚子的痛楚，并觉得自己腿上留下一个半圆的疤。有一次，一人说他小时候被狗咬过，撸起袖子展示这个疤痕。我差点说出我在师范学校门口被巴克斯维尔猎犬撕咬这件事，并想展示腿肚子。我用了很大的力量才没说出来。

还有一次，我到沈阳体育学院的“汉卿体育场”读《中国陶瓷史》。

当时跟一位友人攒电视剧，临时补充陶瓷知识。在屋内读不进去，跑外边聊复尔尔。体育场内，学生上课，我先看了一会儿他们训练。田径专业的学生跑五千公尺。我掐表，平均在十九分左右，速度非常快。让我惊讶的是他们的课——一个下午的大课竟然连跑三个五千公尺。平时我跑一个都自觉力拔山兮气盖世，远没他们快，他们跑三个？那天我读到陶和瓷的区别，得知瓷所以为瓷，主要是高岭土当家做主。但穷究下去，陶和瓷还是没有明确的边界。英国瓷和日本瓷都没有高岭土，紫砂壶的烧结温度也可以与瓷器相当，酸菜缸也有釉色。呵呵，陶和瓷竟然没有学术上的区别，这就像枪与炮在学术上没有界别定义，但人们一看就知枪是枪、炮是炮。我对书中的内容所以记得这么鲜明，跟体育场有关，跟看田径大学生训练也有关。其中的道理我说不清楚，涉及大脑神经学。那天读书，还学到了一个词——形容釉色妩媚得不正经——甜俗，还读到对“越窑各色的”描述。

陶瓷和五千公尺跑没有关系，但在我脑子里变成一回事。有一回到景德镇瓷器博物馆参观，讲解员说到“高岭土”，我马上想到“汉卿体育场”跑在前面的小伙子，龇牙咧嘴，光膀子上全是汗。他身后几个姑娘的表情全像快哭了，都在挣命跑。到终点，他们手拄膝盖，弯腰休息。头些年，我曾想报考体育学院田径专业，与他们为伍。我觉得一下午跑三个五千公尺乃人生至境，没人摽着我根本跑不下来。后来家人阻拦，此事作罢。

上小学前，在我妈工作的盟公署楼前花池子边上读过一本彩色连环画。说一个小孩偷了公家的大萝卜，塞进衣服里。别人问他肚子为啥那么大，他答不上来，脸红了。正巧，盟公署的花池子除了种指甲桃、胭粉豆和大朵的鸡冠花外，转圈儿也种了一些大萝卜，萝卜缨子跟画上的一样。我当时特想拔一个萝卜塞进衣服里兜着，看它到底鼓成什么样，没敢。秋天，我妈领我和我姐参加机关劳动，拔花池里的萝卜，我简直喜出望外。把萝卜拔出来塞进小褂，挺着肚子运到筐边，掀小褂让萝卜掉进筐里。大人们哈哈大笑，不知我为什么这样做。其实我早盼着如此，没机会。现在看到菜摊的大红萝卜，我想，小时候用小褂怎么能兜住那么大一个萝卜呢?

我家西窗前有街树探出的柳枝，有小鸟跳舞唱歌。最关注鸟的是我家的猫，它的眼光常常不怀好意。次关注鸟的是我，见到小鸟在枝头昂昂然，想起狄金森的诗："把一只受伤的知更鸟/送回巢中/这一生/也不算白白度过。"这首诗是我在大凉山读到的，当时在树荫下等车。读此诗，鸟在头顶的绿叶间飞蹿，树叶搅动，鸟鸣在耳，却见不到鸟。心想，狄金森写得多么慈悲，让鸟多么欣慰。一个诗人如果能写出这么几句诗，"这一生/也不算白白度过"。

水晶风铃

那回，我钻入礼品店赏玩，背着手假装选东西。突然，头触一物，清脆之间攒簇而发，叮叮当当悦着耳朵，啥玩意儿？乃是风铃。我连忙扶住这一串花瓣似的玻璃盅，目视服务小姐示歉。小姐也背着手，莞尔一笑，表示鼓励。她款步至前，手拨各类风铃，包括长短铝管的风铃。哇（请允许我也“哇”一下），好听啊！无数小天使琴瑟齐鸣也不过如此。没有旋律但比一支歌还好听。这就是无调性音乐，我原来并不明白勋伯格放弃了三和弦搞出十二育体系是怎么回事，就这。

我考虑买点儿吧，问小姐买几个配套？曰：几个都行，一般买一个。我买了一个蓝色管状风铃，造型差些，乐音较好。一路上，我骑车提此物穿闹市，路人纷纷回头，以为天使来了。

回家，佯称送给小女礼物。她雀跃，我将风铃悬于窗前。我们父女俩坐下等风采吹它。 也不来风呀？我焦躁地观察窗外，不时以手拨发声。小女鲍尔金娜说，“咱们再买个电扇吹它，看它响不响。”

我沉吟少顷，说，“行倒是行，不过电扇太贵，也容易让别人笑话。它响不响听老天爷的吧。”

这事搁下了。风铃时响，时不响。后来我发觉自己并不适应这家伙，响了往往吓你一跳。因为风之一物，比较贼，说不上什么时候进屋，风铃就像狗一样叫唤上了，表示有风。风随处而来，随处而去，用铃声暗示了一种存在。

读书时，风铃音起，人在振作之余又难免困惑，怎么了？实际没怎么，风至铃响而已。人还是要怔忡一下。

我知道自己内心不静。风铃乃雅音，清远细碎，尚不见容于我。可见我心性浊重，因而作文免不除“火气”和“造作气”。当我想克服“造作气”时，又变成“克服造作的造作气”了。一句话，并非天成。

风铃大约属于“风籁”，不知其所始所终的乐语，疾徐高低自然穿插，无序而有序了，亦为文章境界。

我想，当我闻风铃而不诧异之时，文字会有所进步。其实世间百事都无须诧异，看你是否有一个吞吐自在的襟怀。

在祖籍，蒙古人宰羊将肉割成条束在窗前风干，他们没冰箱。一条条的肉由鲜红而暗紫，可作孔夫子向学生收取的“束脩”。我的窗前没有肉干或汉人挂的红辣椒与玉米棒子，只有风铃一串。

在它的响声中，我期望自己的身心得以稳持，淡泊而坚定，像黑陶一样质朴久远。那时候，我就买一串水晶风铃悬于窗前，琳琅于满目，玲珑于盈耳。

我们有时度过一个亲密的夜

标题这句话是冯至的一首诗。这首写于1941年的诗颇值玩味。

> 我们有时度过一个亲密的夜
> 在一间生疏的房里，它的昼时
> 是什么模样，我们都无从认识
> 更不必说它的过去未来。

把“我们”和“夜”写在一起，显出艳。“有时”添加神秘，仿佛说情侣。往下读，觉出是说房子，或旅舍。冯至在写“它”，而不是“我们”。

旅舍，很少有人记述旅舍。谁还记得旅舍的模样？大的小的，坐落在各地的旅舍，人们曾住过。

我也想一想旧日的旅舍。

这些旅舍如做过的梦一样记不起来了。即使把记忆坐标放在只去过一次的城市，也想不起那个住过的房间。是的，冯至说房间，而没说旅馆的外貌或大堂。

我去过一次成都，记不得房间，只记得起旅馆的门朝向东南。印象深的，是街上一人给另一人掏耳朵。在其他城市，如果街上没人掏耳朵的话，我将很快忘记它的模样。顺德和东莞，慈溪和金华，四平和公主岭在外貌上有多大区别？走马观花，觉得它们差不多。中国的城市正在趋同，这是互相学习的结果，像操场上做操的学生，大同小异。

细心的旅行者，或者说真正的旅行家不是过客，而是住客，住在流动的家。他们像冯至一样体味以及从远处观赏旅舍，这样才对得起旅行或者说光阴。

我拼命地回忆旅舍，哦，想起北京站附近一间客房的情形，我住过三个月。房间除了床之外，还有一张长方形的桌子，铺绿台呢，适合召开作战会议。还有一间客房（忘记是哪个城市）洗手间白瓷面盆靠近身体部分的小洞长出一株苗（像豆苗），我从镜子里发现。是什么人，为了什么，把一粒种子放进这个洞里？我看了半天，豆苗从幽深的洞里趋光而出。心里默念它不要再长了，免得被下一位好事的旅客拔掉。在邮局，我曾把一只在玻璃上折腾得灰头土脸的蜜蜂用大信封兜住，送进二百米外的花丛。我想把这棵豆苗拔下栽进楼下的土里，试了试劲儿，它不愿出来。

去年在伊尔库斯克，住在中国人统一下榻的旅馆。房子小，但窗外吹进来的风有森林的香味。我不期然想起冯至这首诗，顺着背了下来，此诗第二段是——

一望无际在我们窗外展开
我们只依稀地记得在黄昏时
来的道路，便算是对它的认识，
明天走后，我们也不再回来

那一刻，我觉得冯至好像来过伊尔库斯克，在贝加尔湖边游吟。五四的人们哪儿都去过。我仔细看这间房子——假设冯至当年住过这里——宽大的木制窗台上乳黄色的油漆已经裂缝，冯至来时还像镜子一般光亮。窗外有一条河，男女喁喁从枝叶摩擦声中传来，月亮得意地在水面仰泳。冯诗第三段是：

闭上眼吧，让那些亲密的夜
和生疏的地方织在我们心里
我们的生命像窗外的原野。

不幸的是，我当时没闭眼，一直是雪花的电视机屏幕出现普京的画面。他无表情中带一些负疚的表情，不换气说了一大段话，像台词一般，转身走出门外。普京总统走路，右臂摆动，左臂不动，不知这是什么习惯。总之，我的思绪被迫与冯至分开，好像他并没来过这里。

冯至最后写道：

我们在朦胧的原野上认出来
一棵树，一闪湖光，它一望无际，
藏着忘却的过去，隐约的未来

读到这里，觉得他写的并不是房子，是原野。那么。“我们”是谁，“过去”和“未来”又在说什么？谁在“亲密的夜”？

这首诗写出六十多年了，那么遥远又那么亲近。虽然读过说不出什么，却要说它真是好诗。疑问是不必要的，冯至知道一切，但我们失去了询问的机会。

好诗像登上黄山顶峰，在大铁链锁上一把黄铜锁，“咔嗒”，锁死了，把钥匙丢入深涧。深涧下，堆着像山一样的钥匙。

文学丛林里，不知藏着多少迷途的人

如果把文学当作磨石，人来充当准备磨成针的那根铁杵，不经磨，真不经磨。磨着磨着，不是铁杵成针，是人磨没了。

说，人如果把文学当作岁月过，日子太不搁过。人钻进文学这个迷宫里，少年懵懂，青年懵懂，老了还懵懂。文学的日子好像没什么峰回路转，更没有高歌猛进，如是少年时分钻进不辨方向的灌木丛，手拨着荆条，埋头走，看不到前面的路，只见头顶的星月或太阳，只有白天黑天，昼夜而已。走着，见河面，临水照脸，已经老了。

倘若真的有路走，也就不是文学了。高歌猛进的路，越走越宽的路，于文学只是熟套的、概念的模式，很容易走到头，尔后弹冠相庆。走进灌木丛，没彼岸也没有得胜的标志物。但想一想，在文学里没得胜利，也算不上失败。失败这个词，最多是说时间白白浪费掉了。然而对我，沉溺文学，虽无所得，也没败，算偏得。这一种度过光阴的方法比我见到的许多种生活好得多。

文学让人最不安之处，是无论何时都不敢说自己懂得了文学。作家不是电工，他真说不清自己在干什么，也说不清自己想干什么——那些目标明确、以写作钓名钓官的人跟原创性的文学无关。我对文学一会儿觉得明白，一会儿又觉得糊涂。比如说，写了好多年，发现文从字顺也很了不起。这不是很简单吗——文从字顺？其实不简单。还比如，做得简洁，朴实都了不起。那么，我们追求过的浪漫呢？诗意呢？这些东西压根没见过，或者干脆说我们压根没弄明白什么是文学的诗意。

我仅仅是说，文学的丛林里不知藏着多少迷途的人，我是其中一个。走着，会走到原来的地方。或者说，我们自己觉得狂奔的时刻，是在一条逆行的传送带上狂奔，几近于原地踏步。

后来，我们手里积攒了一些说不出的东西。不是保密也不是保守，是在创作中慢慢体悟到说不清的东西。比如说作品的节奏、味道，总之说不清楚，每个人体悟也不同。这样说近于玄虚却不玄虚，骑自行车的技术与吹笛子的技术都说不出。我们同时积累了大量令人羞愧的记忆，也就是所谓失败的经验。开始知道那些虚伪的、功利的写作在作品中所呈现的不好看的长相。

对我而言，写作优胜的道理说不爽利，但能辨出坏的文学写作是什么样子。我提醒自己，勿要踏入此辙，但踏没踏入，实话说自己心里也没底。

从事文学最大的好处，是以创作者的经历阅读经典，悠然心会，心驰神往。读得好的地方把自己都忘记了，更不必提自己的所谓创作。想，世上已有这么好的东西在，自己还写什么写？话虽这样说，回过头来还会写一点儿想写的东西。我们都想从造化手里偷一点儿东西出来，放在自己名下。偷来的东西好还是不好，只有上天知道。

悉帕是一滴露珠

“《旧约》里面那些女性的名字中隐藏着多少温柔，拿玛说的是甜美，尼可尔是一条小溪，阿比盖尔是快乐之泉。……杰迈玛是鸽子，他玛是棕榈树，蒂尔扎是优雅，悉帕是一滴露珠。”（塞弗尔特的诗《失乐园》）

这首诗里还有“迪莱拉是柔弱，雷切尔是母羔羊，戴博拉是蜜蜂，埃丝特是明亮的星星。我刚从墓地归来，六月的黄昏带着它的香气歇息在窗口，战争的雷声从寂静的远方传来。”

希伯来语的女人名在诗中停留，杰迈玛、蒂尔扎、埃丝特，鸽子优雅，如明亮的星星。水晶的琴弦流下诗的小瀑布，瀑布折射出女性的面容。我的目光停在这句诗上——悉帕是一滴露珠，这是一句最好的诗。悉帕，它的含义是露珠又不止于露珠。希伯来语把这么好的音节送给了露珠。除了露珠，谁还能享用这两个音节呢？如果把所有语言里命名露珠的词汇收集到一起就是最好的诗篇。

悉帕还有无力垂下的含义，如露珠滑下芭蕉的叶子。《旧约》里，悉帕这个女人是利亚的使女、雅各的妾、迦得和亚设的母亲。几千年后，悉帕从迦南之地流到捷克国雅罗斯拉夫·塞费尔特的诗里，静静地卧在诗的玫瑰花瓣的旋涡里。

悉帕是一滴露珠，像一首诗的起始。接下来，这滴露珠用它透明的躯体在丝绒般的花瓣上滚动。花瓣的绒毛把露珠拆分成更小的露珠，如碎钻石闪射白光。是谁终生在花瓣上行走？那是蜜蜂和露珠，它们的步履与登山人没什么两样。花瓣是光滑的岩石，花的重重叠嶂是露珠的旅途。露珠从这一朵花瞭望另一朵花，像牧羊人从这山看望那山。

露珠没有衣裙，它的衣裙是它的名字——悉帕。这个名字为露珠编织了丝绸的披肩。悉帕是它的头巾、袜子和束腰。人说“悉帕”，露珠回头看，掉进了花蕊里。露珠在青草的叶子上能站立多长时间？青草伸出修长手臂，中间有一道白线。宽叶子上站两颗圆弧的露珠，窄叶子只站一滴露珠。悉帕站在青草的叶子上，如乘小船在海上航行。草叶在风中缓缓起伏，船在浪里起伏。小鸟在清晨低飞，草地上全是耀眼的星星。

悉帕是一滴露珠，这个词包含着早晨和清水一样的空气。光线像金针刺入花朵，悉帕躺在草叶上仰望。天上是绸缎铺，仿佛正在包裹一个巨大的转经筒。旋转中，红云变成了白云，露珠是草的瞳孔。

露珠从花瓣垂落，像从马背跳进草里。世上美好的东西似乎都应该有露珠，花朵与青草上沾着露珠，月亮和小鸟的羽毛上结露。小鹿站在树下东张西望，颈子上如果挂着露珠也不奇怪。美好的诗篇应该从纸页上凸出露珠，如松香那样。演奏美好乐曲的小提琴与长笛垂下一滴滴露珠比不滴更正常，就像把《鹧鸪飞》吹得太好，笛子会结霜一样。

如果悉帕是一滴露珠，也会是一滴或许多滴眼泪。悉帕不光是露珠，还是人名。犹太人的一生仿佛是送到窑里的炭，光明里交织黑暗，灼人又被人灼痛。湿柴剥剥燃烧时冒出水汽，甚至滴下水，不知是露珠，还是眼泪。悉帕是使女、妾和母亲，悉帕是苦难中的一滴露珠。

摘译之忆

“摘译”是一本杂志的名字，上海出版，通行于“文革”。其时，它是最好看的杂志之一，登苏联与西方最新的文学作品，内部发行。

1974年左右，毛泽东为抵制“形而上学猖獗”，指示搞这样一种杂志。样式为十六开本，像书。封面——记不清了——好像没有图案设计，一看就是好书。

我在其中读到叶夫图申科和舒克申的作品，后者有一个电影剧本，叫《红莓》。男主人公叫叶戈尔，女主人公的名字仿佛是柳芭。叶戈尔在狱中与柳芭通信相爱。后来见面，叶戈尔的第一句话是：

“这是我。”

柳芭回答：“而这是我。”

“这”与“而”用得妙极。

叶夫图申科和金斯伯格的诗在《摘译》中都出现过。我读而一知半解，记住了两句（大意）。

叶：我从太平洋钻入，呼哧呼哧钻出大西洋的波涛。

金：我在地洞里倾听焚烧钞票的声音。

一个说体育，一个说财经，都让人开眼界，尤其是“焚烧钞票的声音”。一次，我把这个事说给别人。他听傻了，半天才缓过劲儿来，说：“资本主义真富。”

“文革”中最缺的是书，我曾用干粮、粉笔、弹弓及一切好东西换别人家的书，读完再送还。由此，读过各种奇怪的书，节育手册、怎样识五线谱、种枣知识，还有语法、逻辑的书。我们家属院不是文化礼仪之地，居者多为职员，藏书少，藏文学书的尤少。

在我的印象中，好书具有下列品相：1、没皮。从封一至封四乃至目录环衬序言全看没了，直接从第二十多页读起，作者白写了前面的文字。2、有故事。什么故事都行，特别是英文所称PLOT——有头有尾的故事。3、语言平易浅白。这与胡适在《文学改良刍议》中的主张一致。深了涩了书袋了青春了我们看不懂，反跺脚生气。

我把家属院的书看遍之后（各家藏书，尤其是文学书多数在“文革”初期烧掉），暗自惆怅。那时，眼睛特别想读字，看传单看标语看铁管子边上印的××制造，还看商店招牌看百货公司袜子商标——“墨菊牌”，只是读不到书。在“文革”后期，读到了《摘译》，还有上海出的另外两种杂志：《朝霞》《学习与批判》。

《摘译》登的资本主义与修正主义的作品，读起来却“何等好啊”。这本杂志“供批判”所用，编译者把最优秀的作品介绍给中国读者，有人情味和人道主义精神，这是当时最缺的东西。现在，人情味不缺了，人道主义精神仍然缺少。“文革”中，许多知识分子在不致罹祸的前提下默默做着推广良知的工作，《摘译》的编译者就是其中的人。

战争记忆

我最喜欢的电影片断是《地道战》的一个场景：

日本司令官站在高家庄的房顶上（冀中平原没有屋脊、漫圆的房顶）高举战刀，叱咤指挥。忽然，他身子一震，用手慢慢摸向臀部，雪白的手套上有血。日本司令官的脸变得痛苦而抽搐，曰："八嘎！"

看到这儿，我和同伴们必要放声大笑。我们想连续不断地反复看这一片断。每当再演《地道战》时，我们在心里甜蜜地做好准备，期待那一时刻。事实上，这也是电影的高潮之一。

后来看过许多电影，对一个片断记忆很深的不多。还有《战地浪漫曲》中萨沙在墙角偷看柳芭买馅饼、《魂断蓝桥》中男主人公在雨中期待女主人公出现的情景。但最喜欢《地道战》这一段。小时候，我们甚至模仿敌酋的样子，把手慢慢滑向臀部，一看有血，狰狞地"八嘎！"——太令人开心了。

《地道战》也许不算电影的经典之作，它在前面奇异地注明"军教片"。但对这一段的记忆就像读书一样，不光在书，还在读者的年龄。人们都说《海底两万里》《牛虻》是好书，读者多是青少年，老教授一般不读《海底两万里》。但也有例外，罗斯福沉迷于童话《柳林风声》，写信问作者书中人物的命运。

有时想，为什么耽念于《地道战》这一情节不能自拔？我想是由于在好人胜利的同时敌人被丑化了，至少对儿童观众是这样的。我们的开心不仅是土八路的子弹击中了日酋，更妙的是击中了他的屁股，这对小孩来说简直乐不可支。从审美角度看，轻慢一个人莫过于使他的臀部出现什么破绽，虽然一个人的尊严并不在屁股上，但一个人如果在大庭广众下屁股出了什么毛病，就无尊严可言。以这种方式描写战争作品，是五十年来的主要风格。它在侮慢敌人的时候，却犯了一个错误，即显得战争胜利过于容易，确乎摧枯拉朽。像小丑一样智力低下的敌人都可耻地死去了。战争成为一场连小孩都跃跃欲试的游戏。它又滋生一种军国主义情绪，让孩子们喜欢投入战争。

我常常奇怪于一个现象，为什么许多人淡忘了五十多年前那场日本侵华战争。对日本人存有切肤之痛的中国人不是太多，战争的真相是日本人把中国孕妇的肚子剖开，把胎儿扎在枪刺上玩耍，这样的例子数不胜数。日本人杀了太多的中国人，但吾国吾民却没有十足的痛切。国人大约有这样的心态，虽然杀了中国人，但杀的是别人，而不是我。至于被剖的孕妇也是别人的孕妇。鲁迅将他们称为“看客”，对他们“哀其不幸，怒其不争”，并发誓疗救他们麻木的魂灵。但对中国人来讲，很难激发整体性的民族仇恨，如果激发像“文革”一样自己整自己的运动热情，则容易。

俄罗斯人忘不掉二次大战的记忆，这种记忆使全民族变得更深沉。他们记忆战争，用来珍惜和平。

清泉浇灌草原

——序《成吉思汗箴言》

工业革命给人类社会带来的剧变之一是使一些少数民族消失。众所周知，工业革命与军事侵略一起逼近风貌纯朴的各个大陆。比如被西班牙人改变了的美洲大陆，现在叫拉丁美洲。从词源学进行分析，现代英语、法语和德语里面许多攻城占地的词汇来自于西班牙语，比如炮艘等等，证明它是个老牌殖民主义国家，如今以斗牛为乐。侵略者用枪炮占领别人的土地，掠夺他们的资源。侵略者同时带去了文化。文化和枪炮一并降临，同样强势。美洲的原住民不仅打不过拿洋枪的殖民者，也打不过殖民者的文化。于是，原住民的土地沦陷了，文化也被打败。从历史上看，最终可以对抗并打败入侵者枪炮的是被占领者独有的文化。“文化”这个词在这一语境下指独有的语言、文学、习俗、信仰、艺术以及传说，这些文化元素构成这个民族的核心价值观。枪炮打不败这样的“文化”，反过来它可以打败枪炮。捷克、波兰、阿尔巴尼亚的情况就是这样，车臣也会是这样。一个民族会以文化的软实力强有力地维护自己的存在与发展。

然而观察17、18世纪殖民主义脚步下的各个大陆，一些少数民族已经消失。消失的意思是他们没了，找不到说独特语言、穿独特服饰、秉承独特信仰的某一些族群。在美洲，印第安人本来有上千个民族，现在基本上消失了。在荷属太平洋岛屿，在被俄国人占领的西伯利亚地区、许多少数民族也消失了。楚瓦什人是不是还存在，令人存疑。不是这些人消失，是他们的文化携带他们的民族身份一同蒸发。这些少数民族的后人——作为他们祖先的DNA的携带者还活着，但早已融合在强势文化里面。

对这件事，西方的人类学家并不去研究统计，他们不可能总结他们祖先的罪恶。谁去统计过亚马孙雨林或法属非洲原来有过哪些少数民族，后来消失与否以及怎样消失的呢？西方人重视人权，至今还不到一百年的时间，他们尊重少数民族人权的时间更短。

少数民族的消失，是一件值得关注的课题。从文化的多元性考察，少数民族及其文化的消失，对多数民族绝不是一件好事。越是多元，人类社会越丰富、健康与和谐，这符合生物学以及人类学的规律。而研究少数民族的消失，是一件困难的课题。造成这种情形的原因很多，而从少数民族本身考量，他们是否在文化方面缺少时代性而被强势文化所吞灭呢？文化侵略从来都伴随着强权者的武力一并到达被占领者的土地和心灵，但有些民族是不可被征服的，他们虽然弱小但具有强大的文化。

我认为，文化的强大跟这个民族的代表性人物相关。这个代表性人物不光是一个民族的缔造者，也是这个民族文化方面的缔造人，是天上的星斗，可以统摄子民的灵魂。他不会因为肉身的陨灭而陨灭。在他的名号之下，族裔可以团结一心，可以征战赴死，可以欢聚歌唱，可以典礼祭祀。哪一个民族有了这样的代表性人物，就拥有了巨人与伟人，并为此感到幸福。民族伟人给他们带来了共同的信仰与文化的内核，由此显示文化上的强大，而不仅仅是载歌载舞以及出演服装秀。

对蒙古人来说，这样的代表性人物当然是成吉思汗。蒙古人以他的名字传遍世界、刊载人类编年史而感到无比自豪。没有什么人的名字在蒙古人心目中可以代替成吉思汗。

顺这个思路想一下，美洲或非洲大陆那些消失的少数民族有可能缺少这样一位伟大的名字，因而溃散，无法统一聚合，甚至过了几代之后连祖先的名字都记不起来。从这个意义来说，英雄创造历史的观点丝毫没有错。一个民族的缔造者对他缔造的民族而言，像太阳一样亘古不移。

我才学浅陋，没有研究过蒙古帝国历史、元史与北元史。当有识之士指导的时候，我也听不太懂。那些被元史编纂者故意写成的很别扭的人名译名就不容易接近。在我心目中，蒙古史的核心是一个名字：成吉思汗。我心目中的成吉思汗是活生生、亲切纯朴的可汗与祖先。他的表情和我们一样，眼睛和我们一样，身上的气味和我们一样。我们在体味他的伟大的同时更感受他的可亲。人们不知道上帝说哪一种语言，但我们都知道成吉思汗说蒙古语，这就让蒙古人感到亲切。在成吉思汗留给后世的话语里，我们得知他痛恨说谎而且严惩说谎者，我的经历告诉我蒙古人多么厌恶而且蔑视说谎者的人格。不诚实是许多灾祸的开始。成吉思汗赞许从战场上背回头领遗体的兵士。成吉思汗不赞成醉酒。成吉思汗热爱马。在成吉思汗留下的话语里，没有假话、套话和空话，经常出现的比喻虽然浅显但含义深刻。

我们感觉成吉思汗很亲近，但他仍然非常遥远。他说的话在何时被何人记录下来，通过哪种媒介流传下来并被今人收集到，了解这些是非常不容易的事情。但我们庆幸身边还有他的箴言和我们做伴，知其行又知真言，薪火传承。本书的出版也证明民族大团结，文化大繁荣正在深入人心，各个民族都有机会推出自己的经典，向新世纪进发。

研究成吉思汗，是蒙古学与蒙古史学研究的核心课题。对汉民族而言的中华传统文化的精髓，一言以蔽之曰——孔孟之道。而孔孟之道所体现的儒学思想的经典首先是《论语》，这是孔门弟子所记录的孔子语录，历经两千多年而不曾过时，现时仍被中国人奉为圭臬。圣人的语录不仅有古代的信息，还有当下的意义。这些话语是原典。它们是民族的、人格的，关于天地宇宙的格言，是文化的树根，理应永远流传下去。孔子孟子的话如此，成吉思汗的话也如此，所有民族的圣人伟人的话均如此，这样才可以看到文化的大繁荣。期待这部《成吉思汗箴言》出版会像清泉一样，浇灌众人的心田，让心田像草原一样辽阔碧绿，生生不息。

卑微的力量

——2013年8月4日深圳大讲堂演讲

内 容 提 要

卑微，通常表示不受重视，不起眼，同时数量最多，可能是人，也可能是自然界的各种各样的现象。

青草卑微、低贱，但实际上它无处不在，非常强大。老虎太高贵了，它身上的一切部分都有用，但这么美好的动物却快要消失了。

人的缺点很多，所谓的卑微性，大众性，所谓跟别人一样，恰恰是我们生存下去的理由。低下才有可能收获。

中国传统文化讲究谦让，讲究游刃有余，讲究有进有退。但自从1840年中国被八国联军打败，中国人丧失了自信心，民族性格过于刚，过于争夺。其实真理就是低下头活着，卑微地活着也是幸福生活的一部分。只能赢不能输其实是一种折磨，在生活当中，有一些事情能办成，有一些事情办不成，这才符合天道。

人法地，地法天，就是要学习大地的开阔和包容，如果大地是挑选的，大地是拒绝的，大地就不成为大地了，什么草都长不了。有人类喜欢的庄稼，也有人类不吃的食物，还有毒草，这就是大地，没有分别心。

如果愿意把谦卑或者卑微作为人生的一种状态，实际上会获得一种特别好的境界。

开场白

主持人：20世纪80年至90年代可以说是文学的黄金时期，大家在谈论着作家、谈论着我们的文学梦，但是21世纪的今天我们还在谈诗论词吗？今天我们请到的是鲍尔吉·原野先生和我们大家一起来聊一聊文学。

我看到您的名字就想问一个问题，您是不是中国人？

鲍尔吉·原野：我是蒙古族中国人，鲍尔吉是姓，原野是名字，加起来有五个字。

主持人：蒙古族人有姓吗？

鲍尔吉·原野：这实际上又是另外一个话题，简单来讲，有人有姓，有人没有姓。

头两年蒙古国国民没有姓，他们的总统号召大家要有姓，便于推行户籍制度，让大家报名自己喜欢姓什么。那个国家有百分之九十的人都愿意姓鲍尔吉，因为这是成吉思汗的家族。

主持人：您在哪里出生的？

鲍尔吉·原野：我在呼和浩特出生，准确地来讲在解放军2531野战医院妇产科出生，要把任何事情说准确，这样不会弄错。

主持人：您妈非常用心，这么清楚地告诉了您，您当时肯定不记得了。

鲍尔吉·原野：这是听别人说的。我前年到呼和浩特去的时候，有一个朋友说你到哪里参观？我说到2531医院去。哪有参观医院的？我说我去看一下吧。去看了，现在全变了。我说可以允许我到妇产科走廊里看一下吗？他说正装修呢。我觉得每个人都应该到生你的产房去看一下。

主持人：您最早跟我一样从事媒体行业。

鲍尔吉·原野：我开始在广播电台工作，后来到杂志社做编辑、记者。

主持人：您现在的职业是作家，辽宁省作协主席，从媒体从业人员到作家，作家多寂寞啊。

鲍尔吉·原野：给人感觉像逆流而上似的。我头两天还在黑龙江边上，我住的楼上可以看到黑河，看到黑龙江。黑龙江发水的时候你能看到有的树枝笔直地冲到下游，也有的冲靠岸了，我是属于冲靠岸了，没有勇气和力量继续往前走的那种。另外我觉得媒体工作太紧张。如果你注意到你所做的事情不过是生产一堆易碎品的时候你也会失落，你精心泡制的新闻明天就不是新闻了。当作家，可以慢工出细活，由你自己说了算，这是我的动因。还有一个原因，文学是没有止境的，新闻只是把生活中发生的事情记录下来。

主持人：我听懂了，您做了自己想做的事情。我们接下来听老师的讲座。

鲍尔吉·原野：我讲的题目叫“卑微的力量”，讲我生活中的一些感悟，一个五十多岁人的生活感悟。

对卑微现象的观察举例

卑微，我的理解是低下的，不受重视的，不起眼的，同时数量是最多的，有可能是人，也可能是自然界的各种各样的现象。数量肯定最多，但是常常被忽略，这也是生活中很有意思的现象。因为人总是盯着万众瞩目的特别稀少的东西，如黄金、总统、歌星，人会忽略自己，我们无论如何都摆脱不了的一个名称叫老百姓。我通过写作，通过长跑锻炼，我觉得我已经不是老百姓了，但我有一次跟朋友去干休所探望一个高干，这是副兵团级以上人住的干休所。我朋友领我去的时候，里面一个阿姨说，你又领了一个老百姓来。在他们的眼里，我们还是老百姓，但是老百姓很好。

我讲的卑微，无论是人，无论是生物，就是这么一个意义，现在我讲它的力量。

我有一个特别好的习惯，就是喜欢春天。北方的春天跟南方不一样，冰冻三尺，地冻到什么程度？看到工人换管道的时候会发现，冰冻三尺到一米多，两米多，全是冻土。就是在这样的土地上，你会发现青草发芽了。如果你好奇，或者你是闲人，你会发现，青草发芽的土地实际是还冻着，你不知道它怎么会发芽。一个青草卷得像一张纸，像一根针，从冬天的土地里发芽出来，这就是青草。随着春天的到来，青草会长满一切地方。青草的生长特别离奇。我老家是内蒙古赤峰的，铁轨挡驾有很多石头，石头里面有青草，在青草上面，车轮在它上面走来走去。沈阳有一个水泥广场，不长草，因为没有土壤。你会看到水泥和水泥之间被风刮进土，里面一定会长出青草。我到楼上往下看，比这个楼低的楼的雨搭，上面也有草有树。

我没有发现能比青草更有力量的生物。齐白石在去世之前跟他的徒弟、子女这么说，让我的坟头年年都长青草。有人在祭奠先人的时候把坟头的草拔掉，而齐白石说，让我的坟头年年长青草，这是非常吉利的现象。比如到了秋天、冬天，草已经黄了，或者说死掉了。我前两天到新疆的喀纳斯，到5月的时候青草还没有长出来，但现在感觉到新的青草要长出来了，这些青草其实是在去年死掉的青草里面长出来的。

青草是不死的，死不了。在世界上找不到一个比青草更卑微，更低贱，更任人践踏的这么一种植物了，完全没有人工养它，它可以在一切地方生长。美国诗人惠特曼在《草叶集》里说，他一有机会就歌颂草的力量。实际上惠特曼歌颂草的力量就是歌颂民主的力量。青草，你可以叫作杂草，也可以叫作野草，它不是整齐划一的，完全是一种老百姓的样子。拿沈阳来讲，沈阳也有公家的草，我称之为政府的草，政府的草长得好看，长得都一模一样，政府草坪里的草是花钱买来的，要浇水，若不浇水就会死掉，个头一般高。我觉得这些青草如果会说话，说的话都一模一样，他们有统一的思想，统一的头脑，统一的身高，但是它们的特点就是活不长，必须不断地有人侍弄。惠特曼在他的《草叶集》里讲，青草的力量就是民主的力量，自由的力量，就是一种杂的力量，所谓的“杂”是什么呢？不是整齐划一的，不是按照一样的想法来生活，这不符合自然界规律。那么它的生存力量实际上是最强大的。

我把这样的现象称之为卑微，卑者下也，微者就是小，广东话叫“细”，当年很多词翻译过来的时候，翻译的人是广东人，或者说是传教士，比如利玛窦，他的中国话就是在广州上岸之后学的，学习半年才发现是广州话。比如在现代汉语词里，说“细菌”，“细”就是广州白话里的“小”，细得无法形容了，就是小菌，就是细菌，就是微小，不起眼。

就人而言，几乎每个人，不管自己地位多么卑微，多么平民化，他关注的还是高大的东西，这是人类共同的特点，他会关注更有钱，更有势力，更有光耀照人的人。换句话说，他们的生活当中，其实人缺少足够的关照自己的能力，有的时候是不敢面对自己，人太普通了。

实际上，我们就像青草一样，我们就是这么生长的，不知不觉地生出，不知不觉地走掉，每个人差不多都是这样的。虽然有的人愿意把自己形容成像恒星，像太阳，有人干脆就请别人说自己是红太阳，每天都愿意听这样的话，后来事实证明他也不是红太阳，他不可能是，人和星球之间现在还没有发现一种转化的规律，可以从肉体变成一个星球，没有这样的规律。但是人，你说你关注这些比较耀眼的东西之后，对你的生活态度我觉得会有影响。举个例子，青草是卑微的，不死，烧都烧不尽，踩也踩不烂，冻也冻不死，年年又生的东西，它也是不起眼的东西。其实自然界有好多非常漂亮，非常美的东西，生存得非常艰难，人也一样。

卑微是我们生存的理由

在哺乳动物世界里，我个人非常钦佩老虎。如果把老虎和我们单位里的领导放到一起让我选择谁漂亮，当着领导的面我也敢说老虎漂亮，这种生物实在是太神奇了。头两天还有人跟我说，如果谁有虎牙，挂在脖子上一辈子不得病。有一个朋友在黑龙江买了虎牙，花了三万元。我说我再借你三万元，你买两个虎牙，镶在你嘴上，没有人敢惹你啊。猎人同我讲老虎，老虎非常清高，老虎只喝干净的水，老虎也非常高贵。有人说老虎吃人，这完全是对老虎的诬蔑，老虎根本不吃人。首先，老虎不吃人的原因是，它认为人太古怪了，人站着走路，虎看不惯。我在俄罗斯等地看过的站着的动物就是狗熊。它在路边的松树边上无端地站起来，你立刻会觉得它上肢特短，站着特难看，特傻。我估计老虎看人就是这样认为的。另外老虎觉得，人穿衣服特别古怪。动物界的所有的皮毛颜色都有一种生存目的，无非两点，第一是吓唬对方，第二是吸引配偶。但是人穿什么的都有，不知道是哪个目的，可能有一百多个目的。另外猎人说，老虎最不喜欢的是人身上的一股气味，所以老虎不吃人，宁可饿死也不吃人。但老虎这么美好的动物马上就要消失了，很快要完蛋了，它太高贵了，成为众矢之的。它身上的一切器官都有使用价值，当然这是对人而言的。如果像青草那样没用就好了。朋友说，老虎连虎须都可以治病，我说你最好别往外说这些事，最好别说妨碍动物的事，以后有人真要去拔虎须，这是缺德行为，都不善良。

自然界很多珍贵的东西恰恰不能永年，人就处在这样的矛盾当中。实际上，一方面人希望自己特漂亮，何止漂亮，还要聪明，还要谈吐非凡，家事显赫等等。所有的皇帝最后到晚年都想跟老天爷要一样东西：多活几年。事实上好多东西是不能共存的。正如我们每个人有时候不能接受自己身上的缺点，你仔细想一想，你要是个认真的人，诚实的人，我们有的时候就是靠自己的缺点活着，每天都依赖着自己的缺点活着，有时候我们的优点坚持不住，坚持不了。但是就是所谓的缺点，所谓的卑微性，所谓大众性，所谓跟别人一样，恰恰是我们生存下去的理由。不是说我们不应该往更高的地方发展，这跟世界观是两回事。我也不认为你念了多少年书，你学会了多少知识就高明了。我们现在从学校的毕业生里越来越看不出来他们学了什么。我有时候特想问毕业生，你们有老师吗？你们的老师教了你们什么？

有时低下才有可能收获

中国的教育我顺便说一下，没有修身功能，没有自我学习功能，没有这样的程序。很多毕业生说话一样，连手势都一样。关键我们是十三亿人口的大国家、大民族，说话都一样，而且说的是网络语言，“有木有”，我不反对这样的话，有没有更生动的语言？有没有更有趣的语言？有没有个性的语言？没有，教育没有教育好。

我对于卑微的理解，我刚才举了青草，还有老虎的例子，我还想说跟做人的关系。其实我说了半天还是想说如何做人。卑微在做人里处于下下位，常常能取得上上位的结果，肯定是这样的，但是这个道理跟一般人说，不容易说清楚，可能我不具备这种能力。

我举一个例子。现在很多人喜欢算卦，喜欢算命，喜欢《易经》。我活这么大岁数，我见过很多懂《易经》的人。《易经》里面，一是《易经》的学说，一是《易经》的卦，《易经》有六十四卦，每一卦都有吉有凶。吃饺子好，但天天吃饺子，完了，你一边吃就一边准备去三甲医院看病吧。娶媳妇好，你一辈子能娶几个媳妇？你没有这么大的福气。《易经》的卦有凶有吉，但是《易经》里面唯有一卦是大吉，没有凶，这很怪，但是确实有这么一卦，这卦叫作谦卦，谦卦所表述的事是什么？这个谦卦就像土地上有一个低洼的坑，谦就是低下。地下有个坑，坑里面有什么？如果天上降水肯定满满的都是水，这就是下与上之间的关系，这是一种卑微的力量，你首先只有低下，水才能流到你这里来。

佛教常常说，傲慢不好，傲慢是高山。咱们老百姓不这么比喻。我们国家的主流意识形态把高山形容成好的东西。藏传佛教说高山是批评，是很大的批评，说傲慢是高山，你在高山上什么也得不到，什么也没有，是孤立的。低下才有可能收获。卑是下也，微就是小，谦卦所表达的就是这个。

中国人民族性格有问题

中国文化常常说要谦虚。我们都知道谦虚好，我没有听说过一个人说谦虚不好，但是我也真的很少看到谦虚的人。什么是谦虚？举个例子，用佛教的仪式来说，谦虚够卑微，不管认识不认识，要敬别人，见人先要低下头来，遇到什么事情要让，有好处先给别人，肯定是这样的，这样才算修行到家，有一口水他要给你，他时时处处都在表现他不如你，他比你低，这种态度恰恰是最难的。

中国的教育有很多奇怪的话，而且我们常常用奇怪的话来教育子女。比如说你要堂堂正正做人，可能暗示着你告诉孩子，不要贪污，让他再刚强一点儿。中国文化在教育孩子方面，很大的毛病就是让你刚了再刚，取得了成绩，再取得新的成绩，再取得更好的成绩，让你永远拼搏。我觉得这种教育形成一种民族势态，对民族来讲是极其危险的。没有人教育孩子，你要退让一点儿，你要量力而行，你要认清自己，都是不遗余力地鼓励孩子往上走，往高走，往好处走。在这样的情况下可以不择手段，发展是硬道理，这就成为一种世界观。这种世界观让好多人的人生极其不幸福，只能赢，不能输，极其脆弱。话没有说两句，一言不合就不能够讨论下去，就不能够接受别人的意见，只要你说的话跟我不一样，我干脆不听，别看我听着，我是给你面子，我根本不往心里去，然后还是按照我说的办。这么大一个民族，如果像这么一种状态，我觉得整体的民族性格有问题，民族性格过于刚，过于争夺。

实际在中国传统文化里不是这样的，讲究谦让，讲究游刃有余，讲究有进有退。远的不说，在清朝自从1840年中国被八国联军连打三仗，把这个国家打得稀里哗啦之后，整个民族自尊心都没有了，越来越完蛋。当时日本整个国力不如中国，就是打不过人家，然后被别人打，然后就是内乱，然后就是“文革”，一点儿民族自信心都没有了。在这样的情况之下滋生了一种斗争哲学，对别人而言我们要不断地斗，对自己而言跟自己斗，跟自己不合作，不能给自己休养生息的机会，要告诉自己一个真理，就是低下头活着，卑微地活着，也是幸福生活的一部分。

谦卑使你的视野更开阔

谁能说青草活得不好呢？谁能说大树活得就好？幸福是什么？幸福首先离不开你内心的安宁。我见过太多的人内心一点儿安宁都没有，斗争哲学，没有一个很好的对人生的看法，自己折磨自己，这种折磨就是只能赢不能输，这种逻辑灌输在整个民族性格当中，比如体育，军事训练，都在说胜利。胜利固然好，但是在生活当中，有一些事情能办成，有一些事情办不成，这才符合天道，但是我们的教育当中没有这个天道，就是只能赢不能输。

有些人得病了，好多明白人不跟疾病斗争，首先他把自己的心态放松下来，然后依靠自己的智慧改善身体，其实这个智慧比你想象的要高明得多，比所有医院的大夫高明。这不是胜利，我们不要轻易说“胜利”这个词，从医学来说，一个人得了病，如果康复了，是合作的结果，不是使用了什么药物、抗生素战胜了疾病。如果在这些领域有“战胜”，那么世界上早就被某个方面占领了，就没有多样化了，所以没有单方面的生命。如果你能甘居低下，实际上你自己心里踏实，你该得到的东西自然而然也就都得到了，好多东西真不是争来的，肯定是这样的，有些人就是不明白这个道理。

印度德兰修女得过诺贝尔和平奖，她是阿尔巴尼亚人，在印度当修女。我们在网上很容易找到她的照片。冬天、夏天，都是穿着普通的衣服，她自己看护着几十个患麻风的孩子。她访问过中国，中国官方给了她比较高的待遇，派类似于副总理、国务委员的人去接待她。11月在北京机场下飞机，她穿着一双凉鞋，七八十岁的人了。接待她的人上街给她买了棉鞋和袜子，因为北京天气冷。她说，谢谢，我要带给我的孩子。她不是假装的，她在全世界各地募捐了无数的财产、钱，她都留给了孩子，都留给了世界上更需要这些东西的人。对德兰修女来讲，钱越多越好，她总是把这些钱送给需要的人，她自己没有什么需要。她吃饭的时候，她从自己的兜里掏出一个手绢，铺在桌子上，把碗放在上面，喝着清水，吃着面包，然后吃两片西红柿，然后把面包渣放在嘴里一吃，是最普通的人，这个人得了诺贝尔和平奖，受到全世界人民的爱戴。她不光是做慈善，她的整个生活方式就是坚决地拒绝奢华，愿意和老百姓一样过着非常俭朴的生活，她认为，所谓的奢华都是在糟践自己的福气，每个人都有福气，不管是谁，这种奢华就是破坏自己的福气。

我在开封开过一个会，会散以后我和一些高级领导吃完饭回房间休息，刚到房间礼花升起来了，就是给这些领导看的，我当时很惊讶，吓了一跳。原来是让领导高兴。我觉得太过分了，溜须到这种无所不用其极的程度就太过分了，我觉得这是在剥夺领导的福气，领导这么多福气都让你们给剥夺了。什么是福气？你本来吃一碗面就可以饱的，给你搞这么多的东西，我觉得谁吃谁倒霉，本来能活一百岁，现在活六十岁就完蛋了，因为你的嘴已经无所不用其极了，已经不是人嘴了，你已经过分了。

一个低下的力量，一个谦卑的力量会使你的视野更开阔，会使你更了解生活本真的样子，而不至于你太糊涂。人糊涂有两个方面，一个是病理学原因，比如说脑血管堵了，供氧不足，血液血氧量不够。另外一方面这个人经常在高处，当领导，全是恭维的话。我看过很多领导，喜欢大家鼓励他，他有这么一个爱好，当这个爱好流露出来之后，单位里的人变成了语言文学家、电视台的主持人、相声演员了。想办法让领导高兴，领导穿这件衣服，领导穿那件衣服都会被他说得心花怒放，这种事情的害处是什么？最后使领导变得极其愚蠢，这就不如在卑微的地方待着更清醒，更舒服。

智慧是通过自己悟来的

卑微是什么？卑微是跟大地在一起。中国人常常爱引用一句话，“人法地，地法天，天法道，道法自然”。好多人问过这个问题，都查第一句“人法地”，人要效仿大地，人向大地学习，人学习大地什么？你去查古典，你去查《易经》，对它的解释不一样。我的感觉是这样的：人法地，地法天，天不是你学习的榜样，你学习的榜样是地。地是什么？地首先是最低的，没有比地更低的了，跟天不一样，地是广大的，地不是整洁的，如果是整洁、清洁的地，就不生东西了，地是生长的，地是包容的，地可以经受春夏秋冬，可以经受洪水，在地上可以有毒蛇行走，也可以有吃草的羊群行走，但是地可以生长万物、包容、低下。

我觉得老祖宗说“人法地”，核心是告诉人们保持一种低下的地位，这样才能立于不败之地。但是人常常愿意站在高处一呼百应，其实人人心里都有皇帝梦，人人都愿意当领导，人人都愿意指挥别人，你如果能够自觉主动地进入这样的状态，你会感觉更好，好在哪里？禅宗常常爱说，人要有智慧。智慧并不是在学校学来的，不是通过书本教育得来的，他是通过自己悟出来的。这个悟也不是猜出来的，不是想出来的，按照禅宗的说法，所有好的结论不是人想出来的，都是当你心中的迷雾，心中脏的东西没有了之后，它就在那里摆放着，那是什么？那就是一种清醒、明白。禅宗爱说，清楚明白就是人生最好的境界。

你只有自甘低下，你才能看得清楚好多事情，要不然看不清楚。1949年之后，政府号召人们做主人翁，后来产生了工宣队、军宣队，大家变成了好斗的人，毛病还没有改过来，突然实行市场经济，又变成赚钱的人了。有好斗的人肯定就有挨斗的人，有赚钱的人肯定就有穷人，这个毫无疑问。1949年之前，所谓万恶的旧社会，如果不算战争，人和人之间很少有争吵，社会秩序井然。现在讲人人平等，大家都可以发言。在旧社会，这边站着一个先生，那边站着一个农夫，农夫不发言，不说话。现在都可以发言了，但谁也说不清楚大家在说什么，这平等吗？平等不了，又找不准自己的位置，自己只剩一件事：遭罪。你只不过在微博上可以胡言乱语而已。

卑微可以是人生的状态

按照过去那种教法，这种卑下可以生和气。在《大学中庸》里，和气的核心是什么？不光是和平、安详，什么事情不走极端，守于中道，叫“至中和”，走极端就是有一些事情做过分了，争执就是这样，强迫别人接受你的观点。你甘守低下，你会发现很多争执根本没有意义。邓小平有一句名言：不争论是我的发明。这句话仔细琢磨一下，很有意思，意思是说我不想和别人争论。他说得很有意思，不跟你讨论这些问题，你们都不配。另外，争论也占用时间。但是我们现在的生活真有点儿像韩剧，不断争论，一个简单的事情反复在说。我六岁时，党和国家动员大家对一切事情都发言，之前不是每个人都对每件事发言，“文革”之后大家都要发言，我们都养成了话痨的习惯，这些话后来实际上害了我们，害了我们的时间，使我们原来明白的事都不明白了，不明白的事更不明白了，这就是争论。原来只是心里不清楚不明白的人才争论。从小到大有几件事我们清楚明白？我们生活当中用得上的道理就是，小时候爸爸妈妈教我们的话，到现在还管用，比如吃饭慢点儿，别狼吞虎咽，天冷多穿衣服，出门不要跟别人吵，到八十岁也管用。只是语言里面生出各种各样复杂的语气，而且媒体还怕不复杂，还发明出一些新的东西，容易产生歧义，容易让别人误会。微信不就是这样吗？微博也是，电话也是。从小到大，人活着没有多少道理可言，主要是做事，把这一辈子度过，而不是说话。人说话多了就麻烦，人说不清楚自己所表达的话，但是人特别容易抓住别人说的话，你说得不对，就进入了荒唐的争论当中，原因就是不甘于低下，他怕别人说你这个小草太矮了，都认为自己是参天大树。我写过一篇文章，人人都穿皇帝的新衣，人人都觉得自己了不起。人法地，地法天，就是学习大地的开阔和包容，如果大地是挑选的，大地是拒绝的，大地就不成为大地了，大地什么草都长不了，有人类喜欢的庄稼，也有人类不吃的食品，也有毒草，这就是大地，没有分别心。

如果一个人愿意把谦卑或者卑微作为人生的一种状态，实际上会获得一种特别好的境界。我见过这样的人，把自己定位定得很低，当然是真诚的，不是虚伪的，面色清净，占了大便宜。我看过这样的人，他老是乐。乐什么？看别人争论，争抢好胜，抢当第一，他甘于低下，做自己喜欢做的事情，他心里特别宁静。过去有一句老话，静能通神，但人不容易静，人心静不下来。人心就像屋檐滴水，念头永远没有断的时候，如果把念头断了，就太了不起了，就清净了。如果你不相信，你可以做一个实验，一个人打坐，先做五分钟，到第五分钟你发现坐不下来，第二发现自己在想一切事情，你的脑子从来没有停过，脑子想的都是没用的事。如果说你的脑子里面每分每秒都是想有用的事，那你应该得诺贝尔文学奖。你肯定在想没有用的事，这就是杂念。如果你安于卑下，很多妄念就没有了。咱俩穿衣服，我不想穿得比你好看，也没有打算比你多吃一碗饭，你就始终处在合理的状态下。

显赫者背后都是卑微的

谦卑是一种人生姿态，不去争第一，但我从来没有说人生不做什么。人生该做什么，不该做什么，和你的姿态不矛盾。人生但凡是一件有意义的事都不是一朝一夕做的，和你什么姿态没有关系。比如说你想下棋下得好，不一定要有傲慢的态度，你也可以很卑下，你是日积月累逐渐把那件事情做成的，不一定天天像圣人。另外，人生做的但凡有利于自己的事情，有一件算一件，都是一些很卑微的事情。比如跑步，我是跑步爱好者，早上起来跑步，无论如何也不算是出风头的事情，也不算是了不起的事情，也不算表演，就是跑步，太普通了。我喜欢快跑，每天每个地方都要跑，跑过一百多个城市，它就是一件普普通通的事，你喜欢。最后给了我什么？就是身体比跑步前好。好多傲慢的人跑不了步，他喜欢前呼后拥，喜欢别人跟他碰杯。跑步不是这样的，每天做同样的事情，实际上这是很卑微的事情。

书法家当着大伙儿的面写一幅字或者词，“两个黄鹂鸣翠柳，一行白鹭上青天”，把笔一放，一拍卖二十万，二十五万……八十万，成交！别人说多好，世界有这么好的事。但没有人看他练书法，极其枯燥，极其乏味。我经常跟我老婆赞叹刘德华。我说刘德华了太了不起了，这么年轻，一千多场演唱会，五千多集电视剧，二百多部电影，多了不起啊，多么好的控制能力，多么敬业，而且身材这么好。我老婆说，你怎么天天赞美刘德华？这些在人前风光的人，肯定背后所做的事情是极其卑微的。

我认识一个马头琴大师，平常练琴每日练一个小时，不带音阶练半个小时，极其枯燥。练手的感觉，让心静下来，这种功夫没有几个人做得了。这是什么工夫？我认为就是一种卑微的工夫，他们做的工作也是相当卑贱的工作。练过书法的人知道，写书法很痛苦，我是悬腕写，写完四个小时之后就跟傻子一样，为什么？为了人前显贵，背后就要遭罪。如果我们说卑微是我们人生的态度，我们不接受，但告诉你一个真理，所有显赫的人在背后都是卑微的，他们年复一年，日复一日，时复一时做着一种极其枯燥的、简单的事情。有的东西特别简单，要反复重复，如果没有这种耐力，永远成不了腕。

居于低下之处比较安全

卑微和强大之间的辩证法，也是上下之间的辩证法。一个人居于下游，但不会永远居于下游，只是我建议你居于下游，居于低下之处比较安全，这是低调的好处，比较能够保全自己。过去有一句话说“好学不如好问”，人有个特点，爱问，会提问题，为什么？因为人的特点或者是缺点，就连小孩儿，你问他问题他也愿意解答，只要你好问就能学好多东西，你好问就是自甘低下。如果你觉得什么都明白，你绝不会发问，有人觉得问别人我丢脸，什么是“丢脸”，我问一个问题脸就没有了？这不可能，这就是一种人的姿态。

有的时候我们进步慢，不进步，甚至退步，就是因为不正确的概念，斗争的观念，争强好胜的观念，不愿意请教的观念，核心是什么？用佛教的话来讲就是，你心里面的“我”字太大，你时时替“我”着想，“我”得这样，“我”得那样，这个人有了“我”，或者“我”字太大，就会影响你的生活，妨碍你的生活。人都是同情弱者的，我没有听说谁同情强者。比如说施瓦辛格，我挺喜欢他。有一次他感冒了，施瓦辛格在输液，没有人同情他，因为他很健壮，其实他一样痛苦，在人们眼中，强者和弱者不同，做一个弱者其实并不一定弱，一个人弱就怕你心里弱，怕你没有主意，怕你不明白事理。什么是清楚？不是逻辑清楚，也不是哪个知识清楚，按照佛法的说法，心里没有太多乱七八糟的想法，就像把月亮遮住的云彩散了之后，什么样就是什么样，本真。小孩子没有念过书，但知道好赖，知道善恶，为什么？人活着不是靠学校获得知识，你的本性就能帮你活，你不需要学好多奸诈的东西。

我年轻的时候，有一个朋友老拉着我去学习《孙子兵法》，我一学就困，他就很生气，天天跟我探讨暗度陈仓、反间计等等，我受不了这种计谋的东西。后来我发现他学这些东西有什么用？没有用。你没有发动第三次世界大战的机会，就算给你提供了之后，你可能最先完蛋。生活并不是由计谋完成的，更多的是靠你为人的一种宽厚、仁慈，还有你的努力，还有你的人生姿态。在特殊的情况下，我们要选择，我们要选一个人去承担痛苦，如果一个人低下，谦卑，大家都会喜欢他，就不会把他送到祭台上去。

争强好胜不如态度低下

这里有一个矛盾。从内心深处，我们受到鼓励成功的教育，让我们退不下来了，一出门就想争第一。我举一个例子，你明明知道下飞机之后要上摆渡车，可以按照秩序下来，但是一定要抢下来，跟别人争一下子，到了摆渡车上还要等，等到最后一个人上来之后车才能开车，你何苦要抢？一定要抢，这就是这个社会对我们的教育。我们常常做一种没有意义的争夺，有时候恰恰害了自己，你的内心世界长期处在紧张状态，长期处于一种野兽状态，野兽是什么状态？以食肉动物为例，今天要吃的饭就是那些奔跑的兔子、黄羊，它始终琢磨这个事情，就养成了残暴的习惯，想争第一，争强好胜。

从医学观点来表达，个人的应急激素，比如说肾上腺素和去甲肾上腺素，让一个人保持警惕。比如说外面进了坏人，保证你从这里可以钻出去，这种应急状态长期下来活不了多长时间，因为你消耗了在最关键时刻用的东西。现在很多情况下我们使用肾上腺素，有人说没有办法，实际有办法，就是你的心态太着急了。一个人想过得好，想活得长，它是矛盾的，当你的心踏实下来之后，确实没有什么事情可以发生，无论你做的事情多么繁重，都需要一样一样来做。一个人就算再努力，也不会比你这辈子原本能做的事情做得更多，有可能是更少。比如说一辈子只做一万件，你着急做，只是你把它早早做完了，做完之后干什么？好的话在公园里坐着，不好的话在医院病床上躺着。这就是我所感受到的争强好胜，远不如用一种低下的态度更自然，而且我觉得你用卑下的人生姿态，并不影响你做事，你该做什么就做什么，是两回事。

到哪儿我就不愿意装老大。有一次我坐火车，有人问你干什么工作的？

我说一定要回答你的话，我没有工作。那人说，你不要隐瞒了，我看出了，你像农村小学教师，搞体育的。我说你说得太对了，你这个人太有眼力了。那个人得寸进尺，说你有多大岁数了？虽然我这么大的岁数不需要瞒岁数，但是我也不想告诉他。他说你属什么的？我说我要告诉你我是属狗的你就知道我55岁了，我不告诉你。这个社会大家都是在瞪着眼睛来观察别人，看别人，有时候不了解自己。禅宗的方式，打坐的方式是去了解自己，看看自己，到你心里看一下你是什么，现在很多人看不到，有修行的人可以看到，很清楚。在古代，有个好处是没有电视，早早睡觉了，古人说晚上临睡前自省，看看我自己做了什么事。西藏有个喇嘛有两个罐子，一个罐子装白石子，有一个罐子装黑石子，今天干一件坏事就放一个黑石子，干一件好事装白石子，一年之后看一看一般都是黑石子多，人干的坏事多，干的好事少，这是指诚实的人。

人如果有自我反省能力，就会了解自己，就会知道这种卑下的好处，好处会越来越多，别人都会喜欢你，如果你有这样的姿态，你的眉眼之间就有一种谦和之气，有一种亲和之气，灾祸不侵。比如犯罪分子想报复社会，想杀几个人，一看你眉语之间他就没想杀你，还想跟你拥抱一下，善意是可以表现在脸上的，而且善意是从内心发出来的，首先跟自己的定位就有关系。有时候你被别人误解，说你看着像农村小学教师，还有人问我你家是不是农村的，我不觉得说人家是农村的是诬蔑，但是我家真不是农村的，我说是农村的，我家有地有房子，实际这都是赞美，说你朴实。反过来你坐火车，别人说你家里是城里的吧，好像往下还要说什么。一个人，你在别人眼里是什么样的不重要，最后取决于你这个事情办什么样，而且事情办成之后你长什么样都没有关系了，马云不也挺好看的吗？这都不是重要的事情。不靠外貌，靠人。

如果一个人能够比较谦卑地，比较随和地，比较低调地生活，他就会有很多的福气来找他，这是肯定的，毫无疑问，运气好。因为人间的运气对于一些叱咤风云的人，对于什么气功大师不感冒。好多人买彩票，过去在赤峰常常买彩票，买中彩票的人第一个人是个罗锅，看门的；第二是个跛子；第三个说话说不清楚。当时我有一个感觉，老天爷不偏私，他会把很多东西给一个平常得不到尊重的人，这点你要相信老天爷的公平。本来你满腹经纶，人好，有才华，有钱，家里有几套房子，而且你还能很卑下地生活，老天爷不会忘记你，老天爷会把更多的福气给你，这样你自己过得自在，而且别人看着你这张脸他也会比较自在，他觉得和一个有安全感的人在一起说话。

刚才我从草，从做人的姿态，引用了一点儿比喻来表达我的观点。卑微和强大是可以转化的，卑微是多做好事的基础。最后我用非常短的时间来表达我另外一个观察。卑微的力量也包括了这么一个意思，这些话不是跟在座各位说的，是跟官员说的，老百姓是不能得罪的！如果你真学过历史，学过罗马史，学过欧洲史，学过中国历史，学过野史，你会发现老百姓绝不能得罪。老百姓从表面上来看逆来顺受，没有文化，乌合之众，什么也不是，我就是其中之一，但是他们不能得罪。对于一种政策来讲，对政权来讲，对政府来讲，你把老百姓真的得罪了，那你真的没有机会了，老百姓实际已经无数次给当权者机会了，这一定要有好的心态才能够把社会上的事情做好。

我要说的就是这些，有一些地方说得不准确，但是大家可以一起来讨论。谢谢。

与听众交流

提问：日常的人比较卑微，过着比较低下的生活，我经常在市民文化大讲堂举手提问是不是不大好？

鲍尔吉·原野：我觉得这是比较生硬的理解。卑微是做人的姿态，卑微的核心是尊重对方，把自己看得低，而不等于说买火车票，不想第一个买，要等别人买完之后我再买。

提问：鲍尔吉·原野先生，阐述卑微的力量，毛泽东有一句名言“卑贱者最聪明，高贵者最愚蠢”，如果把这两句话放在今天来说，请问老师这两句话的含义是什么？第二个问题，老师是大作家，莫言获诺贝尔奖，在市民文化大讲堂主讲的嘉宾说莫言获奖是靠中国的国力，请问老师你对诺贝尔奖授予莫言有什么样的评价？

鲍尔吉·原野：毛泽东有一个题词叫作“高贵者最愚蠢，卑贱者最聪明”，这个题词是1951年或者1952年在长春一汽生产出来解放牌汽车写出的话，这句话也不是他发明的，六祖惠能讲过很有名的话，下下人有上上智，毛泽东加一个高贵者最愚蠢，什么意思我就不知道了，我觉得他是非常高贵的人，他站在天安门城楼，无所不能，想干吗就干吗。但是卑贱者最聪明，这句话的“最”加得不对，卑贱者并不能永远聪明，惠能讲的是“下下人有上上智”。

诺贝尔奖是瑞典皇家学院评选的，我想他们不会考虑中国的国力。现在中国有很多的飞机大炮，也有辽宁舰，也有远程攻击能力。诺贝尔奖有几个项目，有的给得恰当，有的给得不恰当。我不觉得这是中国国力的表现，瑞典皇家学院也不承认，而且莫言做出声明，我得奖跟政治无关，跟政府也无关，是文学的事情。

提问：你讲的卑微落实在生活当中，代表着宽容，薄宽厚美。朱元璋靠卑微积累人脉，才有后面做皇上的机会，从卑微的地到天，是不是卑微的爆发？

鲍尔吉·原野：卑微肯定包含着包容。一个人一辈子遭了罪，挨饿，得病，受苦受累，按照佛教的说法，如果一个人受到很多人的讥讽、谩骂、蔑视，你受得越多，你的功德越大，你能受得了。如果别人刚要说你，你瞪着眼睛，别人不敢说了，你该得到的福气没有得到。卑微包括你要能遭受别人根本遭受不了的白眼、误解，这个叫百炼钢化为绕指柔，绝不是一般人承受得了的。无我，没有我了，我也不知道你在骂谁。当年一个人问和尚，对这个事是什么样的看法？和尚说挺长时间没有我了，“我”字刚出来就打下去。这样长期没有我，有什么事呢？没有我就没有侮辱。

提问：整个世界是由事件组成的，人活着的目的就是解决问题。如果一味强调卑微，会放弃自己本应该做的事情。与卑微能够结合起来，能够使我们做一个更有用的人，还需要哪些东西？

鲍尔吉·原野：卑微是人的态度，不是人的全部内容。比如说跑步，不是不作为，是一种态度，卑微就是普普通通而已，不是说别人站着走我爬着走，但是人很难不把自己的行业气暴露出来，你暴露出来我认为就是失败。一个人能让人看出来你是干什么的，这个人就不高明了。

我讲一个故事。前年冬天特别冷，我上街买了一些皮帽子，一厢情愿想送给乞丐。我不干一行不明白一行，我找不到他们。我原来以为满街都是呢。但是我不愿意这么回去，我媳妇肯定会讥笑我，因为她不愿意我买这些皮帽子。后来在北风吹不透的地方我见到了他们，我像见了亲人一样，给了他们帽子，但没有人说谢谢，为什么？他们从来没有机会跟人家说谢谢，没有人关心他们，谢谢从他们的嘴里说不出来。我举这个例子的意思是，一个人做一个事，不一定你认为强就有意义，做成什么样都可以很柔和。到最后还有好几个皮帽子，我问叫花子，他们呢？他说那些人在票房子，“票房子”是东北人形容候车室。我到那之后问他们要不要帽子？他们不要。这些不说，他还找来了警察。警察问我干什么呢？我特别讨厌警察这么说话。他让我把东西倒地下，要检查我。其实我也是警察，我是高级警官。我说，你别这么说话，你回家跟你爸妈也是这样说话吗？如果你碰到犯罪嫌疑人，这种口气说话，他也不会买你的账，结果你一个也抓不着！他急眼了，要动手。我给他看我的警官证，他一下子哆嗦了，请我上屋喝水。所以你表现出强大跟你实际是不是强大是两回事，你想做成什么事情，跟实际也是两回事。

人的潜意识，你一定要记住生劲化熟劲，其实人可以很安静地说话，还可以小声说话。最后我的回答和你做的事情不矛盾。

提问：你的女儿很成功，所以问一个跟教育相关的问题。我的女儿总是以自我为中心，不愿意倾听别人，不愿意接受别的小朋友的提议。我观察好像百分之九十的孩子都有这样的通病，让她学国学，背《三字经》，效果不理想。在教育孩子的时候我找不到方法了，我迷失了。

鲍尔吉·原野：世界上有两大教育流派，一是美国的杜威，一是苏联的苏霍姆林斯基。苏霍姆林斯基肯定教育的作用，让你看到你的优点，让你恢复你的自信心，因为人在自信状态下是聪明的。但这和中国的赏识教育是两回事。不能无原则地恭维、无原则地夸赞。

我在1958年出生，那时候的中国人彬彬有礼，穿戴整洁。后来出现了“文革”，把人类最肮脏、最粗暴的东西全部暴露出来，到处打砸抢，我们校长的头被砸成像西瓜一样，没有法律，没有法制。在这些情况下最洁身自好，受教育最好的人都活不下去了，自杀了，这种教育不适合中国人。你看到中国文明的一面，中国人还有极其残暴的一面。在吉林发生的事是人类干的事吗？如果这个社会制度发生了变化，中国的情况会非常糟糕，第一就是让斯文扫地，因为中国人是仇恨知识分子的，是仇恨斯文的，仇恨很多好的东西。

我们不知道未来发生什么。我们教育孩子诚实，健康，要顽强地生活下去，看看真实的自我，按照真实的自我活下去，不要告诉他你是最好的。你在中国生活，你要教育孩子在中国生活的智慧，不要做坏人，也不要把他抬得高高在上，他接受不了变化。如果他是最好的，如果考不上最好的学校，怎么办呢？

我认为所有劝别人家小孩学国学的人都居心不良。不良在哪儿？剥夺了孩子美好的童年。为什么不劝人家孩子多看一点儿安徒生童话？让孩子多一点儿游戏的时间？让孩子多接触大自然，倾听深圳这边难得的海洋的涛声呢？为什么不让孩子多学一点儿天文学知识，多懂一点儿植物学知识，让他认识花草。学国学，这个词让我恶心。现在有一些骗子说国学，过去确实也有国学这一说，但是没有哪个学科是国学，是别人处于方便来恭维一个饱学之士。实际上当代中国没有一个人能说懂国学，国学太复杂了，中医药，兵法，四书五经，太复杂了，根本没有必要学也没有人学得会，为什么要学这个？不好。还是让孩子更健康，更纯朴，爱生活，让他懂得爱，懂得仁慈，懂得感恩就够了。

提问：最近社会上有两件事情。西安退伍的打工者讨薪，最后自杀了。前天在广州海运桥有人为了讨薪自杀了，从卑微的角度来谈谈。

鲍尔吉·原野：我看到太多卑微的人，比如上访的人，失去土地的人，卑微他们做到了，没做也做到了，但是最后呢？这是另外一个话题。当我讲这个话题的时候，我也讲到社会的现状，社会的制度设计，政府对人民的关心。我不是不敢讲，我讲不来，没有人听我的。我只是站在老百姓立场上讲卑微，让自己更顽强。

在社会矛盾尖锐的事态下，突然来了一个人，卑微吧，我们不要反抗，这是谁派来的？政府给他多少钱，政府真没有给我钱，这真是我的想法，但是我不说这个，我说什么？我看到了太多的比你们更刚强的人，效果更不好，以卵击石。卑微可以保全自身。我们还要等待法制的健全，等待自己力量的壮大，我们还要等待社会各个方面的事情一点儿一点儿来做好，但是卑微可以让你少生气。肯定这样。

写作让人活两辈子

写作会改变一个人，这是众所周知的道理。这里说的“改变”，不是它使一个人由代课教师变成文联主席这种地位上的变化。我是说心灵，作为一个诚实的劳动者的写作，会发现内心出现一条通向远方的道路。走过去，你会变成另外的人。

写作使人谦逊。世上让人骄狂的事情很多，小时候我记得，有个人穿了一双皮鞋就很骄狂。事实上世上每件事都会让某些人骄狂。这就像某种人吃了某种药一定会过敏一样。何止皮鞋？权力、声誉、豪宅、出国、打保龄球，甚至有人当一次右派要在文章中写二百遍，这不也是骄狂吗？我老婆说卖肉和卖西瓜的，一般比较狂妄。可是为什么卖肉或卖西瓜的就易生妄心呢？手里有刀，以及眼前血红？有一些生存方式容易把人变成无赖。但你在一片丰饶的田野上，看不到一个娇狂的农人。农人在劳作与休息的时候都是谦逊的，换言之，创造者易于谦逊。除了上帝之外，女人、工匠与农人，以及作家都是创造者。面对着时间，面对着无尽，人像孩子一样生出敬畏之心。写作让我们感到生活的广阔，感到你在生活中的位置。我常常感到我由于写作而变得像小蚂蚁一样勤勉和认真，像小蚂蚁一样充满欢喜地做每一件事。我感到街坊邻居都喜欢我的朴素、强壮和单纯。他们甚至用这样的话来赞扬我："你根本不像写东西的人"。他们所欣赏的本真与谦逊，恰恰是写作所带来的。

写作使人善良。什么工作常常思考人的命运？法官？算命的人？以及作家？从近来披露的新闻中得知，法官决定人的命运，但并不思考人的命运。算命者不决定人的命运，却天天思虑。两者实际离人的命运很远。而作者面对的是命运的血肉。有时候，我感到天下哪有什么好人坏人，当你看清命运的手之盾，对所谓"坏人"反生可怜之心。一个作家在多年的写作之后仍然不是一个人道主义者，证明他走在了错误的道路上。如果在一种酝酿已久的写作中我们仍然不能了解人的宝贵、人的脆弱、人的向善的天性以及人对恶的诱惑的向往，特别是对人的信心，也证明他走在了错误的道路上。我已经很久不用善良这个词。因为这是一种特定境遇的形容词，不能够也不应该被广泛使用。上帝善良吗？许多事情不是善良与不善良的问题。但写作使人善良，作家比别人更能感受人间的不公平而带来的痛楚。他们是在白天和黑夜始终警醒的社会的神经。如果我们可以要求治国大师应该坚强，教师应该渊博，铁路信号员的视力应该良好的话，作家应该善良。对中国下一代的读者而言，比尖锐明敏更需要的是温厚仁慈，这对国人性格是一种救治。下一世纪初，中国更需要泰戈尔、托尔斯泰、川端康成和米斯特拉尔。

写作使人朴素。差不多所有的劳动都使人朴素。农人对着麦子的表情与歌星对着观众的表情肯定不一样，前者更平静实际更美。写作不是开炮，一拉引绳便有震耳效果。它是一点一滴的劳动的积累。在这种积累中，他已经有可能把时代与命运、把遭遇与梦想，把荣耀与付出进行过不止一次的权衡，生活的繁华使写作者感到朴素更适合于自己。朴素的人更容易感受到美。

在将近五十年的时光中，写作在中国已经不是一条通向高官厚禄的道路，至少已经开始如此了。它作为一项心智活动更接近于纯粹。在写作中，无论苦难或忧伤，所经历的一切在流露笔端之前，在内心再一次经历一遍。所谓谦逊善良朴素都是这种经历的结果之一，它使我感到活了两辈子，原来的悲喜都没有浪费。而且它使我在品格方面比过去更好了一些，这是过去所没想到的。在这种意义上，写作与修道仿佛。对我来说，谨此，仅此。

一粒沙子睁开了眼睛

问：20世纪90年代初，您已是新散文的代表性作家之一，同道有苇岸、钟鸣、胡晓梦、元元等人，现在只有您还在写。你们的作品当年被称为“新生代散文”，在枯寂已久的散文界爆发出强烈的亮色。二十多年过去了，您怎么看待新散文和旧散文？散文现在新了吗？

鲍尔吉·原野：90年代出现的“新生代散文”是对四十多年来散文旧文体的决然反叛抛弃。简单说，是不按照杨朔、刘白羽的样子写散文了，开始书写个人心灵、写阅读书、写大地天空，忠实于个人内心而不寄生于政策政权或陈词滥调，此谓新，二十多年前尤见其新。而中国散文经过二十多年的洗礼，到现在是新了还是旧着？这是个好问题。在中国，许多凌厉的新东西会被旧势力沉着安详地缠绕起来勒死吃掉，像蛇吃兔子一样。蛇宣称它就是一只新兔子。“旧势力”即传统，三千年传统与七十年传统业已水乳交融。现在的散文是新还是旧？可能大部分作品仍然是旧的。中国的政经改革历经三十年仍然吁求更彻底的改革，散文怎么会一枝独新呢？虚假的、宏大的、空洞的写作仍然是中国人写作的最爱，这是传统。中学和大学里仍然在研习不是杨朔写的杨朔式文章，这也是传统。中国当今散文“旧”的特征是：缺少文学而非题材的原创，缺少个体的真诚，过不了语言的关。以所谓家国情怀的戏剧效果伪装真诚，以抄旧书依傍古人伪装博识，以李敖式的无赖文字伪装风格。事实上，中国读者不需要真正的新散文也鉴别不了散文新在哪里。与文学无关的旧散文将长久存在下去，读者没有其他需求。

问：您能举出创造新散文的作家吗？

鲍尔吉·原野：蒙田、爱默生是随笔家，也是新散文的缔造者。沈从文、孙犁、王鼎钧、张晓风、陈之蕃都开辟了散文的新路。

问：您和腾格尔、朝戈一起成了草原文化的标志性人物，您怎么看待这一个说法？草原文化或蒙古文化是您创作的母题吗？它与其他文化的区别在哪里？

鲍尔吉·原野：我小的时候，草原文化的标志性人物是毛依罕、琶杰、宝音德力格尔和哈扎布，他们都是说唱与歌唱艺术家。音乐艺术是民族文化的花朵，开在最高处。而文化的根系是文学，否则它永远肤浅。你看到俄罗斯文学有多么厚重，就知道这个民族有多厚重。它的绘画与音乐同样博大厚重，而不仅仅是演唱。

如果我的民族选中我作为它的发声人之一，对我无疑是莫大的幸运。然而从作品说，我仍然不足胜任，我还没有勇气写出它的悲剧性格与复杂性，比如民族的劣根性。

问：你是说蒙古民族的劣根性吗？

鲍尔吉·原野：是的，每个民族都有自己的劣根性，经历过帝国辉煌的民族尤其如此。蒙古人曾给清朝朝廷当过二百多年奴才。奴才心理让它不自信，又沉湎于祖先的光荣中，在现代化面前无所适从。

问：但我看到你在作品里对蒙古民族和草原的讴歌一往情深，可以看到最深的真诚。

鲍尔吉·原野：我对自己民族的爱没长在文字里面长在骨头里，不需要谁来教育或提醒。蒙古民族和草原是我的湖水，我只是其中的一根芦苇或小鸟。湖水不是我的创作母题，而是我心灵的寄居地。蒙古文化和其他文化的异同是庞大的学术课题，我说不上来。民族的血缘带给我单纯，悲悯和亲近自然，这就够幸运。

问：鲍尔吉是您的姓氏，这是蒙古黄金家族的高贵名号。鲍尔吉通译孛儿只斤。现在内蒙古突然出现大量“孛儿只斤”，以示尊荣。您似乎不太在意这一点。

鲍尔吉·原野：我本名叫原野。发表文学作品的时候与他人重名，故加了一个鲍尔吉，使之成为笔名。我第一次使用这个笔名是1984年在安徽的《文学》杂志上发表一篇短篇小说《白色不算色彩》。那时候还没见到你所说的突然而至的孛儿只斤。

就文学创作而言，写得好比姓得好更重要。刘姓、李姓与赵姓曾是中国皇帝姓过的姓，但中国写得好的作家并不都姓这些姓，也有姓周和姓贾的。抛开文学谈血统是另一回事。我到俄国的布里亚特共和国采访，当地国家艺术院的院长瓦伦汀娜说我兼有正直与幽默、细腻与豁达的性格。心肠软，思绪沉湎于大自然，她说这是蒙古贵族的特征。贵族是不是这个样子无法验证，但我觉得如有以上特征应该是一个好事。贵族是一个古老的存在，做一个有趣的人比当贵族和伪贵族都有意思。

我的创作之路磕磕绊绊，我发现没有什么力量能让创作之路不磕磕绊绊。写作的人都是在荒野里迷路的人，引领他们行进的是意志而不是姓氏。

问：您的自然文学写作成绩斐然，是国内目前最好的自然文学写作者。在描写大自然的作品里，您非常幸运地打开了全部身心，生命在文字里律动。我的问题是：大自然对您意味着什么？

鲍尔吉·原野：我写大自然的时候，如同一粒沙子睁开了眼睛。这粒沙子原本无身无意，被砌成墙里或丢在河滩是它的命运。沙子睁开眼睛后同时明白了两件事：一是自己之小，二是大自然之大，这种境遇如您刚才说到的幸运。许多念头如歌声一般从我身体里排队走出去，走向河流、云彩、星辰、草叶、树木、鸟儿和昆虫。而我的语言也能够服从我的愿望变得干净、好奇、湿润、节制、朴素和准确。沙子没想到它睁开眼睛就看到看不完的博大、深邃，细微和无穷尽的变化。大自然对我意味着导师，让我学到超越书本知识的领悟力。作为一个作家把这些领悟写下来，心里感到很幸福。

问：您在作品中呈现的想象力非常丰富，语言十分考究，幽默、诗意、生动、优美。有人说您以一位蒙古族人的身份使汉语大放光芒，是这样吗？

鲍尔吉·原野：想象力对律师和法官有很大的害处，但对作家应该是看家本领，就像足球运动员的双脚。我们阅读世界经典童话和诗篇时，除了想象力，它们一无所有。想象力是这些美好作品的一切。写大自然如果没有想象力，就无法得到完整的美，读竺可桢的物候日志就可以了。竺氏曾经呈送毛泽东一句话，曰人定胜天，让后者非常兴奋。

想象力与语言之间有内在联系，它的丰富和细微需要通过语言转达。写大自然对语言很苛求，它比写人间吵架更费力。大自然当中没有离婚、暗算和谩骂，也没哪一棵树歌颂另一棵树。大自然是优美的语言最值得到达的地方。

中国的白话文写作不过百年时光，真正丰富优美的文学语言，还在孕育中、校正中，要等待假话、套话和公共语言的潮水退潮之后才显现出来，它有赖于优秀作家的共同创造。

问：在文学史上，写自然文学的优秀作家并不多，俄苏有屠格涅夫、帕乌斯托夫斯基、普列什文。美国有梭罗、利奥波德。自然文学与一个国家的文学的关系是怎样的？您如何评价中国古典文学当中的自然文学篇章？

鲍尔吉·原野：您上面提到的自然文学作家当中包括了生态学家，如利奥波德。事实上，有许多文学大师在他们的小说中曾经酣畅优美地刻画过大自然，如托尔斯泰、海明威、康拉德、辛格等等。日本画家东山魁夷的散文集《与风景对话》也是优秀的自然文学佳作。我觉得一个民族出现优秀的描写大自然的文学家，代表着这个民族精神领域在美与善方面所达到的成熟度，他们至少代表着这个民族向大自然感恩。相反，一个破落的、卑下的，只认得金钱的民族出不来屠格涅夫、普列什文那样的作家。

中国古典文学中涉及自然的作品被称作山水诗文。古代文人习惯用山水做铺垫，装点自己的不满或寂寞。这些诗文的主角是人而非大自然。这与当今的自然文学不是一个概念。

问：读您的作品，觉得您一直在寻找，笔触穿过花朵、云彩、星辰和路边的树木，您到底想找到什么？

鲍尔吉·原野：我希望在大自然当中找到人的心灵。我想把大自然当作海浪般颠簸的镜子，从转瞬即逝的映像中拼接人类内心世界的仁慈、单纯、依存、微笑与好奇心。大自然不需要我或任何人记录它，但我需要从大自然中找到汹涌的宁静。毕加索说：“艺术不是真理，是谎言。通过谎言可以认识真理。”

问：您方便透露一下您喜欢的作家吗？

鲍尔吉·原野：年轻的时候喜欢过无数作家又无情地把他们遗忘了。这些年在我脑海里闪光的作家有庄周、杜甫、苏轼、契诃夫、惠特曼、希梅内斯、艾·巴·辛格、马尔克斯和赛费尔特等人，他们构成了我个人的世界文学史。

问：还有一个问题，我在国家卫计委的网站上看到您是2013—2014年度全国无偿献血先进个人。这项荣誉中的奉献奖得主人数比较多，而特殊贡献奖这一项，辽宁省只有您一人。我有一点点好奇，您经常参加公益活动吗？

鲍尔吉·原野：像无偿献血这件事加上“先进”字样就好像听到锣鼓声了。我看重的不仅是公益，更是自由。做自己想做的事，不是每个人都有这个能力。身心自由，包括跑步、读书、献血，比公益听起来更舒服，相当于想干啥干啥。

做一颗星辰的兄弟或儿子

——《北京青年报》人文问卷

1、为什么一直坚持写散文？当下，写散文面临的困境是什么？

我多次遇到这样的提问，但提问者并没告诉我如果不写散文应该去做什么。崩爆米花或唱二人转比写散文更好吗？不清楚。如果战争发生了，我们都在逃难的路上，连写小说的也不例外。

我从1990年开始散文创作，那时被认为是“新生代散文”代表性作家之一。同路人有元元、桑桑（这俩名字好记）、苇岸、胡晓梦、钟鸣等，还有一些人想不起来了。作家老愚编了两本书叫《上升》《九千只火鸟》，收入这些人的作品。读书界认为这些作品有新格局，对后面的散文创作发生了推陈出新的作用。

我从小不喜欢有输赢的游戏，不擅长棋类和球类。我喜欢一个人在公路上奔跑，最近的状态是五十一分钟跑十公里。我在六十分钟内做完三百个俯卧撑，不停歇游泳一小时。不参加比赛，自己玩儿。写作如果去除输赢的负载就卸掉了很大的包袱，像独自跑步，只专注于呼吸和每一步正确地落地，就可以长期玩下去。长期缓慢地做一件事会发现其实你并不了解这件事。尔后逐渐明白了一点儿，又明白了一点儿。上天不会把这些窍门一下子给你，而把它们撒在漫长的路上，在荒草和荆棘里。我觉得这几年我刚刚会写散文，这是写了二十年才得到的收获。散文是独立篇章，没有长期写作，就没办法在很多平庸的作品里选出一些好东西。倘若写了一辈子也没写出什么佳作，倒也不必愧疚，因为并没浪费别人的生命。米沃什写过，一个陌生人到华沙，他走出火车站寻找他要去的地方。他走过许多街道，看到教堂、喷泉、男人和女人，走了六个小时，却回到了火车站。这情形也会发生在作家身上，发生在谁身上都未可知。

我文学创作的入门师是诗人安谧，散文写作的领路人是学者楼肇明。希梅内斯的《小银和我》与邹静之的《风中沙粒》对我写作起到重要的启蒙作用。邹静之曾说诗意是散文所能达到的极致，影响我二十年。他的散文是我的字帖之一。

我没听说散文遇到了困境，不知道是啥困境。

2、蒙古族血统和草原情结对你创作产生了怎样的影响？

我使用汉文创作，文学营养来自于19世纪欧美文学，这两种因素对我写作的影响更大。汉语文简洁生动的特质会让散文珠圆玉润，而欧美文学中的人道主义的光芒在我心中永难磨灭。血统是什么？它是无意识的文化传承。比如说，蒙古人在草原上挖一个坑，固定毡房的桩子。游牧结束后，他用土把坑填满踩实。他们认为土是大地的肉，铁锹挖的坑是大地的一个伤口，要让它愈合。蒙古人除去盖房子，尽量不去砍树，他们说树里有神灵居住。蒙古人何其幸运地对此信以为真。蒙古人的民歌翻来覆去在唱故乡的山峰河流，唱父母的恩德，唱马。这些观念在我心里引起极大共鸣。一个人与自己的血统同在，就像山坡上的一棵树与土地、河水和流云同在，这是本分。

3、你希望成为怎样一个写作者？

我愿像儿童一样重新体悟大自然，记录岁月流进我心里的清水和蜜，如葡萄牙诗人安德拉德说的“做一颗星辰的兄弟，或者儿子。”单纯地生活，在平静中获取力量，保持罗丹所说的“工作与耐心”，并随时准备接受自己的失败。

4、“作品的你”和“生活的你”的关系。

我媳妇说过一句至理名言。她说，散文里面“我”字出现的越少越好。我觉得她凭这一句话就可以出任文学大奖评委。“我”在我作品里只起到穿针引线的作用，我不在作品里塑造我读书、思考的不凡形象。有人在我的书里看到了有意思的人和事，都是老百姓的故事，问这是真的吗？此乃“吾欲仁，斯仁至矣。”什么人招什么人。我喜欢和被称为底层的人混在一起，他们又常常被称为“人民”。人民朴实、豁达、幽默，我在他们中间就像一条被放生的鱼，活泼欢喜。作者和作品中的“我”应该一脉相传，别分裂也别做作。我近年写大自然的作品，没“我”什么事了。写大自然是写作者从“热爱自我”进入“热爱景色”，如海子说的“他所热爱的是景色中的灵魂，是风景中大生命的呼吸。”。

5、你接下来的写作关注什么？

接着写大自然。今年春节和朋友吃饭，他们拿出一瓶“八粮液”轮流往几个人杯里倒酒。倒完，甲拿酒瓶再往几只杯里匀，还有酒。乙拿起瓶再匀酒，瓶里还有。众人说，这瓶子到底能装多少酒啊，真没良心。我想起我的写作，堪比这瓶不伦不类的酒。最近我写了一些散文，题目或可反映出我的关注——《蝴蝶的折痕》《更多的光线来自黄昏》《蚯蚓》《墙》《大寒》《雨水》《春分》《树的道路铺在空中》《到哪里都认得出火的模样》《黑蜜蜂》《雪落在雪里》等。我写大地、天空、河流、季候、火、夜而不仅仅是草原和动植物。罗素说的“简单而深远是美的真理”，是我写作最好的指针。简单难，深远难，简单而深远更难。写大自然不俏皮不调侃不时政不深奥不国学不西化不时尚不绷着不父老乡亲，但有结实的美与善。

6、家人对你价值观、人生观形成的影响？

我父亲那顺德力格尔十七岁加入内蒙古骑兵，参加过东北战场的浴血战斗。我母亲乌云高娃十四岁参加革命。他们在红色营垒里战斗、生活、学文化和组成家庭。童年时，我家尚有能力听收音机、看画报、看电影，我的父母努力工作，报答给他们带来新生活的政权。“文革”肇始，我父亲被关押，被吊打十五昼夜，身上骨折十多处，脊椎骨折三节。我妈被办“学习班”。我那时六七岁，经历了抄家和挨打，我现在也不知道家属院的小孩为什么打我，之前我经常把家里的干粮偷出来给他们吃。我家的玻璃被打碎，数九天，屋里冻得像冰窖。夜里，我和我姐围着被子在炕上坐着，冻得睡不着。我俩不会做饭，把玉米面放锅里煮汤喝。我住的盟公署家属院四十多栋房子，我每天都在想从哪一栋房子窜回家而不至于挨打。挨打的结果是怯弱、沉默和孤单。尽管如此，我从小到现在听我父亲讲的都是“人要忠诚老实。”我母亲讲“做人诚实善良。”他们言行一致，本分善良。有一度我迷上了撒谎。比如我去军分区玩儿，我妈问，答曰在水文站玩。我妈发现后训我，打我都改不掉我撒谎的毛病，谎言像牙一样围在嘴边。有一回，我妈被我气哭了，她说老天爷让她生一个撒谎的儿子是在惩罚她。她越哭越伤心，最后用衣襟蒙着脸大哭，我吓坏了，从此不敢撒谎。如今迫不得已撒谎时先结巴，后出汗，撒完谎极为空虚。我小时候，全家下放五七干校。回城时我偷了一个排球。我妈发现后领着我驱车一百多公里回到五七干校。到连部，她把球拿出来放到我手里，让我对工宣队长说“这是连里的排球，我偷走了，送回来”。我说不出这句话，哭了。她逼我必须说，我低头说出了这句话。我耳朵听到我说的话，真是可怕，一生忘不了。我父亲是翻译家，今年八十七岁，每天跟电视一起唱蒙古民歌。我妈八十一岁了，她喜欢跑步和读侦探小说。我年龄越大，越觉出父母教我本分是送我的护身法宝。功名利禄保护不了一个人，本分才有长久。

7、你怎样看待金钱？

以我挣的钱，谈论金钱如同雾里看花。但我觉得一个人的收入应该自然地分成几份。父母一份，儿女一份，亲戚朋友一份，自己一份。每一份是多少，考量一个人。

8、你是怎样一直保有一颗童心的（举生活的例子说明）？

我不知被人称为有童心是好还是不好，就像不知道童心和幼稚有哪些区别，如果举例子无非是一些傻例子。比如，我有时上市场买二斤小米装塑料袋里，在街里溜达。拿钉子在袋上扎几个眼，沥沥拉拉漏米，最后都能进小鸟肚子。一回有人喊我："米漏了！"你不能理他，装听不着。他再喊就撒腿跑。我在家里发现一只甲虫，放在音箱的纱网上，用柴可夫斯基"1812序曲"的大炮声把它崩到了对面的墙上。在张家界，我穿短裤一口气跑上山再跑下来。没想到忽降大雪。我等班车冻够呛，就把小贩的报纸全买下绑在胳膊和腿上，山民乐坏了，说我这么好的身体应该娶三个媳妇。一次在凤凰县城街上走，背上忽有痒，练双杠双肩拉伤，胳膊够不到后背。我拿两块钱请一位小学生帮忙，他用树枝赶走了我背上的痒并得两块钱。一位同游的严肃的作家说我不严肃。这么痒，我怎么能严肃呢？我不知道这算不算童心，也许这只是随性、方便和愚蠢。作家刘亮程要写书法送我，说："最多四个字，你出词。"我说："你就写'德高望重'这四个字，写大点儿。"他乐了，说："这怎么能行？"我说："这怎么不行？就当你对我的劝勉嘛。"我拟把这几个字挂墙上，早上一醒就看到，减少幼稚，以期步入老练、稳重的殿堂。刘亮程到底没给我写，其实我书法写得比他好，但自写一幅"德高望重"的榜书挂家里，目前我还不敢。被认为有童心的人，多半讨厌虚伪奸诈；多半傻（我办的傻事太多了）；"童心"可能只是个婉转的词语，意思还是傻。傻就傻吧。

9、你的爱情观和婚姻观？

我不相信爱情。每个人说爱情的时候，各自定义不一样，这个词有一百多种含义。拉罗什福科说“爱情如鬼魂，人人都在谈论但谁也没见过。”爱情是从莎士比亚开始的剧作家们最爱编造的一件事，它使小说家、电视剧制作商、时尚界和写歌词的人都有饭吃。如果世上有过爱情，也是短暂的，到底有多短，每人的境遇都不一样。

婚姻要靠运气。男人娶到一位贤惠的妻子就已成功了一半，男人则要付出更多的责任心。别指望荷尔蒙领你走一辈子，它是个小偷和骗子。

10、你心目中蒙古族男性的特征。为什么？

他们有柔情。他们用那么粗大的手给小羊羔喂奶粉，柔情像火苗在他们眼里跳荡。

他们沉默。游牧民族不太产生善说的人，滔滔不绝者是说书艺人。牧民沉默地瞭望草场，表情生动，他在心里跟自己说话呢。两个牧民在一起无语喝茶是常事。

他们孝亲。我见过的所有蒙古人，无论男女没人不孝敬自己的老人。无子女的人，老了会被自己的侄子、外甥接到家里养老送终。

他们崇尚诗文。蒙古男人崇拜背诵赞词、颂词的人，诗人在牧区享有崇高的地位。但蒙古诗歌的韵律极为高妙，音节优美、喻义多关，是复杂的艺术品，不是天才成不了诗人。

他们称颂、想念并忠诚于成吉思汗。

11、你名字的含义，听说之前没有鲍尔吉这姓？

原野是汉语的名词。我父亲在内蒙古军区工作时，正赶上内蒙古自治区推行蒙古族学习汉语文、汉族学习蒙古语文的活动。他和他的战友接触到汉文的文学作品，这是部队学文化活动的一部分内容。彼时蒙古族军官当中流行一种风尚，给自己的新生儿起汉语名字，尽挑大词。许多名字就这样诞生了——曙光、黎明、红星、长江、兴安、青松等，前面不缀姓氏。如笔名，又如党委班子成员相互称谓。但没有叫司令和勋章的。这些人如今五六十岁了，有时遇到，一听这个名字，就知道他的父辈是在军界、文化界服务的蒙古族人氏。而我是“原野”。这是本名，即法律名字。

关于蒙古姓氏，我所知不多。小时候，听我曾祖母说，过去牧区的蒙古族大多数没有姓，只有名。新中国成立后，土改入社要求牧民登记姓氏，后来的户籍登记也要求登记姓氏，多数人有了姓。我堂嫂子名为灯笼，身份证上写为邓鲁，像大学教授的名字。别人问她姓什么，她回邓。她父亲叫猫如，意思就是猫，身份证名字为毛如。他们家原来没有姓，姓嘛，聊复尔尔。姓与私有制关系密切，其他信息早已模糊了。几年前，蒙古国要求国民要有姓，自愿选任何字词作姓，约有百分之九十以上的国民选择姓“Baorejigen”，尽管他们并不姓这个姓氏。

鲍尔吉是我对“Baorejigen”的汉文译写，当然也可以写为孛儿只斤，博尔济吉特。莫斯科附近有一个地方叫波尔金诺，新疆有一条名叫布尔津的河流和一个布尔津县，其词根均为“Baorejigen”。我觉得“Baorejigen”应该是氏号，这是成吉思汗家族的血统名号，蒙古秘史称之为“黄金家族”。它也可以是现代意义的姓氏。蒙古族一般不会说“我姓鲍，”那一定是假的。他们会说：我们是“Baorejigen”，有人说“Baorejigen”的含义是“灰眼睛的人”。我家祖上是台吉，属于世袭贵族，一直姓“Baorejigen”。鲍尔吉·原野是我写作时的署名。

12、你喜爱草原上哪种动物？

马。

13、什么是你难忘的风景？

多了。1.我在斯图加特的索力图山的熊湖边上跑步，见到一排坐在木椅上的老年人的背影。他们的前景是云母色的湖水，对岸有黝黑的松林，林上是幼稚的蓝天。我跑了一小时转回这里，他们还坐着，没换地方也不变姿势。这时候你觉得风景是神圣的，而动作和说话属于犯罪。2.新疆的和布克赛尔县城的广场建在高处，边上有巍峨的江格尔冬宫。那天傍晚，十多位老年人在开阔的广场上跳舞。他们低着头绕着很小的圈子跳舞，天空上蓝灰的云层边缘着了火。3.开车走过呼伦贝尔一条林间公路，雪花似的蝴蝶扑到车上，八十公里的路上一直如此。回头看车辙雪白。

14、做过最疯狂的事，或做过哪些疯狂的事？

1976年，我在赤峰县当铺地大队当知识青年。那年元旦夜里，我看水渠。这地方冬春抽机井水汇地保墒。大渠的水带着冰流，在一处跑水了。那时说水利是农业的命脉，跑水跟跑血差不多。地冻了，没法挖土去堵跑水的豁口，我穿棉袄棉裤跳到齐腰深的冰水里搬石头和草袋子堵住了漏洞。之后从渠里爬不上来了，勉强爬上来发现棉裤浸水有三四十斤重。走一会儿，棉裤冻成两块铁，特粗，不回弯了。用石头砸也不管用，脱也脱不下来。我几乎挪着回到青年点。走到食堂，趴窗户看他们正吃热气腾腾的晚餐，我才觉得自己委屈，之前本想让他们看看我悲壮的棉裤。那时候人都疯了。

15、你有哪些业余爱好，比如喜欢的音乐类型？

写作者恐怕不会有太多业余爱好，天才除外，他们可以边写边玩。中专毕业加上幼稚的人则要全力以赴写作读书。我爱好不多，有一项听古曲音乐的爱好不占用写作时间。听来听去，最后只听两张碟，勃拉姆斯的《德意志安魂曲》和《第一交响曲》，边听边写。我已熟知这两首乐曲的每一个细部，我每天跳入一个名为勃拉姆斯的动荡的大海里游泳，比渤海还大，仰望云层时而隐蔽时而迸发的阳光。二十多年反复听这两首乐曲，这可能也算疯了。

16、平时喜欢的健身方式？

我跑步和冷水浴刚好到二十个年头。跑步改变了我的身体，意志力和性格。我在近三十个省市和外国的城市乡村都跑过步。说这个话题我容易炫耀，不说了。坊间盛传村上春树跑步的美誉后，我基本不敢说我也跑步。美国前总统乔治・布什比村上跑得好，但中国人只记得他吃饼干差点儿被噎死的事。

17、如果第二天醒来，你可以获得任何一样东西（可以是抽象的能力、品质，也可以具体可感）你希望是？

这些年，我常常梦见和盟公署家属院的小孩一起玩，摔跤、抗马战、撕皮掳肉，于最激烈时惊醒。一想自己竟五十多岁了，离那时已有四十多年，不觉鼻腔酸楚。我想获得一个下午回到童年，和小伙伴们一起走墙，上小卖店偷咸盐放在嘴里咂吮，坐在墙根晒太阳。虽然他们打过我、骂过我，但我想念他们。小时候我是黑帮分子的狗崽子，身穿系扣的横格衫衣和绿皮鞋，而他们衣不蔽体。这可能都是我挨打的原因。那时候，我们的手背在冬天冻得裂血口子，红脸蛋如土豆皴皮。我们跑起来像风一样快，摔倒后脑袋磕一个大包也不至于昏过去。我们趴在电影院的房顶，揭开瓦片听电影。我们自己画游泳票混进游泳池。我们坐在南山顶上数赤峰城里的路灯。我们一起讨论糖的滋味并咽唾沫……有一个下午就够了。

第四辑 / 静中日月长

梅岑根的墓园

鲜花开在那里，纯洁宁静，老人般的大树用茂密的枝叶荫翳着高低不一的墓碑，墙边一棵樱桃树浑身是花。

这里是梅岑根的墓园。梅岑根在德国什么位置，我并不清楚。我跟两个同伴一道坐车，从斯图加特来这里。梅岑根有欧洲各个服装品牌的折扣店。按欧盟法律，每年六至七月允许服装企业在指定地点打折销售。在德国，这个地点是梅岑根。

等待同伴时，我到街上漫游，看到这座墓园。起初我以为这是个公园。绿树跟公园同样多，鲜花比公园更多。

大多数墓碑前有一小块花池子，这里好像举办花卉比赛。对地下的长眠人来说，树和石碑有太多荒芜的野气，而鲜花使这里像家庭。风中摇动的花朵如孩子拍手跳脚，跳皮筋或跳房子，它们都穿鲜艳的衣裙。即使黑夜，墓地也因为朵朵鲜花而如人间。

我看不懂碑上的德文墓志铭，只看到逝者生卒岁月。逝者少有20世纪20年代出生的人，多数是40年代出生、六十多岁死去的人。可见这个墓园建立的时间不算长。这时候，走进一对中国留学生，一男一女。（到梅岑根买便宜衣服的人，一半以上是中国人）他们俩看碑文，然后用汉语谈论一下，我旁听。

多数墓碑上有照片。这张照片上，老人专注地眺望远方。“我的双手——拿过工具，拉过爱人的手，抱过孩子，捧着圣经，一生也没有放下”。这是他的墓志铭。

另一张照片是一个标致的男人，像老年的法国影星阿兰·德隆。“我出生在天空下，在阳光和雨水里生活，闻到麦香。如今与天空只隔薄薄的一层土”。

整洁的老妇人像。“我不过是一株草，幸好遇到了爱情。爱是我在世上活过的唯一痕迹”。

四十多岁的男人，卷发堆满头上。“我既不知开始，也不知结束。人生只比一场电影长一些，多数人都没有合乎逻辑的结局”。

十多岁的男孩子。“让我在阳光中与兄弟们一起唱歌”。

这人的照片是一个剪影。墓志铭刻着保罗·策兰的诗——“你躺在你的身体之外，而在你的身体之上，躺着你的命运”。

一个黑人的墓志铭：“我害怕睡过去醒不来、害怕睡不着、害怕孩子们想我、害怕下雨、害怕鬼魂、害怕见不到天上的月亮”。

中国男孩子读到这里，女孩子扎进他怀里，双手把着他的肩哭起来。女孩子的肩胛骨随着哭声起伏。

这是6月，树荫之外的阳光刺眼。有个女人急匆匆跑过来，手里拿着喷壶。她一边浇墓前的花，一边看表。一个身体臃肿的老太太抱着墓碑，闭眼斜靠在碑上。中国的男孩子为女孩子擦眼泪。他们感受到了死亡的可怕，爱情被无常拆散的可怕，在墓地里睡不醒和睡不着的可怕。男孩子的脸吓白了。他们走出墓园，不一会儿，传来他俩嘻哈打闹的声音。

黄　土

世上我所珍爱的，今天才知道包括黄土。

我说的黄土，是那种新鲜的、无忧无虑仰卧在无垠大地上的——什么呢？亲戚、朋友、长辈或伙伴？——总之是黄土。鲜润的黄土比鲜润的女人更惹人爱。人们走过它们，弯腰，以十指插入土里，攥一把，捏出个形状，放在眼前看。黄土好啊，清洁。朴实而又清洁，这不令人神清目爽吗？好黄土一点儿不脏，像粮食那么干净，但排列得更紧密。你如果把黄土放在鼻下吸嗅，说“香”也许矫情，说“土”仿佛什么也没说。但这气息的确有一种直抵丹田的力量，不飘亦不滞，可以扑面而来又依偎着你。黄土的气息和麦子、高粱以及杨树的味道均有亲属关系，高粱把土气变甜了，杨树把土气变苦了，艾蒿把土气变香了。但黄土是宽容的大神，不在乎这些，仍从气息里透出广阔的微笑。

黄土，我想用词语华丽你，譬如“金色的云啊”，但眼睛一看到你就犹豫了，土地不可美饰。

我可笑地认为，只有农村才有黄土。应该说城市也有，但被楼房和马路压在地下了。我喜欢在一望无垠的黄土上踏步走路，走到哪里都无妨，不拘林边或河边。黄土陷我，是拽我做客；黄土平坦，是喻我整肃。我还想在一溜白杨树带的边上，以十指为铲，噌噌向下挖掘，把带有新鲜气息的土扬出来，土和我手指的接触何等愉快呀。我望着自己掘出的小丘，想像田鼠原是幸福之辈，在黄土里钻冲，分洞穴为上下铺，置藏花生玉米，闲暇时瞪着乌溜溜的大眼张望世界。

近日，我家楼下重修下水道，挖至一米深，堆起许多黄土。我见故人，欲亲近却无章法。不能和黄土贴脸，也无法与黄土说“你好”。看着它们堆耸如丘，小孩子爬上爬下，默然而已。

再想起以往皇上出巡，基层单位“清水洒街，黄土填道”，我曾为之矫情感到可笑。细核计，黄土铺满大道，白杨夹迎，的确是最高礼遇了。谁不说清水和黄土都是最好的东西?

又有“哪里黄土不埋人”之说，所谓大丈夫死不择地，五湖四海可见。黄土不仅埋人，尚掩埋一切生长一切。人对死者的态度，古今都取掩埋一法，即他们死了，就宜于阳界消失。埋没使活者看不到他们，树个坟包纪念，这是一种尊重，如同曝尸是一种惩罚。土地埋人，是因为只有土地能够埋人。黄土埋人，讲的是此物干净，与没有灵魂的肉身极契合，只是过于深重。

墒

这时候，扛一把铁锹走进地里，一脚踩下去，“咔嚓”，锋刃切断了土地的肉。土壤若是致密的，就是活的，有血管神经，也痛。假如它们散漫飞扬，便死了，像窗台马路上的浮土，松手了。它们去世之后，可以不负责任，到处乱走。地不是这样——有生命的土，手腕扣着手腕组成的家族。把锹插入春天的地里，随着“咔嚓”，握着榆木锹杠的双手，分明感到地的战栗，一激灵。

我蹲下，捧起土。自打去年秋天分手，又一年没见了。土用湿润的宽掌和你握握，最近怎么样？一想，真是春天啦，土潮乎乎的，大地都黑黑的滋润了。地也会运气吗？抵住地心引力，把珍藏一冬天的水分提到嗓子眼儿。我把土放回去，踩实，不然一会儿水分就蒸发了。农民知道这个，最心疼地表这层水气，这叫墒。

庄稼人对土地叩首，说您真是大德，这点儿水分自己舍不得用，让五谷生长。地垂下眼帘微笑，心想人怎么老不开窍呢？我让庄稼生长，也让你们认为没有的青草生长。

土地的法则是生命的法则，只要有生命，就让它活。这里无功利。

再过几天，地里会长出葱郁的禾苗和各种各样的草，没有限制和甄别。

土地的宽容不止于此，它上面还活着吃草生存的牛羊。草是土地的子孙，当牛羊吃掉它的生灵，土地不心疼吗？不心疼。人类不也吃掉庄稼的种子吗？牛羊和人类也是土地的子孙。对土地来说，被人收割的庄稼没有白白生长，没白长的理由也并非它养育了人类。

我听到了土地广阔沉缓的呼吸。

锦绣只是城里人眼中的风景

我到南方，四月的青草已经从沟里漫到沟外。不是暖和，是南方勤劳，油菜花并没想成为摄影人的道具也只好开放，它是锦绣大地明亮的笔触，每一笔都是明黄。梵高如果到中国南方来，也会喜欢油菜花，挖个地窖住进去，边画油菜花边喝苦艾酒。他去藏南会更惬意，不光有油菜花，还有空气稀薄形成的气泡似的蓝天，梵高不必到法国寻找阿尔夜空的蓝了，阿尔的蓝，调子太深。

勤劳的南方，土地比人间更有秩序。南方的人民都是服装设计大师，他们把作品从门口铺到天边，每一块土地比布裁得还经济，横竖摆满山川，只留下细细的田埂给自己走。如果可能，他们甚至想在天上种点儿什么，比如悬挂的吊兰。这块大地上种满了秩序，第一季庄稼收了还有第二季。一个人生在南方农家，从小看惯满川的庄稼，心里长出两个字：劳动。群鸡边点头边啄的是米，缸里装的是米，锅里和碗里是米，比鱼卵还密的米从地里一层一层挤出来。寺院庄重的称赞文开头有两个字叫“恭维”，意思说开始恭敬讲述下面的人和事。我见了南方的锦绣大地，起意，曰：恭维……庄稼、菜地、泥脚杆子、犁和农妇的毛巾帕和南方土地上的一切。在这样的土地上，你怎么舍得建工厂？南方人民几十辈子耕过的地，流过的汗水可以攒成一条河，你们怎么能在上面建工厂？地下有农人的祖先整整齐齐地躺着，他们想听到蛙鸣，油菜花像花毯子盖在他们身上。他们的灵魂不愿被工厂的水泥地基压得翻不了身。被征地的农民为什么舍不得离开故土，给钱也不愿离开？他们嗫嚅说不出理由。我替他们说出来吧，他们祖先的灵魂暗中拉着他们的手，害怕孤单。农民们从来没听过如此粗暴的话语：城镇化、工业化，翻译过来是让他们离开锦绣河山。工业的毒水让石头都得病了，黑朽剥落，这些事跟谁去说呢？

农民走了，土地别离的不光是种庄稼的人，小鸟在夕阳里找不到炊烟，蜜蜂失去了明年的油菜花。农民和他们的土地是一个巨大的生物聚合体，农民养活的不只是一家人，还有禽畜、昆虫、鱼虾甚至农业时代的月亮。它们离开了他们，不知投奔谁。

有一个命题叫“工业反哺农业”，农民离开土地，土地酸化、沙漠化，国家用劳动密集型代工企业出口换汇买进粮食，工业反哺的农业在哪里？工业有乳汁吗？而农民已经进城，在城乡接合部的杂乱地带租房住，打零工为主，谁反哺了谁？

说农村大地锦绣是没心肠的话，农活太累，锦绣只是城里人眼中的风景。农民永远告别了土地，只能从梦里辨析鸡鸣犬吠，他们的祖先夜夜喊他们的名字。失地农民想看油菜花要掏钱参加农家乐春游团，他们见过祖先的大地，会久久说不出话来。

青草远道

友人约我写一篇与乡土有关的短文。他带着沉静的笑容，仿佛揣度我心底的乡土印象。我犹豫了。

乡土最根本的意义是地，它和天一样，是人类无力描述的对象。说起它，常常踏入“开口便俗、一说就错”的误境。我曾经长时期迷恋和困惑于鲁迅先生那句话：“宽仁黑暗的地母啊，愿在你的胸怀里安息”。语感有别于他以往的文风，像《圣经》中的“雅歌”。土地无疑是母亲，这不仅由于“天覆地载”这种体位所给人的想象。老子极不情愿留给后世的《道德经》（钟阿城考证应为《德道经》）中，以男女生殖器官的不同，点透土地的母性，并指明母性的深邃、静虚、无为而产生的威力。我想土地最像母亲的在于慷慨。自然界究竟谁在默默无闻、百代不衰地奉献呢？只有土地。当人们浮泛地歌颂金黄的麦浪、无边的森林和美丽的花朵时，是土地奉献了人类所喜欢的这一切。这多么像母亲。当有人说“这孩子又白又胖”时，怀抱着孩子的母亲笑着，虽然她知道这并不是赞美自己。1885年10月10日，在波士顿，美国人埃弗雷特在议会上激动地述说农业的重要：“把一粒种子撒在土里，就会出现奇迹”。为什么呢？土地具有一种母性，她的职责是生命的繁衍。虽然黄金也源于土地，但土地的嫡生儿女是谷物、森林、草与花朵这些有生命的东西。

对此，人们能说些什么呢?

不说的缘由一在忘却了，二在说不出。

土地被踩在人的脚底下。朴实的、骄横的、富足与贫困的人都把土地踩在脚下。在所有的谦逊中，土地已显示了最伟大的谦虚。母亲生产我们时的阵痛与流血，都被我们忘记了。堂皇的理由是：当时我们不知道。当我们用眼睛观看世界的时候，看到的又是麦浪滚滚与稻花飘香。我们看不到土地。

当丰饶的庄稼被收割，我们皱着眉眺望远方的萧索。土地如母亲，她并不丰饶，丰饶的是庄稼。

在飘雪的日子，我们欣喜于漫天皆白，忘却了白雪下面的土地。

在人类的眼睛里，永远也看不清自己的母亲，如同看不清被踩在脚底下的土地。

北方被犁杖耕过的土地，灰黄色漫漫起伏，如我在寒风中瑟瑟而行的母亲。然而母亲和土地并不记恨，第二年，土地又长出青草，在空气中散发与过去一模一样的清香。母亲又在冬夜为儿女缝补寒衣。针把手指刺出血珠，昏花的眼睛眯着。

我最喜欢的诗是《古诗十九首》中那句“青青河畔草，绵绵思远道”。我不知道这位无名的诗人在如此令人惊喜的美中寄寓了怎样的情怀。仿佛青草跪下祷颂土地，也如人类歌颂母亲。

青青河畔草，绵绵思远道。我在吟哦之间读出悠长的宁静。

然而，我们说不出这种悠远，如同说不清母亲的恩情。土地与母亲，已然无法言说了。

石头

即使把石头碾成齑粉，也找不到它的门。石头，我们怎样进入你的内部？像掰开杏看到杏核，砸开核桃，见到核桃仁那样。把岩石凿开一个洞，即山洞，也进不到石头里面。而洞里面的石头仍然排列着沉默坚毅的脸，它们什么都不说。

组成世界的东西其实很少，有被我们称作天空的空气，还有泥土、河流、草木、火和石头。大地上比泥土更多的是石头。石头，你能告诉我们你是什么吗？

人把石头磨成平面，见到花纹，甚至显露出风景。在大理石的内部，藏着云烟、丘壑，有宋人笔意的漠漠云林，这里有人间的气息。石头何时留下了这些记忆，记这些做什么呢？不能怀疑，世间所有的美景都藏在了石头的内部。人在大理石上看见的图案只是它一个断面，或者叫一个瞬间，切掉这个断面，出现的是新的断面。它到底有多少断面，记录了多少风景呢？它有无数断面，只是不予人见。

石头组成我们所说的大山。“组成”这个词或许不对，山是一个整体，它分裂过，却无须组成。人的想法是进入山的里面——不仅仅是掏山洞——让石头敞开，接纳我们。我知道，石头的每一个分子都与其他分子牢固地结为一体，而不能像水那样透明。是的，水与水的分子也不可分割，但水可以装进壶里，掬在手上。水让人看到它的正面和背面，石头永远不让人看到它背后的东西。我觉得问题出在人的眼睛上。人的眼睛只能看清一部分——也许是一小部分东西，当然这已经很好了——但目光穿不清木头的质地和石头的质地。人的目光在所谓夜里会被屏蔽。也许，有的动物看石头如同看果园枝头上的果子，石头里的花纹、翡翠、甚至金子在它眼里清晰都如图画，只是对它没什么用处。翡翠对狐狸来说并不比羊粪更有信息上的价值。

帝王用石头建造宫殿，再用石头建造陵墓，石头以其坚固威严和沉默为帝王提供生与死的场地。对石头来说，帝王如同一只小虫在它上面活过并死去。与时间并行的不是水而是光与石头。光每天搜查大地，甚至搜到了屋子里的每一个角落，寻找它要找的东西。光刺破空气，赋予万物色彩又让色彩退去。然而光无法穿透石头，石头没有门。石头里储藏了数不清的时间，我们所经历的时间去了哪里？什么东西里能装下这么多时间？或许它储藏在石头里。故此，石头永远不开门，故此石头沉重。虽然被存入石头的时间已被压缩过，但仍然太多并沉重。

石头里的铁矿是红色的时间。那些与火有关，与阳光与血有关的时间被打包变成铁。与植物有关的时间变成了铜矿。铜可黄可红，不经意间会流露绿，植物的时间露出了一些粉末。水晶是关于水的时间的压缩体，它透明并可以透视星相。不知道藏在石头里的玉是谁的时间。玉太神秘，它也是石头，但前面加一个玉字，人称玉石。玉几乎要脱离石头变为世间一切美物，玉雕的蝈蝈，几近于蝈蝈，但比蝈蝈值钱，它是玉。玉温润、凉沁、光滑、细腻。羊脂只是羊脂，细如羊脂的玉却是一块石。石头通灵，这是曹雪芹说过的话。可是，玉储藏了谁的经历与时间？史上那些君子淑女已远去，上苍不欲他们的精魄离开此世，藏于石中，此为玉的前生。“忽反顾以流涕兮，哀高丘之无女。”离骚的这两句诗为鲁迅所爱，写下来挂在床头。人问：高丘指谁，无女是怎样的含意？鲁迅不答。高丘不是哪一个丘，也不一定是楚王。无女到底无哪一个女，对每一个人都不一样。每人的一生都有一段惋惜，值得反顾流涕，为高丘也为无女。那些高洁的人，醇和的人，温润的人的时光都被苍天收藏起来，放置某处。上苍戴着丝绸手套收藏他们的时光，包括他们的忍耐、涵养、笑容与永不摧折的理想，收之入石，成为玉。玉颜色青白，无味，摩挲经久出血络。玉是英雄美人的时光。英雄不光是武人，还应该有庄子、王羲之、苏轼等人，还有没留下姓名的人。他们活过的时间压缩在玉里，是玉的光，或质朴或渺茫的云纹。

山峰上的岩石在等待时间弯曲。等待光像树一样在田野生长。石头的话被风、鸟儿、河流说过来，石头在静默里目睹白云坍塌。石头并非牢不可破，金子在岩石里奔跑。蝴蝶飞进石头里找不到飞出来的路。草履虫在石头里安家。石头能跟我们说句话吗？你不开口是在信一个什么样的承诺？那是对谁许下的承诺？如果鸟儿用叽叽喳喳传达石头的话，我们听不懂，风声和水声里的语义都不为我们所知，最后对石头一无所知。石头的姿态与人类毫无关系，仿佛与人类生活在不同的世纪甚至不同的光年里。世上一日对石头只是一秒，它还有亿万斯年的时间等着它悠闲度过。

铁里藏着红

红跑在血里；红飘在孩子的脸蛋和樱桃上；红用缎子被面裹住新婚夫妻的喜气；红从太阳里面跳入海里；红……

红藏在铁里，铁无论到哪里——成为钉子、锄头、锅还有炉子，它暗中都带着红。在火和铁交锋时，铁在火里取暖，它在火的语言里想到了自己的前生前世。铁来到世上，火是它的接生人。铁从火里闻到了腥性，那其实是它自己身上的味。它听到火发生“吆吆”的声音，好像被辣椒辣到了舌头，在空气里晾。

铁在火里变红，不仅因为想到了过去。铁的坚硬、冰凉被火收走，火教给铁怎样恋爱，包括拥抱和舔对方的脸，直至让铁红起来。

铁看自己的红像看到了一条鲤鱼，觉得自己正在火的河流里畅游。铁红了之后，身上第一次变得透明，像橘子那种透明，好像蕴藏着无限甜汁。铁红了之后，浑身都轻了。这时铁匠走过来，把铁砸成羽毛似的叶子，甚至可以飞。

黑与红是铁的表里世界，是它的肉体和灵魂。在大地上，铁永远穿一身黑衣，它穿这身黑衣经历春天的雨水。装满雨水的铁桶里有雨水唱歌，歌声落在铁桶的脊背上。穿黑衣的铁钉在椴木里寻找年轮，固定了窗和床。当铁锹和锄板被磨得白亮时，那是铁的梦境。雨水、泥土和空气让它重新换上黑衣。它习惯了这身衣服，是礼服也是工作服。铁走到哪里都被称为工匠，而且常常站在门外，被装在帆布兜子里。

铁走遍天涯，那些树啊，那些在森林里歌唱、为小鸟儿作窝的树遇到了铁之后变成了大马车、风箱、房梁和一切。在古代，人和什么在一起？外边是土，家里是树——但它已经变成了木头。树的花纹黯淡于炕沿、门、摇篮和桌椅上。人躺在趴在倚在这些树上，它们身上曾经有露水和昆虫。铁把树变成了家具和工具，铁从不因此后悔羞愧，它来自岩石却比岩石锋利。铁的脸上流不出一滴泪，只挂白霜。铁在岩石里沉睡时是游民、种子和儿童，熔炉把它们招呼到一起，把无数铁变成一块铁，使它们比岩石更坚硬。铁变成铁就没有回头路可走，它出生前的石头已化为齑粉。

世上回不了家的东西是什么？它们是冰雪、是桃花、是苹果、是铁和家具。铁做了铁甲铁钩，不求超度，但它心里还藏着红，遇到火，铁慢慢地变成黎明那种红；红过了，它身上掉下一层白白的灰烬。即使没遇到火，铁也会红。它不打算当铁的时候，雨水帮助它们生锈，如蛇蜕皮那样一层层蚀解。回到泥土里，那些铁锈成暗红色，比火里的铁颜色更深，仍然红。铁的孕育和归隐都离不开红。

沙　滩

世上最难理解的东西是沙子，或者叫砂子。没见过沙子什么时间被加工过，但比加工的还精细、还晶莹、还茫然。

走在海边的沙滩上，我除了自己的脚印什么都看不到。捧起沙子，有一个声音问我：沙子是什么？

我不知道，这实在是最深奥而非最申奥的问题。

你可以把它的前身想象成一块巨大的石英石，半透明，但还没有透明到磨成凸透镜片把阳光变成火种的程度。后来这块巨石碎了，变成了沙子。问题是谁让石头碎了，碎得这么均匀？

见到沙子，我知道我们不了解的事情多了。

沙子的前身可能是一颗星星，叫水瓶星，跟摩羯星顶牛旋转，火星喷云，落地为尘，变成了地球的沙子。

或者有一位游戏的天星，捕捉其他的小星按在地上研粉。他手里有一个筛子，网眼像沙子那么细，星粉露到人间。

我走过沙滩，感觉走在别人的东西上，像什么洒了，而我们管它叫沙子。沙子时时挑战人的观念——它没有主次、没有首尾、没有营养、没有矗立。沙子挑战人对秩序与伟大的膜拜，以无表情。

人幸运自己的体积比沙子大，人如果小似真菌，看沙子就看到了玲珑的玉山，宫殿叠加，巍峨入云。真菌的人在沙粒的水晶宫中穿行，看到折射的虹霓像老者的花镜。在海滩的沙子底下，听浪头如白衣宪兵搜捕海的腥味，水渗半尺，沙子留下泡沫的帐篷。

在沙子的宫殿里穿行，便于领会诗词意境。“乱石崩云，惊涛裂岸，卷起千堆雪，故垒西边……”苏轼原本是写沙世界。我小时候拿放大镜看沙子，企图在沙子的石壁上找到几个字。“文革”初，人说长篇小说《欧阳海之歌》封面画里藏一幅反动标语，我没看出来，转向沙子里寻找，无。放大镜太小，看到的沙子像皮冻一样。

如果沙子生长，每年长一点点，每粒沙子长得像白菜那么大，人们开始喜欢沙子，每人搬一块回家渍酸菜。

沙子来自外星。沙子被古埃及人用来测量时间，沙漏搬运时间只留下沙子匿名的脸。沙子代表虚无。沙子是水和生命的反物质。沙子仰观云飞雾散。沙子喻示以前或以后的史前时代。沙子是滔滔奔涌的石头河流，暗示自己是某一种水。儿童喜欢沙子，母鸡和骆驼喜欢沙子。沙子的浪花在风里，沙子是大自然的形态之一，沙子这个名起得不怎么好，沙子是自然界最大的疑团。

色彩的旋转和燃烧

除了月亮，找不到比油菜花更黄的颜色。油菜花像一壶发酵过分的酒倒在方形的池里，让蝴蝶醉得飞不稳。油菜花盛开的地上没有向日葵，它融化了所有的黄。

大自然知道绘画补色的道理，油菜花让天空更蓝，蓝得像漆，像没有一丝波纹的海。蓝天在油菜花的映衬下十分平静，让白云走路发不出一丝声音。

油菜花的色调让游客兴奋，除了照相，他们不知道还应该做些什么。如果没发明照相机，人在油菜花地手脚都没地方放。他们不会像蝴蝶那样挑剔地翻飞，又不会像蜜蜂那样歌唱。人在油菜花地抚不平驿动的心，他们在油菜花前站着、蹲着、商量，除了照相还能做什么呢？人被油菜花感动了，说不出这种感动，只好照相。

人被色彩感动，验证了莫奈的信念：仅仅是色彩就可以感动人，线条并不重要。大脑神经学至今没有发现人被色彩感动的机理。粉色的杏花是冰雪消融之后的娇嫩，是大地回春的婴儿。这一种粉让人晕眩，如超现实主义的云。人在粉色面前反应迟钝，被这么密的花瓣搅乱心思，为落在脏土上的花瓣珍惜，粉色让人不知所措。青草的绿令人安稳，草和庄稼如果不绿，大地仿佛成不了家园。绿色让泥土的褐色显出一点儿亮调子，露出泥土的生机。

色彩是大自然对人的恩泽之一。春天给人送来的希望首先从色彩开始。花所包含的活力不在它的质地，更在它鲜艳的色彩。人除了用粮食和水喂饱自己之外，还离不开色彩的哺育。白云的白、蓝天的蓝、青草的青，是人的眼睛乃至心灵的粮食，色彩对人生的意义无法代替。

油菜花的金黄相当于色彩的舞蹈。它在旋转、在燃烧，只是眼睛说不出这些感受，甘心做它的俘虏。人的目光当过大海的俘虏，当过白雪的俘虏，当过桃花的俘虏。一个饥饿者饱餐色彩，而后心安。

油菜典雅的黄花比红色还热烈，颜色从花上流淌遍地，它像大地的新娘。油菜花的金黄让人感到人类印染业、印刷业与画家手中的颜料虽鲜艳但没有生命力。

油菜花是大地的音乐，包括合唱与铜管乐齐奏。它喂饱了无数眼睛之后再用菜籽榨油。到油菜花地徜徉，最羡慕那些昆虫。蜜蜂最值得做的事就是一头栽进油菜花里，半个月都不要出来，世上再也找不到比油菜花更好的宫殿了。

露水的信

不要踏过露水

因为有过人夜哭……（阿垅《无题》）

这是七月诗派诗人阿垅写于1944年的诗。

白茫茫的露水，在秋季尤为苍凉。我在罕山脚下的月夜，见山坡的草尖挂一片露水，每一滴都流露决绝的苍白。大地如同哭过，为了草木凋零。我在落叶松的针叶上走，听不到自己的脚步声，心里想，露水究竟是什么呢？

我现在也不知道露水从哪儿来，好像每株草身上藏有一口井，汲水捧在手心。给谁喝呢？按说，这是送给小鸟和蚂蚱的饮品，但谁也没见过小鸟趴在草上喝水，蚂蚱、螳螂、蟋蟀们好像都不喝水。从生理学说，具备血液的哺乳动物才饮水，肠道吸收水分补充血液。蚂蚱有肠子吗？它们并没有血。人们惯常把含有血红细胞并在血管里运行的体液叫作血。血的第一个功能是运送氧气与排出二氧化碳，这是对有肺叶的生物而言，蚂蚱没这些东西。

人童年和老年泪水的比重都不同。泪水从儿童眼里涌出，化为一滴泪在脸蛋挂着，如露珠那样饱满。我冒昧揣想，儿童泪水的水分子结构或与成人不同，属于大分子，聚成团而不破，与露珠仿佛。而成人的泪，特别是老年人的泪流下来散在脸上，化了，见不到珠。人老了，连泪水都出水货了吗？散掉的泪是小分子结构，钠含量高，流得快。成年人流泪，只见他们用手抹，见不到泪水，说话鼻腔堵塞，鼻腔无共鸣，这是真哭。电视剧演员用眼药水假哭，一听声音就听出赝品哭。而儿童是另一番情景，号啕的同时倾诉，鼻腔照样共鸣。儿童厉害呀，他们大滴的泪水多么真挚。

露珠挂在草上好像挂不住，但还在挂着。草为能抱住这么一团水而昂然，它们昂然有理由。拿人来说，没有盆，没有碗，你能抱住一团赤裸裸的水吗？不能，人抱不住水。如果哪天见到露珠满身的人，估计他已得道成仙了，可写入《本草纲目》。

水在人的细胞内也是一颗颗露水，被细胞膜包着，钾和钠承担细胞壁的水平衡，不要瘪了，也不要涨破。从比重说，把人看成是水做的没说错，水占到人体百分之七十以上。人脸生皱纹是皮肤水代谢出了问题，皮薄了才生皱。然而多喝水并不能直接喝进皮肤里。人空腹饮水，三十秒进入肠道，多余的水全被排出。人类皮肤的水分靠脂肪（油性）来平衡，油性少了，水也少了。你看不到一个老年人对着镜子挤粉刺，他的皮肤与内心已经没有多余的脂肪与情感化为粉刺，油少了。年龄控制人的一切。

我的曾祖母曾说露水是月亮给太阳写的信，夜晚挂草上，太阳早晨收走。曾祖母努恩吉雅给我讲过许多稀奇古怪的事情，不知是她的创作还是民间传说。

月亮给太阳写了什么？我问曾祖母。

哎呀，信里面什么事情都有。曾祖母回答我。谁家丢了羊、猫干了哪些坏事、蛤蟆干了哪些坏事，月亮都要告诉太阳。

人能看懂露水的信吗？

她说：甘旗卡地方有一个说书的人专门看这些信。这个说书人叫龙台，他把露珠拿到嘴里尝一下，就知道信的内容。

他比太阳先知道信的内容？我问。

对的。曾祖母说，但他不是太阳，知道了也没用。龙台从露水里知道了许多药方，可以治好门牙中间的缝儿。

这是讥讽我。我两颗门牙中间有缝儿，这是我特意用一分钱硬币别开的。有了缝儿，含一口水从牙缝儿中可以滋出一米远，冲跑墙上爬的蚂蚁。听曾祖母这样说，我猜露水里有信是她的即兴创作，相声术语叫"现挂"。

再说阿垅，他本名陈守梅，杭州人，黄埔军校十期毕业生，曾做中共地下工作。1955年受胡风案牵连下狱，1967年病死狱中。《无题》结尾写道："我们无罪，然后我们凋谢。"

流　水

流水的声音好听，从小溪穿过鹅卵石，乃至水穿过人的喉咙钻入肚子里的声音，都好听。跑步之后，口渴如弱禾，仰面饮水，我听到“咚咚”的水声，极为敬佩。这是什么声音？水砸在肠子上，还是喉咙像活塞一样收缩？

夏季跑步之后，我大约要喝一千二百四十六毫升的水，其中漏出来一些，化为汗。运动结束，人的皮肤如同漏斗。喝过水，你盯着自己的胸脯看，每个汗毛眼都冒出一眼泉，互相投奔，化为大滴的汗流下，还拐走了我体内的一些盐分。回头多吃一个咸鸭蛋就成了。

喝过水，我想象水在身体里面的神秘旅行，经过胃，在小肠排空，进入血液当中。我拍拍大腿、胳膊，和那些水打个招呼：到了？都到了。其中最活跃的水，已经跑入微细血管，即身体的表层，所谓皮肤。

我喝过的水，有龙井、可乐、伪装成苹果颜色味道的碳酸饮料，还有矿泉水、自来水。它们在血里流淌，如果把听诊器放在脉搏上，所听到的就是流水的声音，咚咚，跟喝水的声音差不多。

水的声音，是水的喊叫与诗歌。水流的时候，一点点的阻遏、不平、回转都要发出声音。如果在三里之外听一个瀑布的喊叫，急促的呐喊变为低缓喉音，像弦乐的大提琴声部。而滴水之音，是孩子的独语，清脆而天真，像念课文一样。屋檐的泄水是女人的絮叨，漫长而缺少确切的意义。而风中的雨水，像鞭子与泼墨写意，是男人的心声，在夜里听到尤为真切。

在北方的冬季，河床的冰下会传出流水的声音，像笑声，不由得让人想趴在冰上寻找一阵。冰下的水流黢黑，浮漾白雾，庇护着黑脊的游鱼。如果人耳的听觉范围再扩大一些，还会听到水在树里流淌的声音、在花盆的土里渗透的声音：呼啦啦、哗啦啦，像在龙宫里一样。

千岛湖的美与善

千岛湖的胜景不止于水天浩渺，更妙处在观此湖有山可登，缆车送你升于群峰之巅饱览湖景。在山巅观湖的心情已经不能以“欣赏”二字形容，欣赏这个词太平淡。欣赏是对平凡美景的浏览，而高踞山巅看大块山河，分明要赞美感叹。感叹什么呢？感叹大美天下竟然被你俯瞰得之。有句话说“角度决定态度”。高山观千岛湖，改变了你对千岛湖及一切湖的态度，站在此处可小天下，心胸顿开。

我去过黑龙江的兴凯湖和俄国境内的贝加尔湖，都是大湖，大得不得了。可是人眼睛的视力面对这么大的湖显然不够完善。人眼也就看出两三千公尺远，还得是晴朗天气。多大的湖对人类来说只不过看到方圆两三千公尺，其湖之大，只是听说而已。留下这样的缺憾，怨只怨人类个头太矮，看不尽湖海全貌。高者如姚明，也只比别人多看出二十公尺的水面。人不能扛着梯子去观湖，能扛动的梯子都不高。消防部队有一种云梯车甚好，我早就相中了。云梯打开高度可达六十公尺，但他们不借你旅游使用。而湖边，就我看过的湖而言，都没有高山，不足以登高山而观大湖。山之存在，并不为你观湖而矗立湖边。

千岛湖有奇异景观，游人登上山巅俯瞰湖水，享受到了玉皇大帝的视角。玉帝每天都这样那样地俯瞰五湖四海，一目了然。在山巅观湖的游客看到千岛湖辽阔无边，水面如镜，云彩成行成队留影湖心，就有了一点儿玉皇大帝才有的眼界。有些人第一次看到此景，难免要抬起手臂指点江山。此江山不是浙西的江山市，而是千岛湖的水面、岛屿、鸥鸟和云彩。人在此刻，胸中如充气娃娃一样充满豪气，不抬臂指点一些景物就不得劲儿。我从未在这么高的位置见过这么浩瀚的水面，如鸟儿一般从天空俯瞰大地，俯瞰大地上静谧的湖泊。湖水如鱼肚般呈现银白的光泽，中间有顶戴密林的黛青的岛屿，这只有在山顶上才看得到。

小时候我攀登老家的红山，看到山上的岩石里镶嵌海螺的化石。山顶的岩石里怎么会有海螺呢？别人告诉我，红山当年是海底。我听了大吃一惊，高高的红山当年竟然是海底。问是哪一年，答亿万斯年之前那一年。这消息对我来说比游泳池卖半价票还令人惊讶，我怀疑这个人在造谣。还有一年，我已五十几岁，问一位制作珊瑚戒指的蒙古族工匠，好珊瑚产在哪里？他说青藏高原。问为什么呢？他说青藏高原当年是海底。好多事说着说着就到了海底，证明这不是造谣，这两个人也并不认识。如今我站在山顶观望千岛湖，其景与当年青藏高原以及红山被海水淹没的情形约略相同。也是当年（1959年），政府建新安江水库，开闸放水，淹没了村庄、耕地和古老的县城。于是，我们这个星球上出现千岛湖这一奇观。我眼前星罗棋布的一千多个岛屿，实为一千多座山峰的顶部，还有一些较矮的山被淹没了，失去了当岛的资格。而我们脚下山更高，可以俯瞰那些岛。故此脚下这座山仍然叫山，而不叫岛。再一想，海洋上的岛屿也是海里的山峰，露出海面而已。

我们在这里看湖，看名字叫作岛屿的无数山巅，看汽艇像一条浮出水面的白鱼游过来，两舷划出长长的水痕。看群鸟飞过湖面如有人在天空撒了一捧树叶子，看岛屿戴着绿绿的树林的帽子，看远处淳安县城的高楼如海市蜃楼。这番风景难得见到，虽然想起那么多村庄耕地被淹心里不大好受。下山时，我向左边的湖水挥了挥手，又向右边的湖水挥了挥手，把肋间涌上的豪气往外放一放。

下山乘汽艇游湖，见到湖水清得如一碗水。于舷边往水里看，无浊流，无乱七八糟的藻类。你从水面映出的石壁的青翠的倒影就知道这里水质清洁。人说杭州已准备把千岛湖作为饮用水的水源地，导游问我高不高兴？我说高兴，但我想这么大一湖的水可饮人，自然湖里的鱼虾也可饮可活，我还是先为鱼虾高兴。人不喝千岛湖水还可以上超市买矿泉水。说到这里，要说千岛湖不仅美，指风光。还有善，其水生物体皆可饮用，比美的意义更深远。

蜜山的蜜

这是多好的名字——蜜山，是不是世上只有千岛湖才有这么美妙的名字呢？我没听过其他地方有叫蜜的山。

登这样的山之前宜想象，想象它是否有橙黄如蜜的岩石，想象那里野蜂飞舞。然而登上了此山发现山上到处是树，泉水曲折流，鸟儿啼鸣，却没有蜂箱与蜂群，唯一与蜜有关的线索是刻在石壁上的大字——“蜜山”。这就更好了，符合禅宗的道理：一切外相不过梦幻泡影，蜜由心造，生于内心不辞辛苦的想象。

山上有一处禅宗寺院，我在墙上刻着的心经上面看到了另一个蜜——“观自在菩萨行深波罗蜜多时，照见五蕴皆空。”蜜在经文里面，然而五蕴皆空。庙宇清净，被层层叠叠的树木包裹着，树与山又被千岛湖水万千波澜包裹着，称得上秘境。但庙上的僧人对这里的空寂颇感落寞，香火钱毕竟是他们主要的供养。

在雨中登此蜜山，雨下了一会儿不下了，好像下雨没什么意思。石阶的凿坑里装满了清亮的雨水，这些密密麻麻的坑里的水是刚下的雨或先前下的雨就说不清了。这些小水洼在石阶的麻子里闪光，企图把天上的云彩都装进来。

因为有湖，蜜山上的鸟比其他地方更多。湖里有搞不清数量的鱼虾，小鸟儿们吃是吃不完的。林木遮住了天光，看不见鸟儿飞，耳畔却有不尽的鸟鸣，我喜欢用“流丽光昌”形容鸟鸣，这里再用一次——这么圆润的、水滴般的、不解其意的鸟啼何等流丽光昌，它们的合唱比和尚诵经的声音传得还远。

告别桑园

搬家之后，我也离开了桑园。

桑园是我对它的称谓，市政当局并没有任命，石上刻着“青年园”。这一片绿荫当中曾有一棵桑树。我见过桑椹，由绿变红，像鱼子一样饱满地挤在一起。就管它叫桑园。

树木是城里找不到的好朋友。它们多么宽容，我为什么使用“宽容”这个词？因为它们始终接纳我，似乎还知道我写短文称颂着它们，曰“桑园”。

有许多次，我幼稚地——幼稚的意思是扭捏——想和桑园做一次道别，却不知怎么做。它们，依然缄默、沉郁、凡俗，让人有话说不出来，应该说“人尤如此，树何以堪”。仿佛树比我们还能担待：就走吧，没啥。

即使闭上眼睛，我也能说出桑园每一棵树的位置，说出树种和它身边常有的垃圾。桑园一共有五棵松树，包括练功之人为挂衣服而钉铁钉的两棵松树，有迎春花、洋荆木、碧桃树、杏树和被遛狗的人踩得狗屁不是的洋草坪。

有一天，我走过那条街，误入桑园，沿着回廊走。之前瑞雪先降，树们冉冉耸立，顶戴白雪之冠，于清明的夜色中楚楚生动。我说，多像仙境啊，并企图和每一株树拉拉手——大干部和僚属见面时，常自然而然拉拉手。树于深夜的静默，让人无法轻浮。它们——我说的是树 ，此刻收住了心跳脉搏，把呼吸也屏回，只和天地交流。我和吾妻说，多像仙境啊，树们站立悠然，邪不可干。它们个个戴着棉花的白绒帽，雍容整肃，仿佛让我们惭愧。我们惭愧吗？只是离开了桑园。我还没准备好和新的邻居做朋友，在邻居身上发现美。 但桑园难忘啊，没有置酒，也没有各式的仪式，说离开就离开了。

当我再去桑园的时候，已觉察出异己感。树哪儿也不走，人已搬迁。别指望它们谅解，植物比人还爱赌气，不理就不理吧，我只好偷偷地怀念。

呼　吸

喝酒的时候，打开瓶塞静置几个小时，它的味道才慢慢醒来，好像你不能强吻一个梦中的美人。初开瓶时，瓶里的气味令人不悦，躁而厉，亦像美人起床后尚未漱齿。

这是就红酒而言，若是五粮液，开瓶即饮，同时摄入不少香味。但多数白酒仍须开瓶让它和空气接触，行家叫让酒“呼吸”。

酒有灵魂，开瓶之日即涅槃之时，赴死而永生。酒，引颈吸足了底气，活动筋骨，然后大干。

呼吸不止于红酒，草木皆呼吸，于子夜最盛。一位小提琴大师告诉学生，把曲子拉好的关键是匀净每一句的呼吸。这是一位俄罗斯大师说的，却如通《易经》的国人的口吻。

刚才，我把广腹高脚杯擦得锃亮，斟半杯酒来到桑园，放在石凳上，读书。酒是法国产，据说属“天王”一级。

桑园并没有人经过，我喜欢射进红酒里的阳光。我想象，过一会儿，鸟儿会在头顶盘旋，几欲低飞窥视此杯醉人的光芒。

读书时，我不时看几眼酒，那种酡红无可言说，像藏着极大的秘密。血，在女人腿上翻卷的金丝绒，小心划一根火柴照亮的宝石。

我端起酒杯，轻轻晃曳，心想：你呼吸够了没有？啜一口咽下，感到它的身体栽到胃里，一路点燃温软的烛光；其魂魄上扬，在喉间缭绕，放出余香，和你悄悄说话。

我端着酒，等待鸟儿飞来助兴。

净月潭笔记

我喜欢山野里的花，替它们高兴。

林中和草滩的花，像赤脚跑过来的孩子，扬着脸，多幸福。一见到野花，我就爱说这句话，野花确实幸福。它们的床，它们的院子和学校是同一片草地。净月潭的野花不是被盼望、被呵护、被施肥哄出来的。花，如同在你转身那会儿从地下钻出来的。它们顽皮，笑嘻嘻地，好像见了你之后再去见别人。野花的花朵比草高出一头，头顶还有笔直入云的树，树的枝叶上面一会儿太阳，一会儿云彩。晚上，树轮悬挂星斗。野花，多幸福。

五六月份去净月潭，森林的野花弄不清有多么多。这是亚洲最大的人工次生林的森林王国，鲜花像流水洒在近万公顷的绿地。

初到净月潭，钟情于树。这些高大的沉默者，静穆于林，如旅途中的修行人，来自一个地方，再去一个地方，却站在这里。它是信使，古老的书函落地腐烂再从树身长出一片片叶子。叶子羽状掌状、扇形戟形，还有莲座与轮生的叶子。这些叶子装订成书，堆积如博物馆，在净月潭。

尔后，喜欢净月潭的水。潭之水浩渺于天际，蜿蜒于丛林，宜于月下歌咏。牵引思绪的还有森林里的路。现今的路丑，高速路就像白条猪，好用而不好看；铁路是人类用钳子为土地施加的桎链，路的暴发户。你看净月潭的路，是“道路”里的清纯少女，把人带到青草露水的远方。

我喜欢小的东西，尤其是于巨大面前袒露生机的小生命体。小花开放在苍郁的老树边上，像婴儿在摩天大楼下面嬉笑。可是，花开在空旷的林地上，太小了，没法亲近。蹲着看一朵花，花朵得意地扭颈子，其实没有风。一只短翅的小蝶飞来罩在花上，好像说：不许看！这是我的！

风铃草属桔梗科，每株挂四五个倒悬的铃儿。这是它的粉色花，像蜡纸糊的冬瓜形的灯笼，可惜不通电，安不上灯泡。它们有电，是生物电，用于爱情而不是灯泡。紫菀是群众性的花，一开一片，适于普及，菊科。花冠的十几片花瓣长而散，微紫，像白衬衣和淡紫的毛衣混洗之后的一点点紫，黄花蕊凸出。紫菀开花像一群人摊开手心，也像歌唱演员唱尽最后一个音，双臂通展。

桔梗比它们好看，花朵有白色和蓝紫色两种。桔梗花离地不高，花兜着，像气吹出来五个角。桔梗根制作的小菜，大号“狗宝咸菜”，是高丽名吃。

说到花就要夸耀它的鲜艳，虽然我觉得不艳之花更近于人的心迹。然而，鲜艳确乎是上帝赐给花朵而非其他物种的特权。没有人长得像鹤望兰那么热烈，也没有像花朵般鲜艳的动物，只有一部分鸟类的羽毛具有花性，人只是花心而已。净月潭的艳花如石竹花，紫茉莉，酢浆草，全都艳红惹火，但我看到最艳丽的花（实为果）是红菇娘儿。红菇娘儿是茄科植物酸浆的果实，又叫红灯笼、天泡儿。林地上，不期然遇到一棵红菇娘儿，鲜红的荚衣包裹红珠，没见过的会吓一跳，以为神物。《红楼梦》中林妹妹的前身叫“绛珠草”。周汝昌考，绛珠草又叫苦苏，正是酸浆。东北乡村的孩子差不多人人吃过红菇娘儿，牙咬上，“啪”的一声，多籽，味甘。作家端木蕻良著文写过它，名《红菇娘儿》。

光说花，草类不爽。草认为写字之人重花轻草，无异于重色轻友。是的，这是中肯的批评。人类喜欢把花与草分开讲述，这里沿袭而来的愚蠢习惯，上帝并不这么做。对植物来说，茎、叶、花、果分不开，就像一个美女的脸蛋和她的肋骨、脾和脚后跟都长在身体上。一个人说：“美女，我爱你！”已包括爱她的脸蛋、脾、脚后跟、脑垂体和胳膊肘，虽然他盯着美女脸蛋说出这句话。植物的迷人包含了它在花朵之外的朴素与华丽。

金灯藤是旋花科，又叫日本菟丝子。我在净月潭发现这株花的时候，天已向晚。树身渐黑，林间斜入金黄的夕照。它紧密缠绕萝摩的干上，茎为淡红色，近于透明，像婴儿的手指放在老年人的臂上。葛，在春天萌发葛条，黑绿表皮生出一层白芒，蚂蚁不来爬。一只凤蝶落上面，假装思考，假装吸葛条里的汁水。蝶飞走之后，摸一摸葛条，白芒软中含硬，凤蝶可能在搓脚，去除滑腻的花粉。酢浆草的叶片乍一看是六片，再数数，还是六片。其实是三片，每一片半折有痕。叶子圆而平展，露水落在上面一定搂不住，“啪哒”掉进土里。合欢的叶子羽状复生，比团体操还富于仪式美。它的花比较搞笑，像蒲公英把头发染红并吹成爆炸式。

述说花草，如癫人说梦，是说不清也说不完的絮叨。我在净月潭看看这朵花，瞧瞧那株草，直起身看树，觉得自己从一只蚂蚁变身麋鹿，胸次由小乃大。一个人在林中走，心里跟植物说话，浅近的话是“真美，真绿，真好”；深入一点儿，却说不出植物的锦绣心肠。

人对树说的话质朴，对草说的话绵密也质朴，跟花说的话没什么逻辑，跟林间小路说说话忽然想唱歌，跟云彩说话累脖子，见到净月潭的水之后没话说了。话无踪迹之后，心安静。看水面像镜子、像碧玉、像刀切的皮冻、像水……

静中日月长

这里真静谧，不管它叫舍力图还是独逸学院。我从早到晚敞开窗户，传进的只有小鸟的歌唱，楼下餐厅偶尔传出轻轻的笑。今天割草机来到窗外草地，像喝醉了一样轰鸣割草。我不明白割草设置那么大马力干吗？它割完气哼哼走了，留下草香不绝于鼻。看天，常见喷气式战斗机飞行，很高，听不到声。沈阳附近有个军用机场，战机飞过动人心魄，听说那里掉下过一架飞机，飞太低了。

静谧是不准确的词。动态可以用词形容，而静，像止水、像透明的空气和光线，没法用词语状之。静者，姑且形容无声，其实是安然。世界上没有哪一个角落是无声的，鲍尔金娜在小说《门》中说“真正的静谧，人自身会发出一种声波，像蚂蚁交头接耳”。我们已经习惯把没有噪音叫“无声”了。都市的人所称噪声是车辆行驶鸣笛，工地机械，楼下互相骂娘，和火车对面卧铺客的呼噜声。如果把声波震动转化为热动能，一百个打呼噜人都可牵引一辆车厢前进，不用买票，别人还得给他们献钱。

摆脱了这些噪音，人说寂静无声。这里的无声里除了鸟啼，还有青草翻身和树叶说梦话的声音，松鼠在枯干经年的褐色落叶上奔跑打滑发出的声音。我在森林里手摸一棵红松，树皮发出纸页的声音，这声音就是身份。大自然有无穷无尽的声音，昼夜而发，夜里更多一些。交织一起变成所谓地籁——浑然的声波，像大提琴在低音声部的运弓，一直往右拉，不回弓。曼托瓦尼乐队就是这么处理尾音的——录音时，把起弓声贴在回弓上。就如同乐队的人合力运一把弓，边运边走，从斯图加特走到瑞士琉森，像一队贩私盐的人们。

静谧包括阳光照在18世纪的老瓦上，瓦身凑巧掉了一些粉末，落地上发出微小的声。树把阴影移到草地上，晒太阳的小虫抱怨着转移到亮处的行进声。草叶阻挡风的声音。这些声音本来可以构成轰鸣，但树、草和泥土把声音过滤吸收了，使人的耳膜感到安适。人耳更适合听到和谐的声音，如乐器之大三和弦，或雨水声，敲玻璃杯声。敲玻璃杯声之悦耳极为奥妙——当，此音并不是一个音，还有回声。泛音发出最多的是鸟啼，一个音分出两层。最悦人是小鸟唱时喉咙里仿佛有水没咽下去，行家叫“水音儿”。邢台一带管这种鸟就叫“衣滴水儿”。为什么是衣，而不是一呢？这一类的问题没地方问去，自己在心里闷着吧。

窗外是天地之籁，窗内是收音机的音乐和介绍性的德语。这个电台早四点起播大作品，交响乐。下午播音乐会现场（有掌声）。晚上播小作品，如合唱，单簧管奏鸣曲，小提琴奏鸣曲。我比较听不进去的是主持人和音乐家的对话访谈，音乐家回答问题像吵架。

我在“静”里，觉得时间真正现出了本色，它们像脱光了外衣在溪水里游走，和市场里尖锐的时间，机场破碎的时间，官场沉闷的时间都不一样。静的时间干净，时间长。我像牧区的人那样放弃了手机手表，看窗外揣摩时间。有时候，时间多到一堆，蹲在窗台上看我写作。我躺在床上，床单被褥洁白，觉得应该想点儿事情了，却不知想啥。家人劝我四处出游，比利时，法国，瑞士，我以为这么静静待着非常好。上哪儿能找到这么安静、草香鸟啼的地方歇着？不好找，今日偏得了。

飞机八月窗飘雪

头些年，我坐飞机爱选靠窗位置。苍茫云海与我只有一臂之隔。我成了喀喇昆仑山顶的气象员，对云彩指指点点，颔首示意。我觉得飞机的舷窗好像小了点儿，是不是可以改成四十八吋电视机那么大呢？坐窗边，早先仙人在天上看到的奇景都被乘机人看到。当然，是机长先看到。机长的窗户大，全视野，他往那一坐明察秋毫。飞到哪个地方，手拉哪个杆，按哪个钮，按几下，他心里全有数。

我见过夕阳低于飞机，徐徐落山。地球表面的人认为它已落山了，而我看到它继续下坠，像一颗燃烧的铁球掉进海里，迸起万道金光，光芒射到离地面九千公尺高的飞机的铝翅膀上。所谓云朵只挡住人的视线，根本挡不住太阳。太阳落山时打开一把扇子，绘满奇幻的金光。我在飞机上俯瞰大海，海水蔚蓝无浪。如果海水颜色更浅一点儿，它就是另一个蓝天。我把海当成天不要紧，飞行员不误判就好了。海水看不到边际，把地球改为水球也很恰当。海水把云挤到了天边，它们成了不重要的泡沫。大海仿佛与天空一样大，没有东西南北，没有高山草原。海天相连处透光，覆盖弧形的穹顶。

天上有什么？只有云。雨和雪都来自云。滚滚云朵如白牦牛渡河，不见首尾。云朵缠绕飞机的肚子，翅膀和脖子，摸摸这只钢铁大鸟是不是真实材料。飞机的翅膀如两把大镰刀收割天上的白云，割下的白云像麦子一样倒在天上却掉不到地面。飞机把一层白云割为两层。但留不下大理石一般整齐的云的广场。

去德国那次，飞越一千多公里长的兴都库什山脉。它是青藏高原的印度河和帕米尔高原的阿姆河的分水岭。山岭荒凉崎岖，我觉得这些峰峦之间正回荡着塔吉克人的乐曲。山头黑色的肩上披着白雪，如羊皮坎肩。那也美，荒凉崎岖之美。

8月的一天，我在飞机舷窗外见到了雪花。雪花大如香菜叶，落到地面可以拆分十几片。雪的斜线虚虚飞过，落在舷窗上，急速拉成牛毛细的水线，这是八月雪。天上的雪片往哪儿落？只有云朵接着它。云上能积成茫茫的雪野吗？云兜点儿小雪还成，雪多就驮不住了。它落下去，落到地面之前被风吹成雨丝。我们的飞机像一头白熊在雪花里穿行，身旁全是白蝴蝶，我觉得把飞机拍下来蛮雄浑，它看上去非常勇敢。

天上看到的农田最美，小巧玲珑，匠心十足。从天上看工厂与开发区都不好看，一片疮痍。大地原本生长庄稼，畜养众生。工业化有什么好？得利的是人，而非自然。我猜想世界经历过许多次工业化，每一次都以毁灭世界而告终。世界耐心地从头再来，在荒砾上育出细菌和蕨类植物，生出水和植物，然后有人（不管是猴变的还是啥变的）直立行走。人掌握工具之后，开始发展。他们的发展插上科学的翅膀之后就刹不住闸了，地球启动自毁装置，像小孩推倒了火柴棍搭的房子。地球上，单单是土已有多么珍贵，这是地球生物进化多少年积攒的可以长粮食的根基。单单是水就有多么珍贵，没人能造出一滴水。祸害耕地和河流到底是一些什么人呢？刑法上不设立毁地毁水的罪名，是一个大漏洞。把这两种劣迹从国土资源法和水利法中抽出来列入刑法定罪，人才老实。毁地毁水的后果比贪污受贿严重得多。

六月落雪、七月落雪、八月落雪，天空对大地多么温情，不忍看河水断流，不忍看草原上矿坑密布。天空洒下雪花，是想为干涸的河床添点儿水，覆盖大地的疮疤。天等不及了，八月就开始落雪。

过青龙桥

青龙桥车站位于燕山长城的豁谷之间。如果说长城是龙，在青龙桥看长城，不如说此处的山是龙。山的这边那边就是塞外与中原。山势起伏如痛苦挣脱，像把脚踝磨出白骨来淌着血水的大锁链。长城修在这样的山上令人惊心动魄，或者说只有这样的山上才应修长城。修了长城，就像天神一鞭子抽到北方的脊背上，这疼痛永不消失。静下心看青龙桥的长城，在仿佛连山羊都攀越不过的山上怎么能修出这样高峻的城墙呢？

旅客在换车头的时候下车徜徉，月台边上堆着一垛垛方正的青石条。这时，天上飘下小清雪。在苍凉雄峻的群山城堞之间，小清雪们极其羞怯，落在地上蹑手蹑脚，仿佛怕惊动了什么人。然而，犹犹疑疑的小清雪还是结成疏松的白网，洒在地上，毛茸茸的。有的雪花化了，也只是湿了那么一小点儿的地方。

这里面确实有一些不寻常了。上车往前走，我才知道不寻常之处在哪里。

那是在山坳中，有两株杏花开了，一红一白，我大为惊奇。在北方，杏花不同南方的梅花，与雪绝不同一时令开放。雪中看杏花，令人说不出话来。杏树只有人的肩膀那么高，是灌木似的山杏树，枝丫横逸。杏花只有十几朵吧。温婉的清雪在树干上融化了，树干变成湿润的深黑色，而仰着脸的杏花显出娇贵。这都是列车掠过那一瞬的印象。

在这雄浑的流了几百年的血的山里，仿佛应有锋镝过耳，马蹄把石块踏出火星。让苍凉的胡笳声飘在俯身而死的战士们的脊背上久久不散。在这里看到清雪中的杏花，令人触目惊心。

再次停车的时候，窗边的石壁已变为干燥的土崖。这是一个忘了名字的小站，土坡上露出新鲜的黄土，那是庄稼人用马车拉走填猪圈积肥用的。在没被挖走的土坡上，长着一片片寸把长枯干的小草。草色黄得如油画一般典雅，毛茸茸的。有一块草被野火烧了有磨盘大的地方，野火熄灭处一圈锯齿似的焦黑。似欲进欲退，那黑色非常触目。

铁　轨

我送阿如汉回赤峰，走过车站天桥的时候，从绿漆的木壁板的窗户里，看到了通向远方的铁轨。从这个窗口看，铁轨像白箭的河流，从脚下钻出去。

我喜欢看铁轨在远处转弯的样子，这使它更像一条道路。如果弯过去的铁轨被树丛遮蔽，感觉更有趣。火车将要开到一个很好的地方，那边应该有河与浮水的白鹅，老人站在石砌的院墙里的枣树下，向火车凝望。

车站只有两处地方阔气，一是站前广场，另一处是布满密密麻麻铁轨的站台。其间亮着红灯绿灯，糙声的喇叭里传来铁路的神秘指令：“洞拐洞”进八道，然后是沙沙的噪声。我小时候，父母领我在午夜的新立屯下车，寒冷。我们高抬脚，横穿铁轨到站台上去，城市里没有灯火。喇叭里突然传出男声，说一串古怪的话，我学不了又忘不掉。大约是“喔噜喔哩，哩咚锵咚，咚，瓦里锵咚咚”。在冬夜里，显得十分突兀可怖，而且说完再也不语。我问父亲这是说什么？他沉吟少顷，说：“跟火车司机说事呢。”

眼下这座天桥还是日本人修建的，木制。踏上去，“咚咚”地抖颤，却未垮，真使人感到岁月倥偬。六十多年来，有多少人埋头从这儿疾走，去远方或临家。

铁轨银白是车辆频驰的标记，而下面的枕木边上，仍有一蓬蓬的绿草。它无视于头顶隆隆的车轮，安闲地舒枝展叶。有些铁轨，只经一夜的雨水，就泛出黄蒙蒙的铁斑，好像说该歇歇了。在我的印象中，雪后的铁轨里黑漆漆的，是一道道包裹大地的绳索。

阿如汉现在已是一名商人，扛着沉重的货物在蚁密的人群中里躲闪冲钻。然而他还是一个小孩儿，当说到货与款有所出入时，竟吓得脸色发白。

“舅舅，走吧。”阿如汉说。我们扛着货，到四站台等候开往赤峰的208次普快列车。

铁路的尽头

地图上，我的老家位于铁路的尽头。铁路修到这里不修了，或修不下去了，值得商榷。那时我还是少年，有一天背上军用水壶，揣干粮踏勘这件事。

赤峰在地图上是个圆圈，代表铁路的红线止于圆圈。事实却没这么简单，铁路经过车站又修了挺远。这一段在地图上不应该短于一韭菜叶。我想象的铁路尽头是这样的：它修到一座悬崖上，下面是万丈深渊，不能修了。第二种情况在平原，铁轨无端地停在某一处，边上立一牌子写道——铁路修到此处为止，年月日。最后那根枕木如同漫长的行军队伍中末尾的士兵，我觉得那根枕木一定像老兵。第三种情形是在铁路尽头立一堵墙。从这边看，铁轨好像从墙底下穿过去了，从墙那边看并没有。这都是我想象的，实际情形可能更好看。总之，铁路的尽头——富有诗意，跟蛮荒、雄壮、神秘都有一些联系。

那一天我踩着铁轨往西边走，反正也没火车了，随便走。铁路的方向对着一座山。我认为这个思路对头，铁路修进山洞里，才是它真正的归宿。火车可以在山洞里尽情歇着，像个仓库。我走了很久，大约十华里吧，铁路沿山跟圆滑地拐弯了。它为什么不钻进山里？它简直在骗人。铁路沿着山脚绕了过去，还往前修？不拉人到这里干吗来了？多大的浪费啊！在地图上，它超过圆圈大约有两个韭菜叶宽了，纯属多余。我继续向前走，铁路顺地球的漫圆下坡了，一点儿道理都没有。走到这一处，看到野兔。一只坐不远处看我，我追将过去捕之，这只黄野兔待我靠近才跑，当然比我快。非但快，它还坏。野兔钻进一丛灌木——待我冲进去才知道是荆棘。我像落在蛛网上的小虫被刮住了，衣服撕破两个口子。荆棘丛下面是蜥蜴的家，蜥蜴跳着冲进洞里，洞的嘴像吃面条一样把它吞进去。这儿还有大片的蓝莓。全世界没人知道这里有多到令人意外的美味的蓝莓。我盘桓一遭儿，再找铁路却找不到了。这是我所遇到的一个铁路失踪事件。既然星星在天空会失踪，简陋的铁轨也有这种可能。也可能没失踪，铁路派兔子引我于歧途。我衣衫褴褛回到家中，至今也不知所谓铁路的尽头是什么样子。

雅歌六章

一

山坡上，有一棵孤独的高粱，它的身边什么也没有，山坡的后面是几团秋云。高粱脚下的茬迹证明，伙伴们被农人割下，用牲口运走了。

那么，农人你为什么留下这一棵高粱？这是善良抑或是残酷，说不清。

高粱很高，兀自站在秋天的田野，样子也高傲。它的叶子像折纸一样自半腰垂下来，又如披挂罗带的古人。叶子在风中哗哗商量不定。我想它可能是一位高粱王。

山坡下面是一条公路，班车不时开过。这是高粱常常能看到的景物。看这样的景物有什么用呢？对高粱来说，此刻它最喜欢躺在场院里了。

观看一棵孤独的高粱，能真切地看出高粱的模样。我站在它身旁，拉着它腰间的叶子握了握，想到它的主人，那个割地的农人。

我手握着这棵高粱向山下看，如同执红缨枪的士兵。撒开的时候，心情有一种异样，怕它跌倒，但它仍站立着，很奇怪。

我连连回头，下山了。

几年后的一日，下午闲坐，忽然想起这棵高粱。急欲买车票去看它，并为此焦躁。像这样一件奇异的事情，我怎么能够才想起来呢？那一年的冬天，北风或飘雪的日子，高粱不知怎么样了，这确实是一种后话。

我想，我若是一个有钱的雕塑家，就在路旁买下一块地，什么也不种，只雕塑一棵兀立的高粱。不久，就会有许多人来观看。

二

我希望有机会表达一个愿望，然而这愿望很快被忘记了。今天的路上，我想起了它，并因此高兴。

赞美公鸡。

我很久没有见过鸡了，城里不许养鸡，菜市场一排排倒悬的白条鸡，不是我想看的那种。

古人愿意为世间万物诠释，即哲学所谓“概括”，并找出它们与人之间的联系。他们说，鸡有四德：守信，清晨报晓；斗勇，铩羽相拼；友爱，保护同类；华饰，通体漂亮。

我妻子属鸡，在本命年时，我把“鸡之四德”抄下送她。她除了“斗勇”一条之外，其他“三德”兼备，加上家政勤勉，也凑成“四德”。

我猜想“四德”的撰者在赞美公鸡而非母鸡。那么我再为它添上“一德”：好色，妻妾成群。

我原来漠然于公鸡的存在。小时候，尤戒惧于邻家篱笆上以一只瞎眼睥睨我的公鸡，它常不期然扑来啄我。

后来我暗暗佩服上了公鸡。

公鸡永远高昂着头，即使在人的面前也如此。脸庞醉红，戴着鲜艳的冠子，一副王侯之相。它在观察时极郑重，颈子一顿一挫，也是大人物做派。公鸡走路是真正的开步走，像舞台上的京剧演员，抬腿、落下，一板一眼，仿佛在检阅什么。当四野无物时，公鸡也这么郑重，此为慎独。

说到公鸡羽毛的漂亮，更为人所共知。“流光溢彩”这个成语可为其写照。尤其是尾羽，高高耸起又曼妙垂下，在阳光下，色彩交织，不啻一幅激光防伪商标，证明是一只真公鸡。

公鸡身边环绕四五只母鸡乃寻常事。它只要雄赳赳走来，自然降服了母鸡的芳心。用不着像男人那样低三下四地求爱，还不一定成功。

当然公鸡也有缺点，鸡无完鸡。做爱前，它将头垂在地面，张着双翅，爪子细碎踏动，喉咙里杂音吞咽。我不忍睹，肉麻。

前年我去新宾，见到了一只美丽的大公鸡。新宾是努尔哈赤的故乡，风情迥异别处，大气苍茫。那里，山势龙形疾走，山下河水盘绕而过，水质清且浅兮。人们的相貌多具满洲人的特点：宽脸盘，红润健康。

我在集市上发现了一只大公鸡，漂亮极了，体形也大于同类，羽毛霞映。我真想买下来，但不知怎样处理。我身担公干，而且涉及警务，不宜抱着这样一只美丽的公鸡拜谒长官，回到家里也不易抚养。

这公鸡无惧色地看着我，颔下的红肉坠一颤一颤。高贵呀，同志们！这是一只高贵的公鸡。

估计此鸡早已入镬。主人远它而去，不是嫉妒其贵族气质，而在于它不下蛋。人类对于鸡类的逻辑是重女轻男。

三

我喜欢这样的句子：“四个四重奏”。

我希望在交织与错落中完成一种美。

比如，我愿意有一幅与喜鹊们合影的照片。在我看来，光是一个“鹊”字就比“雀”字高级，如同“雁”比“燕”辽远一样。

在这样的情境中，我希望用“合成”来表达这种需要。不仅与喜鹊们合影，又同它们“合成”一种意蕴。

在月台上，我等待一位久久未归的友人时，希望身旁有两只喜鹊。它们站在我脚下，或在离我不远的树上都行，构成同一画面。为了热肠的感觉，我膝下要有一只黄狗，它的嘴与眼俱黑，蹲在暮色的月台上。

就这样，我渴慕喜鹊。

曹孟德苍凉吟道："月明星稀，乌鹊南飞。绕树三匝，何枝可依"。诗好，但我对用"乌"来状鹊有些不满。

我喜欢过比亚兹莱黑白画的装饰味道。此刻知道，喜鹊才是高超的黑白版画。

在克什克腾，目睹喜鹊在枝上落下，无疑属于吉兆，喜鹊的尾巴像燕尾服一样，在枝上翘了几翘，优雅。

美丽的喜鹊，版画的喜鹊，我们来合一个影吧！我已厌倦了人与人之间站立一排、咧着大嘴的合影。

四

西班牙音乐中的响板。

安德捷斯用吉他弹的《悲伤的西班牙》，旋律深情婉转，旋律线下行并顿挫，拉丁风格往往戛然而止，女人骤展裙裾，男子转腰亮相。令人想起他们对于古罗马雕塑的景仰。

在这首曲子中，两段之间的过渡是一串响板，嗒哒啦嗒。最后的一个"嗒"音，如静夜醒板，似画龙点睛，没有它是万万不能的。

嗒哒啦嗒，旋律再次演奏。

我反复听这首曲子，是为了与这一声响板遭逢。佛家所谓"醒板"，是为了使人开悟。我悟了，嗒哒啦嗒。

五

三相是我朋友，他是北京人，祖父和父亲都是名医，后来蛰居小城。

三相漂亮，脸膛白里透着浅红，黄而略灰的瞳孔散发着俄罗斯式的热情与豪放。当然，他是北京人。

我们小时候在一起玩过。交情却不深。后来他喜欢上我了，其中原因我不清楚。他很纯洁，而我孤独。一般地说，人们不喜欢我。

这其中有一个原因在于，三相是聋人。他小时候，常用弹弓射击燕子。他奶奶告诫过他，不能打燕子，不然有灾。但三相还是把屋檐下的燕子打下来了。

“这是母燕子。”他对我说。母燕的遗骸在手上微温，羽毛的黑色里闪着异样的绿宝石般的光彩。

后来他聋了，说是游泳时耳朵进了水。这病连他爷爷都没给治好。

三相聋了之后，很少跟别人交流，因而他奇迹般地保留了北京口音。在我们那里，说普通话是受人讥笑的事情。然而，三相耳朵听不到别人的声音，依然满口京腔。

三相因为聋了，依然保持着儿时的语言系统，他不会骂人，因为他没听过骂人的话。我们说“果家”，他说“国家”；我们说“三卯”，他说“三毛”。我们很佩服他。

在冬天，我和妻子迎他进门，他从颈上绕着摘下紫红的围巾，那双黄而略灰的眼睛炯炯闪烁，讲述他关心的事情。

三相跑得极快。在学校的运动会上，他听不到发令枪声，看到别人跑出去之后再跃出，往往跑到第二名。

我搬家的时候，好多家具都处理了，但我没舍得那个书橱，这是三相打的。长大后，三相是一个木匠，我在大雨天推回这个书橱。它至今仍在我的房子里，成了女儿的书橱。

我希望三相到来，说一口北京话，眼睛炯炯有神。但是，到哪里去找他呢?

三相姓张，其兄为大相与二相。他姐二朵，是我姐塔娜的朋友。他小弟四相，堂弟五相。

六

我居所邻近有一所小学。

每天上午九点半或下午三点，孩子们从教室拥出游戏，我的耳边便灌满欢呼。

在这片欢愉的声浪里，许多声音汇在一起而变为“啊”的潮音，偶尔有一两声尖叫，也是由于喜悦而引起的。

孩子们必在校园里奔跑环绕，他们不吝惜使自己的声音放肆而出，感染着街市，感染着像我这样坐在屋里的人。

上帝生活在大自然当中

如果有人想寻找上帝却找不到，我向他提的建议是——到野地里寻找吧，上帝生活在大自然当中。

上帝喜欢大自然吗？是的。上帝如果不喜欢大自然，地球上就没什么值得他喜欢的东西了。况且——我们以渺小的人类的思维推理一下——假如上帝也需要一座休息的房子，需要一处院落的话，那里应该有树和树荫、花朵和泉水，有小鸟鸣唱以及松鼠鬼头鬼脑地爬到树顶上。那里的空气好一些，河流没有污染。这个地方在哪儿，叫什么？我们不必猜它的地名，比如泰国的清迈、美国的贝格力溪谷，它只是大自然而已，是自然的一小块。上帝不超重，不需要占用过多的土地。

反过来说，上帝生活的地方不会是上海，也不在杭州和广州。上帝难道会住楼吗？坐地铁倒出租车上天堂开会，不会吧？在有楼盘的地方，大自然正在灭绝。我在北京一个叫马兰里或马里兰的地方住过几天，这儿有一条河，而且有哗哗的流水声，月亮照在河里的落叶上蛮诗意。天亮了，我跑步发现这条河像蚯蚓一样被截成几段，截断的地方填土造出了房子。截河的地方之一盖着我正住的宾馆，它不是一般单位，我们姑且把它叫作据点吧。河原来活着的地方，现在是别墅或宾馆、会所与会议厅，平时没人，偶尔有人开开会或打打球。

被截断的河已经死去，所有死的东西都发臭。这条被截成池塘的河正在发臭，哗哗的水声从何而来呢？是一个伞形的喷水器把水抽出来再喷出去。这地方没有上帝，只有流浪猫和在草地上双脚一起蹦着走道的花喜鹊。

如果有上帝，他一定不年轻了，没听说上帝年轻。我觉得上帝的年龄应该比圣诞老人还大一些，之后他的年龄不再添加。“天增岁月人增寿”这话说的不是上帝，是我们，他到一定程度不再老了。身体健康、目光明亮、头脑清晰的上帝不喜欢住在城里，他喜欢乡村。但乡村正遇到一些陌生可怕的生物学名词，譬如血铅量——人血液里的含铅量超过阈值，血铬量、血钼量。俄罗斯海关经化验退回的中国大米、小麦、荞麦的铬量和铅量都超标，用来喂牲口都是一种残忍。中国烟草总公司回应中国烟草重金属超标的质疑时说，烟草不会比粮食所含的重金属更高，因为农作物生长在同样的土地上。种这些烟草和粮食的地方不会有上帝，尽管那里也叫乡村。

森林减少、草原荒漠化、河水断流、石山刷绿漆冒充青草，城市太逼仄了，上帝到哪里生活呢？故宫爱招小偷，不能住。哪儿还能住？我觉得上帝那么聪明、那么朴素，一定有办法解决这个问题。他可以变身一只鸟，在屋檐或电线杆上过夜。没听说有人到屋檐和电线杆子上骚扰住客，那里清静一些。上帝还可以变身甲虫，到北京或广州的植物园住一个夏天，那里跟大自然差不多。如果上帝在各地警卫局有熟人就好办了，省会城市都有安排大领导下榻的宾馆，归警卫局管理，那里才是天堂。

路有走不完的路

比行路者更远的是远方的路。赶路的人独自跋涉，他抬头四望，看群山静立，旷野孤寂，松树在自己的影子里休息。在行路者前面继续走的，只有路。

路在山腰爬行，在平原奔跑，在山顶上瞭望，路的体能比山还好。赶路的车进城市里休息，旅人在路上回家；路仍然在路上，它的尽头是穿行不尽的尽头。

路像人的心念，像一卷铺不完的地毯，一直往前铺。让念头碾过荒凉和沙砾，自己催自己走。

路载的并不是自己，是行人车马。路只想变成更远的路，如同行走只是行走。路看过更多的荒凉。

一川乱石大如斗，寂寞野花战场开，这是路边风景。路看到孤松把石崖撑开裂纹，飞鸟从峡谷流过。高处的白云从路上撤退，去追赶山的转弯。

路在路旁休息，靠着石壁，因为江水咆哮而失眠。路在夜里睁大眼睛，却辨不清江对岸的山峰。

路看到的景物不光山水，还有四季。春天，野花从低处渐渐爬上山坡，摊开自己的毯子。鸟儿的声音很小，口里仿佛含着草籽。春天的风在峡谷里冲撞，拍醒冬眠的树木。夏天的野草挤满了除了路以外的一切地方，草是夏天的传染病，让土地充满生的欲望。路所看到的秋季不光金黄，还有天的明亮，秋江如琉璃一般省略了波浪。冬天不是一个季节，是季节撤退之后的空寂，风雪前来驻扎。当草木的起伏和平坦消失之后，保留生机的只有路。

路没有雄伟、没有花开、没有庄稼的河流。路只有漫长，路有走不完的路。路常常疲惫，路被无休止的延伸所困扰，为弯曲而晕眩，路是自己对自己的束缚。

从天空俯视大地，最生动的是那些路。数不清的路平直、消隐、又出人意料地出现在山巅。它们没有门，只是一条路。路会分身法，把自己撒开，看庄稼、看河水、看青蛙和树叶里藏着的小鸟，而后收拢，变成一个箭，穿越隧洞。

路纯朴，路没办法不纯朴，它们每天都风尘仆仆。风暴露了它们身上的骨头。鲜花开不到路上，路与娇柔无关，路每天都锻炼筋骨。

路在奔走中增加体力。路不是青年，也不是老年。它只比农民工年轻一点儿。路身体好，它暗地欣慰自己好就好在身体。多好的身体遭多大的罪，遭吧。路把奇里古怪的坏心情扔进了山谷，路是情绪的主人。与快乐相比，它更愿意选择平静。平静尔后担当，才遭得起罪，也享得住福。路说，路不过是朴素、是遥远、是强壮，路有永远走不完的路。

找到了跑步的地方

我出门在外先找跑步的地方，和蔼可亲地问旅店女服务员：你们附近有没有公园、学校呀？

有则狂奔之，无可将就矣。我在西伯利亚的公路上跑，大卡车开得野蛮。跟它反道跑，让它先看到你，穿鲜艳点儿。我在藏区海拔四千米也跑过，明明大力，腿却迟缓，很搞笑。

德国古堡名独逸学院。古代德皇招一帮小孩来此独逸——独身、适意、静修——操习音乐美术文学。学院路面是面包大的石块铺砌，古老二百多年了，边隙蓬草，不好跑。而堡下公路上有汽车——德国对车不限速。漫游间，见一小路通向树林，太好了。这是笔直的砂石路，禁汽车，简直是为跑步、散步者开辟的路，六公里到头是一个湖——水源地。不担心迷路。

跑啊跑，如果不跑身上难受。大树二十多米高，小树是次生林。伐下的木材堆在路边，已灰白。这时早五点钟，林中鸟唱，想起莎士比亚造词舒伯特造曲的歌《你听，你听，云雀》，这首歌和《土拨鼠》《洛莱特》一样，德国家喻户晓。我本会唱，让鸟鸣把调带跑了。我是C调，它们是降E调，唱不到一块儿。路边有避让敬重松鼠的标识，没等让，它先跑了。风吹，松塔啪啪掉下，铁一般黑。在这儿跑心旷神怡，空气洗肺清新。

来德前，媳妇拉我买了一身新运动服，我不便反抗。出门穿新衣有如乡村礼仪，展示新我，傻而可爱。她给我买的T恤蓝底白字Run To Save Energy，我俩都不知其意，一定不是骂别人和自己的话。到飞机上及德国大街，人见此字，对我起敬意，从表情看得出来。什么字呢？小女鲍尔金娜短信告诉我，意谓“跑步节省能量”，引申义为身体力行节约能源。这样的意思在西方受待见。如今西方首脑到中国访问，内容也有你承诺减少多少碳排放量，我给你多少好东西。即，你对地球好，我才对你好。

节省能源和保护环境正相关。然而报上说印度的污染大户是一百万头牛和家畜，它们放屁，屁中甲烷造成温室效应。屁来自它们吃的草，你不让它们吃草难道吃鲜冷面吗？专家正研制不放屁的饲料来喂牛。其实配方美国航天局早就有。宇航员饮食绝不放屁。屁可引出爆炸（甲烷）。矿工是不是也要少放屁？也就是说，美国航天局是全球对屁最有研究的科学机构。苇岸生前劝我作文千万别写屁，又写了，不高雅。

前天去斯图加特街里转一圈儿。感觉德国把三个世纪叠加一体。他们的乡村山脉全是森林，如18世纪之田园风光。城里街道是19世纪，老房子或照老屋修的新房，二三层楼，清静悠闲。地铁轻轨站（地下）如超市一样大，是21世纪，潮人朋克嬉皮士可杀不可辱全现身出现，美国文化极为鲜明。

三个世纪叠加的概念是平衡。环境和经济发展平衡，国力和国民收入平衡，森林（空气、生物多样性）和城市平衡。我没看到耕地，粮食可能到第三世界买。文明程度和福利平衡，富裕程度和治安平衡。这些浅见，领导人早知道，知道好多年了。中国慢慢撵吧。咱们有些地方是一个世纪。西部贫困地区基本是秦朝，我老家赤峰相当于南方改革开放头十年。一些大城市在“墨西哥化”——失地失业农民涌入城内，城市人口膨胀，城市功能丧失，潜藏危机。

森林里这条路有车辙，中间是巨大的马蹄印，像伟人的足迹。见到一个用巨木凿出的长座椅。森林深处有什么呢？不敢去，怕进入另一个世纪——

12世纪，条顿骑士骑马杀头，长沙话叫搞不赢他们。

如有人问我：你跑步时想到了什么？我答洗衣液，这玩意儿要到城里买，我不知道怎么进城。

我的鞋已经累了

忽然看到，我的鞋已经累了。

它在门口的水泥地上，和地毯上的拖鞋隔一道门槛。拖鞋天生有悠闲相。

我把皮鞋上的灰土拂掉，它仍然透露一种风尘仆仆的样子，鞋帮鼓鼓囊囊，鞋尖翘起，底有些偏。总之，我说不好它的表情，大约像一个采购员、车老板子或精明倦怠的菜贩子。

我不是坐车那种人，也少骑车。除了跑步，我喜欢在桑园的腐殖土上踩过，嗅那里的香气。我的双腿已如南怀瑾所说“走透了”。走透了之后，就感到自己成了另一种人，高攀地说，我已经能够读出惠特曼和泰戈尔诗中匆匆的脚步声。

寻几个盒子把鞋装进去。你们睡吧——我对鞋说，这几天，我哪儿也不去了。